2023 신춘문예 당선평론집

2023
신춘문예 당선평론집

정은출판

| 머리말 |

미추의 경계를 벗어나 세계를 지적하는 심미적 예술의 정점에 서 있는 평론

해마다 신춘문예 당선 평론작을 기다린다는 것은 상상하는 것만으로도 가슴 뛰는 일이다. 2023년 신년에도 독자와 출판사나 문학인에게 특별하고 영광스러운 만남을 갖게 되었다. 신춘문예 당선작이 언론사 신춘문예 담당 부서와 담당 기자의 손끝을 떠나 지면에 발표 게재되는 순간은 마치 제야의 종소리가 울리고 난 후 신년 새벽의 짙은 어둠을 뚫고 떠오르는 새로운 태양을 보는 듯하다. 예술작품으로써의 평론은, 세계와 그것을 담아낸 작가와 작품을 대상화하고 고발은 물론 심미적 판단을 내리는 장르이다. 과거와 현재를 넘나들고, 미술과 영화, 문학 제 장르를 소환시켜 미추의 범주를 넘어 자신의 법칙대로 돌아가는 세계와 갈등하고, 율동과 리듬의 옷을 입혀 새봄에 헌정하였다.

작가의 심미적 판단의 일반적인 타당성에 근거를 둔 이 '군더더기 없는 관심'은 작가의 자연스러운 천착과 찬동 능력의 발로일 것이다. 평론을 집필하기 위해서는 크고 작은 구상과 기획을 바탕으로 하여 전략적으로 전투에 임하는 전략사령부를 설립해야 할 것이다. 작가는 화두를 잡고 나서 이내 그의 지성과 상상력의 조화를 무기 삼아 작가의 머리와 가슴 배로 키워내어 잉태하는 진통의 길을 걸어온다.

새봄은 신춘의 다른 이름이다. 새봄 신춘문예 심사를 마치고 나면 언론사는 나름의 모형을 따라 분주하게 돌아가고 작가는 작가대로 아무 일 없다는 듯이 일상으로 재배치될 것이다. 출품이라는 목적지를 향해 크고 작은 목표와 전술을 구가하고 나면 다소 공허할 듯하다. 작품의 상품성이 예술성을 전복시켜 작품의 가치를 교환수단으로 환원시키는 세태 속에서 작가의 허무와 충격은 클 수밖에 없을 것이다. 따라서 이제는 작가나 언론사 또 작품을 모아 엮는 출판사가 함께 경계를 벗어난 지점에선 경계인으로서의 책임감을 느껴야만 할 시점이다.

가령 평론집은 평론집 작가에게 있어 그 어떤 명함이나 자기소개보다 강한 어필을 끼치는 산 증거가 될 것이다.

사물과 사회적 현상 독서와 영화 미술 등 다양한 분야의 독법을 나름의 관점과 개성, 다양성의 시각으로 뽑아낼 수 있는 평론은 한 번쯤 꿈꾸고 도전해볼 만한 가치가 있을 것이다. 평론작가들의 활동은 한계가 없을 듯하다. 작품집을 통해 간접 접한 평론작가의 강연은 백미 중의 백미일 것 같다. 조그마한 독서클럽에서부터 큰 강연장이 있는 청사까지 그 생생한 목소리를 들려줘야 한다. 그 당선작을 뽑아내기까지 그 얼마나 많은 시간과 비용 노력을 다했을지 듣고 물어야 할 것이다. 당선에 이르기까지 걸어왔던 그 과정을 작가와 소통할 수 있다면 당선 이상의 기대효과를 잘 누릴 수 있을 것이다. 소통이란 "그 작가의 소리로 작가의 생각을 생생하게 듣고 접하는 것"이 아닐까.

평론을 특히 대중적이기보다 개인적이고 보편적이기보다 특별한 장르이다. 쉽게 접할 수는 없어도 반드시 건물의 설계와 경향(심미안) 골격과 기초와 같이 중요하고 필요하다.

예술성을 토대로 하는 분야라는 점에서는 모든 문학의 장르와 같이 중요하고 나란히 걷고 있지만 그 길을 걷기로 작정한 작가는 소수이고 잉태 기간 또한 기나긴 인고의 시간을 견뎌내어야만 한다. 시작과 끝이 일관성 있게 접목되어 대상화된 작품과 인물 등에 음표와 리듬을 달아 미추의 경계를 넘어 세계를 지적하는 장르이다. 작품은 시간과 공간을 초월하여 날개를 달고 자신만의 독법으로 방향을 설정하고 대오를 형성하여 비상한다.

이러한 도정을 앞둔 2023 신춘문예 평론 당선작가와 작품을 바라보며 존경하는 마음이 앞선다. 당선은 시작을 의미하는 것일지도 모른다. 새로운 작품을 대하는 우리 출판편집자들도 매 순간이 시작의 순간이지만 특별히 새봄에 태어난 작품과 작가를 대하며 함께 시작하는 신입생이 된다.

신문사의 관련 부서 담당 기자님들이 낮고 보이지 않은 곳에서 열어주지 않는다면 어려운 일이다. 신춘문예를 통해 아름다운 보석을 발굴하는 신문사의 노고에 깊은 감사의 마음을 전한다. 새봄에 시작될 작가와 독자의 만남을 기대한다.

2023년 1월

박시연(평론가)

| 차례 |

2023 신춘문예 당선평론집

2023 광남일보 신춘문예 당선 평론

윤소예

경기도 시흥시 목감동 출생
한신대학교 영상문화학과 전공
문예창작학과 부전공 2023년 2월 학사 졸업 예정
2023년 〈광남일보〉 신춘문예 평론부문 당선

죽어서도 죽지 않을 한녀들의 러브레터
- 김멜라론

윤소예

1. 자살하는 딸들

딸들이 죽는다. 김멜라의 소설에서 젊은 여성들은 죽고 싶다고 말하거나(「물질계」) 자해하거나(「논리」) 자살을 시도하거나(「모여 있는 녹색 점」, 「물오리」, 「제 꿈 꾸세요」) 혹은 이미 죽어 있다(「제 꿈 꾸세요」). 「물질계」에서 홍주는 '죽고 싶다'는 말이 "현상적 비물질 상태를 은유한" 것 뿐이니 오해 말라 했고, 「제 꿈 꾸세요」에서 '나'는 "약물 과용"으로 자살을 먼저 시도하긴 했으나 "사흘 만에 깨어나" 실패로 돌아간 이후 "급히 먹은 원 플러스 원 초코바에 목이 막혀 죽"었으므로 사망 원인은 "엄연한 사고사"임을 밝혀두고자 하지만, 그럼에도 불구하고 김멜라의 세계에서 딸들의 자살은 부표처럼 위태롭게 넘실거리며 계속해서 범람한다. 아니, 오히려 죽음 앞에서도 감정적으로 흔들리지 않고 이성적으로 사실 여부를 확실히 정리해두려는 특유의 개의치 않음과 태연함의 태도 때문에 더욱 그들이 자살과 가깝게 서 있다는 점이 드러난다.

바이러스를 퍼뜨렸다는 사회적 죄목으로 눈초리를 받다 "집에 있는 약을 다 갖다 모아 한꺼번에 삼킨" 「물오리」 속 딸은 의미심장하다. 실제로 코로나19 바이러스 발병 이후 2020년부터 20대 여성의 자살률이 급증하며 젊은 여성들의 자해 및 자살이 사회적 문제로 가시화되었기 때문이다. '조용한 학살'[1]이라 일컬어졌고, '코로나19는 공평하지 않다'[2]는 외침이 들려왔다. 이에 20대 여성의 자살 원인에 대한 여러 분석이 사후적으로 쏟아져 나왔지만, 공통적으로 발견되는 성찰은 "팬데믹을 통해 우리 사회를 잘 몰랐다는 것을 깨닫게"[3] 되었다는 고백이다. 20대 여성들이 '죽을 만큼' 힘든지는 몰랐다는 거다. "코로나로 인해 가속한 측면"이 있을 뿐 "이는 코로나 이전부터 나타"[4]나던 문제였다는 말마따나 여성 청년 자살을 전혀 새롭거나 갑작스러운 뉴스인냥 조명하려는 천연함에는 분명 새삼스러운 면이 있지만, 그럼에도 문제를 가시화하고 '왜 여성들은 죽고 싶을까'를 마침내 공적으로 묻고 성찰할 수 있는 계기를 마련했다는 점에서 유의미하다.

죽고 싶어 하는 딸 앞에 선 부모들의 심정을 묻지 않을 수 있을까. "'아빠도 따라간다!'"고 외치며 목을 매는 과격한 퍼포먼스로 "눈도 제대로 못 뜨는 애한테" "그런 죄는 죽어서도 천국 못 가는 죄라고" "기도인지 꾸중인지 모를 소리나" 하던 교회와 "슈퍼 전파자라는 딱지를

1) 이유정, '조용한 학살'이 다시 시작됐다, 슬랩, 2020-11-12.임재우, '조용한 학살', 20대 여성들은 왜 점점 더 많이 목숨을 끊나, 한겨레, 2020-11-13.

2) 김기범, '코로나19는 공평하지 않다' 2020년 상반기 여성 자살 사망자 1924명, 플랫팀 여성 서사 아카이브, 경향신문, 2020-10-08.

3) 한은지, [김현수 인터뷰] 20대 여성의 자살 급증…심리적 경제적 방역을 서두를 때다, 피렌체의 식탁, 2020-11-17.

4) 김종현, 무엇이 20대 여성을 절박하게 하나...급증하는 극단선택, 연합뉴스, 2021-10-01. 백종우 경희대학교병원 정신의학과 교수 발언.

붙여 애가 다녔던 데를 무장 공비가 침투한 것마냥 읊어대는 뉴스와 신문"으로 대표되는 사람을 "살게 해"주지 않는 세상을 향해 분노를 표출하는 아빠(「물오리」)가 있는가 하면, "아빠한테 제일 소중한 사람은 너야. 아빠는 아빠 자신보다 네가 더 소중해. 엄마 대신 네가 죽었으면 어땠을 것 같냐고 네가 물었을 때, 그때 아빠가 대답하지 못했던 건, 그건, 마음이 너무 아파서였어. 상상만 해도, 생각하는 것만으로도 아빠는 가슴이 다 부서지는 것 같았어. (…) 그러니까 다시는 그런 생각 하지 마. (…) 몸에 상처도 내면 안 돼. (…) 아빠가 미안해."(「논리」)라고 죽지 말아 달란 애원에 가까운 사과가 초조하게 터져나오기도 한다.

"어머니 세대인 1951년생의 자살사망률과 1981년생의 자살사망률을 비교하니 1981년생의 자살사망률이 5배나 높았다"고 한다. "(자살하게끔 만드는) 삶의 조건들이 5~7배 증가했다는 것"[5]이다. 말하자면, 엄마들은 그다지 죽고 싶지 않다. 딸이 왜 죽으려고 하는지 공감하는 것이 어렵다. 하지만 "턱부터 이마까지 가면을 벗기듯 손톱으로 (…) 자기 살을 쥐어뜯"고 "자기 발을 뼈다귀로 착각해 깨무는 강아지처럼 멍한 시선으로 고개를 꺾은 채 손마디를 깨"물고 "정수리에 손을 얹고 뚝뚝뚝 머리카락을 뽑아"내는 행동을 반복하는 어린 딸의 위태로운 징후 앞에서, "고름이 맺힌 손톱"과 "동전만한 구멍이 생긴 정수리. 물어뜯고 깨물어 붉은 생살이 드러난" 상흔으로 점철된 작은 몸 앞에서, "왜 그래, 하지 마, 무슨 짓이야?"하고 물을 수밖에 없었던 당최 이해할 수 없는 딸의 '죽고 싶음'을 향해 "화내는 소리"는 이제 어

5) 김종목, 무엇이 여성 청년들을 죽음으로 내몰고 있는가, 플랫팀 여성 서사 아카이브, 경향신문, 2022-04-21.

떻게든 "배울게. 엄마도 공부할게. 그래서 사람들을 찾아가 보여줄게. (…) 너의 엄마가 되는 법을 배우고 사람들에게 어떻게 설명하면 좋을지 공부할게."라는 다짐을 꾹꾹 눌러 담은 "Letter, 편지"[6]로 수정될 수밖에 없는 것이다.

2. 병명 안에 담기지 않는 것들: 딸은 왜 아픈가

한국에서 죽음은 충분히 논의되지 않다 못해 거의 터부시된다. 내세관이 없는 유교 사상의 영향[7]으로 '개똥밭에 굴러도 이승이 낫다'는 현세와 물질 집착적 사고가 지배적이며, 심폐 정지 및 생물학적 기능의 종결로서 선고되는 사망은 곧 완전한 끝이자 삶의 단절로 여겨진다. 더불어 의료기술의 발달로 죽음을 지연시킬 수 있는 것으로 인식하게 되면서 어떻게 잘 죽을까가 아닌 어떻게 죽음을 최대한 지연시킬까로 포커스가 옮겨간 것이 한국의 최빈도 죽음의 공간을 요양병원과 중환자실로 축소시키는 요인이 됐다. 하지만 사망은 누가 선고하는가. 죽음은 어떤 권위에 의해 축소 정의되는가. 어떤 방식으로 우리는 죽음이 삶으로부터 단절되어 있다는 믿음을 재생산하게 되는가. 지난 9월 열린 제5회 웰다잉 포럼에서 한국생사학협회장 오진탁 한림대 철학과 교수는 '병원 임종'은 의학적 사건에 지나지 않는다며 삶의 질뿐만 아니라 '죽음의 질'을 향상하기 위한 깊이 있는 고민과 대화가 필요하다고 말했다.

6) 김멜라, 「논리」, 『팔꿈치를 주세요』, 큐큐, 2021.

7) 대만의 사회학자 임기운은 저서 『죽음학 (죽음에서 삶을 만나다)』, 모시는 사람들, 2012-01-30. 에서 동양 특히 유교 사상이 주도적 위치를 점하는 중국과 한국의 '죽음과 상례를 중시하면서도 죽음에 대해 말하기를 꺼려하'는 생명관을 설명했다.

자살에 관한 사회적 침묵은 특히 문제적이다. "한국은 매년 1만 3,018명, 하루에 약 36명씩 자살하는 국가이지만 정작 자살에 관한 논의 자체는 텅 비어 있다. 자살이 도처에 만연한데, 모두가 눈에 보이지 않는다는 듯이 지낸다. 가족은 자살을 수치로 여긴다. 남겨진 사람들은 이를 어떻게 애도해야 하는지 배우지 못한다." 하미나는 사회학자 정승화의 논의를 빌려와 "자살이 의료화되고 우울증과 연결되면서, 결국 개인적인 치유 문화의 논리 안에서만 설명되기 시작했"으며 때문에 "한 사람의 죽음과 관련된 공적 정치적 내용이 텅 비게 되었다"고 지적한다. "자살의 원인을 우울증으로 보게 되면, 여러 맥락 속에 있는 고통을 단순히 개인의 치료 문제로 환원하게 되고, 이는 자살을 둘러싼 사회경제적 설명과 의미를 끌어내는 것을 막는다"[8]는 것이다. 가임기 여성들에게 저출산의 책임을 떠넘기는 출생률 관련 인구 정책들이 자주 도모되는 것과 대비되게 "자살 관련 정책이 증발해버"[9]렸던 2022 대선 후보들의 선거 전략은 그 빈 공간을 여실히 보여주며 공적 층위에서 여성 자살을 어떻게 다루고 있는지 현주소를 시사한다.

「코끼리코」에서 '202호'는 자신의 삶에서 "돌이킬 수 없는 변곡점"이 된 "안간힘을 다해 허리를 세워보려 했던 수년 전의 그날"을 떠올린다. '그날', 제사상에 올릴 생선찜을 하기 위해 찜통을 들어올리다 "척추 4번, 5번" 디스크에 강력한 통증을 느낀 그는 직감적으로 "내 인생이 이렇게 끝나나"를 돌이켜보는 죽음에의 주마등을 경험한다. '202호'는 아버지의 유산 분배를 두고 입씨름을 벌이는 오빠들에게 "정형

8) 하미나, 『미쳐있고 괴상하며 오만하고 똑똑한 여자들(이해받지 못하는 고통, 여성 우울증)』, 동아시아, 2021-09-15.
9) 인아영, '자살' 없는 대선, 플랫팀 여성 서사 아카이브, 경향신문, 2022-01-13.

외과에 갔다가 비싼 도수 치료비에 전전긍긍한 끝에 내과로 가서 위통 약을 받고 피부과에 들러 가려움 완화 연고를 처방받는 자신의 심정을" 호소하며 "일을 하면 할수록 새로운 병만 늘어나 월급보다 병원비가 더 많이 나간다며, 편히 쉬면서 죽음을 받아들이고 싶다고 말했다." 보상금을 요구하는 일종의 민사재판처럼 이루어지는 이 대화 속에서 가슴 "한가운데 끈적하고 미끄덩한 고름이 찬 것처럼 갑갑하다고, 속은 늘 가스가 찬 것처럼 더부룩하고 허리 디스크 때문에 편히 누워 잘 수도 없다"는 병리적 증상들에 대한 서술은 증언이 되고, "팔뚝에 난 갈색 반점"과 "불그죽죽한 화상자국"이 기록되어 있는 '202호'의 몸은 자체로 증거물이 되며, "둘째 오빠가 믿을 수 있는 대학병원"의 공인을 받은 "병원 진단서"는 "그동안 202호가 열심히 살아왔다는 걸 보여주는 증빙 자료"로 기능한다.

일련의 유사 재판을 통해 (제한적이지만) 물질의 풍요와 자신만의 공간을 획득해낸 '202호'의 고군분투는 스스로를 긍정하는 해피엔딩의 탈을 쓰고 있으나 한편으로 미심쩍다. 오히려 주목해야 할 것은 이 소설 안에서 '잘 죽고 싶다'는 욕망이 곧 '치료 거부'로 치환된다는 점이다. 분명 병리적인 신체 증상들과 통증이 존재하고 치료 또는 요양의 필요성을 체감하지만 '202호'는 '병원비'로 쓸 수 있는 충분한 금액의 예산을 손에 쥐고도 병원 대신 "칠이 벗어진 벽과 녹슨 구조물들 때문에 맨션 전체가 마치 갈색 눈물을 흘리고 있는 듯" 보이는 "언제 헐릴지 모를" 개나리맨션으로 향한다.

같은 맥락으로 "의사는 뭐래. 피부에 왜 그런 게 나는 건데."라는 오빠의 질문에 '202호'는 "몰라. 검사해도 병명이 안 나와. 내 병은 내가 잘 알아. 나 오래 못 살아."라고 자가 진단을 내려 시한부를 선고한다.

그녀는 왜 아픈가? 이 '왜'의 지점에 두 층위가 있다면 질문자인 오빠가 물은 '왜 아프냐'는 질문은 면허를 소유하고 있는 의사의 권위 있는 의학적 설명으로 대답 되길 기대받는 명료한 것일 테고, '오래 못 살아'라는 '202호'의 진단에서 비롯된 왜 오래 살 수 없는가에 대한 질문은 '산다'는 일 자체에 대해 깊이 파고들며 서론에서 제기되었던 '딸들은 왜 자살하는가?'의 문제의식과 겹쳐질 뿐 아니라 "어머니 없는 집에서 유일한 여자로 살아온 자신의 처지"와 떨어져서는 결코 대답 될 수 없는 지점으로 향하게 될 테다. 그리고 이 '왜'는 병명 없음, 즉 의사가 진료할 수 있는 의학적 한계 너머 더 뿌리 깊은 차원의 일이다.

흔히 여성 우울증의 원인을 호르몬 등 생물학적 요인으로 한정하는 현대 의학의 "설명은 우울을 경험하는 여성의 구체적인 사회문화적 맥락을 지워버린다." "왜 유독 여성의 질환을 설명할 때는 남성의 질환을 설명할 때보다 생물학적 원인을 더 들먹이는가?" "남성의 우울은 여성의 우울과 달리 성 호르몬보다는 사회문화적 요인으로 설명된다. 여성뿐 아니라 남성 역시 성호르몬을 갖고, 또 특정한 생애 주기를 경험하지만, 테스토스테론은 남성의 정신질환을 진단하는 데에 주요한 기준이 되지 못한다. 의학에서 표준이 되는 몸은 남성이기 때문이다. 남성의 몸이 표준이 될 때 아픈 것, 병리적인 것, 비정상적인 것은 남성 몸 바깥에 놓인 것이어야 한다." 19세기 프로이트는 '히스테리아'라는 병명 아래 여성의 짜증스럽고 반항적인 성격 구조를 자궁이 몸 안에서 움직여 발생 되는 정신질환이라고 분석했다. 나는 오늘날 한국에서 '페미니즘은 정신병'이라는 구호 아래 범주화되는 '예민한' 여성들을 본다. 인식론적 차원에서 여전히 "여성의 우울은 그 원인이 여성의 '비정상'적인 몸 안에 있는 것으로 여겨진다. 곧 여성이 아픈 것은 '원래 그렇게 태어나서'이다." 이러한 역사 아래 「코끼리코」 속 병명 없는 고통에 대한 '202호'의 자가 진단과 '치료 거부'는 여성을 범주화하는 오랜 무기로 이용되어온 정신병의 낙인과 "함부로 한 존재를 병리적으로 보는 무례함"[10]을 은밀히 폭로하는 정치적 전략으로 기능한다.

'치료 거부'로 나타나는 의학적 권위에 대한 탈출 시도는 '유사 재판'적인 화자의 독백 서술 형식 자체와도 맞물린다. '치료 거부'가 아홉 살 때부터 군대에서 휴가 나온 오빠에게 "라면 끓여주다 덴" 일이나 혼자 "새벽부터 일어나 제사상에 올릴 음식을 준비"하다 허리를 다친 일 등 '202호가 왜 아픈가'에 대한 유력한 용의자로 추정되는 불합리의 정황들을 단 몇 음절의 병명 아래 치료 가능한 질환으로 환원시키는 거짓말(내지는 도둑질)을 막기 위한 선택이라면, '유사 재판'은 '202호'가 집에 머무는 시간이나 집에서 무얼 하는지 관찰하는 아래층 상가 중년 남성들의 위협적인 무례나, "바로 옆에 있는 남자 화장실을 두고" "자꾸 여자 양변기에서 소변을 보는" 침범의 폭력 앞에서 이 "정도는 자신이 감수해야 할 불편함이라 여"기고 적응해서라도 "사람들과 잘 지내고 싶"은 마음과 "잘못한 사람은 통닭인데 왜 내가 숨고 조심"해야 하며 "왜 나만 꼬박꼬박 존댓말 쓰고 고개 숙여 인사하는" 건지 묻게 되는 "증오나 분노 같은" 양가감정이 충돌하며 계속해서 "자기 자신에게" 질문을 던지는 '202호'의 "몸의 통증보다 다른 사람이 던지는 비난의 말에 더 깊은 상처를 받곤 했던" "순하고 무른 성격"을 드러내는 효과를 가진다. '보상금'을 획득하기 위한 오빠들과의 논쟁에서 보

10) 하미나, 『미쳐있고 괴상하며 오만하고 똑똑한 여자들(이해받지 못하는 고통, 여성 우울증)』, 동아시아, 2021-09-15.

여진 '유사 재판'적 묻기-변호하기의 형식이 '202호'의 내적 차원까지 이어져 있다는 점이 드러나는 것이다. 과장하자면, '202호'에게 '산다'는 일은 실상 죽기 전까지는 끝나지 않을 무한한 재판의 과정이며 묻기-변호하기는 그가 살아가는 방식으로서 이미 깊숙이 체화돼있다.

여성 화자의 내면화된 자기검열로서 '유사 재판'은 쉬이 큰따옴표를 업어 발화되지 않고 독백의 단락 안에서만 편집증적으로 소용돌이친다. "왜 말하지 못했을까. 왜 그때 통닭 앞을 가로막고 서서 따져 묻지 못했을까." 자기 자신을 피고 삼아 책망하는 심문 끝에 '202호'가 마주하게 되는 건 "옆집 남자의 씨발 소리"나 "내가 도끼로 확 찍어버릴 테니까."라고 외치는 "통닭의 고함" 앞에 "놀라 몸을 움찔"한 채 "자기도 모르게 손끝이 떨리며 얼굴과 귀가 붉게 달아오르"고 마는 신체적 반응과 말 줄임표(…)로 처리되고 만 '여자 화장실에 자물쇠를 달겠다'는 안전 보장 요구 발화의 끝내 완결되지 못함이다. 이 지점에 다다라 우리는 앞서 '성격'이라고 서술된 '202호'의 '유사 재판'적 독백이 사회적으로 학습되거나 강제된 침묵은 아닌지 묻지 않을 수 없어진다. 고통을 고통이라고 인정받지 못할 때, 생존을 넘어 실존의 위협 앞에서 여자들은 '왜 나는 …'으로 시작되는 자책과 무력의 미궁 속에 고립된다.

3. 다중 쟁점으로의 확장: 약함으로 연결되기

말하지 못하는 고통은 「저녁놀」 속에서 '눈점'에게 변곡점으로 작용한 또 다른 '그날' 속에서도 찾아볼 수 있다. '눈점'은 버스 하차 문 사이에 끼인 채 몇 미터를 끌려가는 사고를 당한 뒤, 자려고 누울 때면 몸을 떨며 경련하고, 하루에도 몇 번씩 찾아오는 불안감과 숨이 멈출 것 같은 갑갑함을 느끼며, 더 이상 버스를 타거나 출근을 할 수조차 없게 된다. 눈점이 진단받은 '입면 장애'와 '스트레스 장애', '공황장애'라는 병명 뒤에 아무런 조치도 취하지 않고 그대로 정류장을 떠났던 버스 기사의 무책임과 여자 승객을 욕하던 택시 기사의 폭력은 감춰지고 '눈점'은 "왜 나는 남들처럼 무뎌지고 담담해지지 않는" 건지 "남보다 더 넘어지고 아파하는 자신"의 나약함을 책망하며 고립되어간다. '눈점'은 병원의 처방을 통해 치료되기는커녕 오히려 "입안 가득 넣은 알약에 목이 막혀 죽을 것"만 같다. 인정받지 못하는 '눈점'의 고통 속에서 '202호'가 기시적으로 겹쳐 보이는 건 우연일까.

본명 대신 자신이 거주하는 집의 호수로 불리는 '202호'의 '이름 붙이기'가 내 집 마련은 고사하고 생존을 위한 근본적인 자원 부족과 씨름해야 하는 청년의 사회적 지위를 보여줌과 더불어 말하지 못하는 여성 고통의 맥락에서 이름 잃은 여자 되기를 보여주고 있다면, '눈점'과 '먹점'이라는 '이름 붙이기'에는 역시 여성으로서 서게 되는 취약한 자리와 사고를 당한 후에도 꿋꿋이 출근해야 하고 "급여는 그대로인데 업무량은 나날이 늘어"가는 불안정한 노동 및 경제적 지위에 대해서도 드러나지만, 무엇보다 "두 여자가 서로의 이름을 부르며 애정 표현을 하기 녹록지 않은 세상"에서 "점점 점이 되어가는 것"만 같은 퀴어 정체성이 강력히 스며들어 있다.

"나와 지현이는 언제까지 먹점, 눈점이어야 할까"를 묻게 되는 지점은 먹점이 회사에 연차 사유로 "아내가 감기 기운이 있"다고 말하지 못한 때였다는 점을 생각해보자. 여성의 고통이 '히스테리아' 또는 '페미니즘(이라는 정신병)'으로 병리화됨으로써 그리고 여성 우울증의 의료화로써 여성들이 어떻게 범주화됐는지 기억해보자. 동성애 또한 정신병으로 여겨졌던 역사가 있다.[11] 「호르몬을 줘줘요」에서 보여지는 '남자가 될 건지 여자가 될 건지'의 이분법적 선택의 기로에 놓인 인터섹스 아동이 겪는 혼란과 의료적 침해는 "남성과 여성을 엄격하게 서로 배타적으로 구분하는 정의가 인터섹스에게 성기 수술을 해서 지켜야 하는 거라면, 그런 정의란 과연 얼마나 자연스러운 것이겠는가"[12]하는 의문을 제기하며 이분법적 성 구분이 사회적으로 구성된 개념임을 시사한다. 병으로 규정되는 어떤 특성들에 대한 진단은 정말 고정적이고 믿을 만한 것이며, 이들의 아픔은 '의학'에 의해 치료될 수 있는 개인적 문제일까. 김멜라는 '의학'이나 '과학'[13]이라는 권력 아래 누군가를 병리화하고 범주화하는 무기로서 쓰여온 '진단'의 '이름 붙이기'를 가져와 취약한 자리들을 조명하는 가시화 전략으로 이용하고 있다. 제도 안에서 누군가의 보호자가 될 수 없다는 '자격요건 없음'의 배제 논리에서 드러나는 것은 지목된 자들의 자격 부족이 아니라 그 자격요건 자체의 의뭉스러움뿐이다.[14]

---

11) 1952년 미국 정신의학회에서 출간된 DSM(정신질환 진단 및 통계 편람, Diagnostic and Statistical Manual of Mental Disorders) 제1판에서는 동성애가 정신질환으로 규정되어 있었다.

12) 일라이 클레어, 전혜은/제이 역, 『망명과 자긍심 (교차하는 퀴어 장애 정치학)』, 현실문화연구, 2020-04-01.

13) 일라이 클레어는 『망명과 자긍심 (교차하는 퀴어 장애 정치학)』, 현실문화연구, 2020-04-01.에서 몇백 년은 된 괴물 연구인 기형학은 '과학'에서 나왔으며, 과학자는 장애인을 "단두계 하반신결합류 괴물종 암컷" 따위의 용어로 기술했다고 설명한다.

14) 오혜진은 「지금 한국 퀴어문학장에서 '퀴어한 것'은 무엇인가」, 문학과 지성사, 문학과 사회 2018년 겨울호.에서 퀴어소설의 문제의식은 자신의 퀴어적 정체성에 대한 고민으로 수렴되는 것이 아니라, 자신의 정체성을 '퀴어한 것'으로 인식하는 이 사회의 질서에 문제를 제기하는 데 있다고 말한다.

같은 맥락에서 죽음은 또한 누가 제도 밖으로 밀려나 있는지, 취약한 존재들을 가시화하는 민감한 구멍 같은 지점이 되기도 한다. 딸은 상주가 될 수 없으며, 혼인신고를 할 수 없는 동성애자 연인들 역시 공식적인 가족으로 상주의 자리에서 장례 절차에 참여할 수 없다. 동물들은 인간의 식자원으로 분류되어 살해당하며(「홍이」) 반려동물로 입양되어 '가족'이라 임명받은 동물들 또한 죽어서 사체가 되고 나면 종량제 쓰레기봉투에 담아 버려야 하는 법적 생활폐기물로 분류된다.[15] 고독사한 지 7개월 만에 백골로 발견된 한 노인이 풍기는 시체 썩는 냄새(「홍이」)가 가시지 않은 와중에, 돈 낭비를 해선 안 된다는 이유로 하루라도 빨리 자신이 죽어야 한다고 주장하는 '체'의 할머니가 곡기를 끊는 방식으로 꾀하는 느리지만 단호한 자살 시도는 차마 웃어넘길 수 없는 묵직함을 남긴다(「나뭇잎이 마르고」).

자신의 살아있음에 있어 '돈 낭비'라는 부채 의식을 무겁게 지고 자살을 시도하는 할머니는 또한 자신의 첫 손녀 '체'를 어린 시절 바닥에 떨어뜨려 뇌병변장애를 가지게 만든 원인 제공자이기도 하다. 그럼에도 할머니를 탓하지 않는다고 말하는 '체'는 식음을 전폐한 할머니에게 음식을 먹일 방법을 강구하기보다 함께 굶어 자살에 동참하는 쪽을 택하는 어딘가 "헤아릴 수 없는 크고 높은 면"을 가진 인물이다.

사람들에게 "먼저 주고, 준 만큼 되돌려받지 못해도, 다시 자기의 것을 주"며 먼저 카드를 꺼내 계산하기를 꺼리지 않던 '체'는 그러나 학교 홍보 모델로 선발됐다는 전화에 "옹사오 영예고 옹짜오 우여억을

15) 현행법상 죽은 동물 사체는 종량제 쓰레기봉투에 담아 내놓거나 동물병원에서 의료폐기물로 처리하거나 동물 장묘시설을 이용해 처리할 수 있으며, 마당이나 산에 묻어 매장하는 것은 불법이다.

행악 하이 마고 제애오 온을 지울해어(봉사고 명예고 공짜로 부려먹을 생각 하지 말고 제대로 돈을 지불해요)!"라고 목소리를 키운다. 일라이 클레어는 오랜 비장애 중심주의의 역사 아래 프릭 쇼에서 의사의 진료실로, 호기심에서 연민으로, 오락에서 병리로 한 인식틀이 또 다른 인식틀로 바뀐 것뿐 장애를 범주화하는 인식 자체는 변하지 않았음을 지적하며, 오히려 진료실에서, 길모퉁이에서, 버스 정류장에서, 놀이터에서, 레스토랑에서, 비장애인들이 티를 내지 않으려 애쓰면서 빤히 쳐다볼 때, 교묘하고 일상적으로 일어나는 오늘날의 범주화가 장애인을 구경하는 대가로 최소한 입장료는 지불했던 과거 프릭 쇼에서의 관음증적 장애 전시보다 더 나아진 게 없다는 점을 비판적으로 꼬집었다.[16)]

장애의 의료화는 교묘하고 일상적으로 장애인의 통제력을 빼앗아간다. 의사들은 태아에게 핸디캡이 있는지 여부를 결정하는 것에서부터 장애를 초래하는 다양한 증상이 있는 나이 든 사람들의 죽음에 이르기까지, 장애인의 삶에 중심적으로 관여하며 재정적 혜택의 할당액을 결정하고, 교육 설비를 선택하고, 노동할 능력과 잠재력을 측정하는 일에도 관여한다. 이 중 어떠한 경우에서도, 의학적 훈련과 자격증이 곧 의사를 그러한 개입에 가장 적절한 사람으로 만들어주는지는 분명하지 않지만 말이다.[17)]

분명 서로 특수한 차이가 존재하겠지만, 여성-퀴어-장애가 의료화를 통해 어떻게 범주화되어왔는지 역사를 톺아보며 우리는 적어도 배제와

---

16) 일라이 클레어, 전혜은/제이 역, 『망명과 자긍심 (교차하는 퀴어 장애 정치학)』, 현실문화연구, 2020-04-01.

17) 마이클 올리버, 윤삼호 역, 『장애화의 정치(The Politics of Disablement)』, 대구DPI (대구장애인연맹), 2006-09-11.

차별을 작동하게 하는 어떤 공통의 프로토콜 같은 것을 찾아낼 수 있다고 느낀다. 하지만 동시에, "세상의 모든 사람들이 그녀처럼 말하고 그녀처럼 웃기를 바랐다"던 '앙헬'이 '체'의 결혼하자는 말에는 '섹스도 중요하다'고 차갑게 일갈해 거절한 것처럼, 비장애인 여성이 장애인의 고통에서 공감할 수 있는 공통의 무언가를 찾아낼 수 있는 만큼이나 (혹은 그 이상으로) 어떤 상황이 벌어져도 '체'가 자신을 힘으로 제압하지는 못할 거라는 물리적 힘의 우위에 대한 믿음과 장애인을 무성적 존재로 보는 시선 속에서 분명하게 읽히는 위계를 느낀다.

하지만 물리적인 힘의 우위를 통해 상대가 나를 해치거나 공격할 수 없음을 확인해야만 안심할 수 있다는 한 여성의 두려움과 경계를 단순히 위계 의식으로 읽어내도 괜찮은 것일까. 또한 반대로 "여자 가슴이 좋다"는 '체'의 말이 무성적 존재로 치부되는 장애인이자, 레즈비언 퀴어 존재의 발화로서 정치적 힘을 획득함과 동시에, 다른 한편으로는 성 착취와 포르노그래피가 과잉되어있는 사회적 맥락 속에서 여성 신체 부위에 대한 성적 대상화에 일조 혹은 공모하는 불편함을 상기시킬 여지를 가지지는 않는가?

복잡한 건 그뿐이 아니다. 앞서 여러 단락에 걸쳐 회의적으로 비판해온 '의료화'는 과연 절대 악인가. 아무리 그것이 반쪽짜리 인정이라 할지라도, 병명을 진단받고 약을 처방받는 과정에서 누군가는 자신의 아픔이 언어화된다는 사실에 위로받기도 한다. '202호'의 '대학병원 진단서'가 권위로부터의 승인을 근거하며 가족들로부터 아픔을 인정받고 어쨌든 돈과 집을 비롯한 경제적 자원을 획득할 수 있도록 하는 결정적 요인으로 기능했던 것 또한 축소하거나 누락할 수 없는 성과다. 무엇보다 중요하게 재고해봐야 하는 것은 의료화의 당사자들이 단순히 시스템 속 수동적인 피해자가 아니라 오히려 대단히 적극적인 행위자일 수 있다[18]는 사실이다.

'눈점'은 자신이 아프다는 걸 인지하고 스스로를 지키기 위해 자발적으로 정신과를 찾아간 여자였으며, 「저녁놀」에서 '이름 붙이기'는 퀴어로서 살아가는 삶의 난처함만을 말하는 슬픈 행위가 아니라 서로 사랑을 속삭이는 애정 어린 별명 붙이기이자 대파나 표범 인형, 딜도 같은 무생물에게까지 의미를 부여하고 마음을 나누는 일을 가능케 하는 사랑의 행위이기도 했다.

"개나리맨션이 좋고, 그곳에 사는 자신이 좋았다"는 '202호'의 고백을 '미심쩍은 해피엔딩'으로 일축했던 「코끼리코」의 결말을 다시 읽을 필요성 또한 요구된다. "씨부랄 거, 그냥 좀 싸!"라는 부정의 언어가 아니라 나도 모르게 터져 나오는 실소 같은 무의식적 본능적인 긍정의 언어 앞에서만 샘물 터지듯 흘러나오는 오줌 줄기의 요동치는 물성과 생명력을 어떻게 무시할 수 있겠는가. "제사상을 차리다 병이 나긴 했지만 엄마의 제사상이었으니까, 아버지가 먹을 콩자반과 멸치볶음이었으니까 202호는 누구도 원망하지 않았다"던 '202호'의 아빠를 향한 고마움과 엄마를 향한 그리움과 그 흘러넘치는 사랑을, '개나리맨션 202호에 사는 내가 좋다'는 자기 긍정으로서의 '이름 붙이기'의 맥락을 모두 누락한 무례를 어찌 되돌아보지 않을 수 있을까.

김멜라가 직조해낸 "칸과 칸 사이에 절취선이 그어진 휴지처럼 자의/타의로 말끔하게 끊어지지 않고 불규칙한 선으로 찢겨 나간" "빈 괄호"(「제 꿈 꾸세요」)의 세계에서 우리는 복잡성의 아름다움을 본다.

---

18) 하미나, 『미쳐있고 괴상하며 오만하고 똑똑한 여자들(이해받지 못하는 고통, 여성 우울증)』, 동아시아, 2021-09-15.

점선을 따라 명료하게 일직선으로 찢어지지 않는 지저분하고 애매하고 불규칙한 이음매, 틈새, 연결부에서 경이롭게 흩날리는 먼지를 본다. '어떻게 딸들을 살릴 수 있을까'를 묻는 부모의 마음에서 처음 시작된 질문은 이제 확장될 수밖에 없어진다. '앙헬'과 '체' 사이의 미묘한 위계를 혹여라도 '여성 대 장애인'의 대립으로 보거나 '누가 제일 고통받는가?'를 측량 및 대결하는 파이 싸움으로 끌어갈 의지 또한 상실된다. 그 대신 '여자들의 사랑 이야기'를 쓴다는 김멜라의 말[19]을 "나의 '없음'과 너의 '없음'이 서로를 알아볼 때, (…) 무언가 고요하고 단호한 일이 일어"날 수 있는 "사랑의 세계"[20] 안에서 "'이삼십 대 여성의 고통을 보아달라'기보다는 '이삼십 대 여성의 눈으로 세상을 보아달라.'"[21]는 연루의 요청으로서 읽어내야 할 필요성만이 오롯이 파도친다. "사회에 적응해야 하는 인간으로서 버려야 할 단점이자 취약함"으로 여겨졌던 "자신 아닌 다른 존재에게 공감하고 되도록 폭력적인 관계를 맺지 않으려고 하는" 다른 말로 "잘 느끼는"(「저녁놀」) 나약함은 이제 여기서 누구보다 잘 사랑할 수 있는 강력하고 유리한 특성으로 재구성된다.

4. 편지 쓰는 마음으로

어느덧 두 번째 소설집을 출간한 김멜라의 작품세계에서 이전과 달

---

19) 김멜라, [책읽아웃] - 황정은의 야심한 책 (284회) 〈인터뷰 김멜라 소설가 편〉, 문화웹진 채널예스, 2022-08-25.

20) 신형철, [신형철의 스토리-텔링] 나의 없음을 당신에게 줄게요, 씨네21, 2013-07-03.

21) 하미나, 『미쳐있고 괴상하며 오만하고 똑똑한 여자들(이해받지 못하는 고통, 여성 우울증)』, 동아시아, 2021-09-15.

라진 점이 있다면 무엇일까. 「호르몬을 줘줘요」 속 의료화의 이분법적 성 구분 강제의 침해 앞에서 혼란스러워하던 아이는 「논리」에서 엄마의 죽음과 자신의 성 정체성에 대한 혼란을 겪고 자해하는 아이로, 「홍이」 속 사람에게 잡아먹히고 또한 사람을 잡아먹는 인간과 비인간 동물의 경계에 관한 질문을 던지는 존재로서의 개는 「유메노유메」 속 꿈속을 경유해 인간과 연인 사이가 되는 사랑의 주체로서의 고양이로 그 계보가 이어져 왔다고 본다면, 최근작들에서는 특히 사후세계 즉, 죽음 이후의 이야기에 대한 상상이 두드러진다는 게 큰 차이점이다.[22)]

「호르몬을 줘줘요」에서 어린아이의 시점으로 겪는 혼란은 이태원이라는 공간과 '천사-트루'로 불리는 퀴어 인물에 의해 잠정적으로 구원받으며 일단락된다. 「논리」에서는 혼란스러워하는 아이 '엘리'를 걱정하며 지켜보는 죽은 엄마의 1인칭 시점으로 이야기가 서술되며, 자해 충동으로 나타나는 '엘리'의 혼란은 '과카몰레'로 지칭되는 짧은 머리의 여자와의 관계를 통해 말린 꽃잎이 따듯한 찻물 안에서 잎을 펼치듯 마음을 펼치고, 그에게서 서핑을 배우면서 파도타기를 성공하고, 훗날 어른이 된 후에는 연인과 함께 서핑을 즐기면서, 결국 자신을 긍정할 수 있게 되는 성장담의 모습으로 마무리된다.

중요한 것은 이미 죽은 '나'가 교통사고가 나던 날의 꿈을 반복해서 꾸면서 트라우마 속을 헤매고, 닿지 못하는 망자의 신분으로 유가족들의 곁을 맴돌면서 무언가를 깨달아가는 과정 안에 있다. 몇 번이

22) 초기작을 2010년대 중반 발표작으로, 최근작을 2020년 이후 발표작으로 구분한다면 2019년 발표된 「유메노유메」는 과도기적 작품이라고 볼 수도 있지만 본 평론에서는 최근작으로 포함해 분류하였다.

고 처절하게 트럭과 충돌하면서 되뇌이는 오직 유일한 깨달음은 딸인 '엘리'가 "누구를 만나든, 누구와 사랑에 빠지든" 아무렴 괜찮아지는 '살아 있음' 그 자체의 절대적인 소중함이며, "죽으면 어떻게 되는지, 살아 있을 때 뭐가 중요한지, 삶과 죽음, 우리가 단절되어 있다고 믿는 그 사이에 어떤 힘이 있어 우리를 서로에게 연결해주는지"를 사람들에게 알려야 한다는 '연결되기'에 대한 각성적 깨우침이다.

「유메노유메」에서 또한 꿈은 망자와 산 자를 연결해주는 시공간으로 기능한다. 소설의 초반부에서 단순히 '고양이에서 인간이 되었다'고 의도적으로 부분 생략되는 설명은 결말부에 이르러 "난 봄이 지나면 돌아가야 해. (…) 죽은 고양이들이 사는 나라"(로). 라고 말하는 '유메'의 고백에서 미애가 "이 모든 것이 자신의 꿈이라는" 진실을 자각하게 하며 극적인 반전 서사를 꾀함으로써 '유메'와 '미애'의 이별에 몰입하게 만든다. "프랑스인에게 발견돼 캐나다인에게 키워졌다 일본에 사는 한국인과 살았던 고양이답게, (…) 모든 장벽을 부드럽게 뛰어넘어 미애의 꿈에 찾아"온 '유메'는 미애에게 "미애는 내 최고의 친구였어. 언제나 나의 엄마, 언니, 사랑하는 여보야. 이제 난 안 아파. 그러니까 나한테 그만 미안해해도 돼. 아침이 되면 즐겁게 일어나서 또 하루를 시작해."라고 위로 섞인 작별을 고한다. "이 사람의 손에서 저 사람의 손으로 넘어가듯 (…) 고양이와 인간을 넘나들며 미애의 꿈에 찾아와 미애를 위로"한 '유메'의 망자로서 산 자의 꿈에 찾아가는 사랑법은 「제 꿈 꾸세요」에서 이어진다.

「제 꿈 꾸세요」 속 망자가 된 '나'는 길손이 되어 길잡이인 챔바를 만나고 누군가의 꿈으로 향하기 위해 길을 떠난다. 그런데 "어떻게 서로 다른 개체의 뇌신경 활동이 하나로 연동될 수 있을까. (…) 나는 내 생각이 챔바와 이어져 있고 내 상상력 안에서 다른 사람의 꿈으로 갈 수 있다는 길손의 원리"를 삼각뿔 모양 커피우유로 깨우친다. "꿈을 꾸는 엄마의 마음과 그 꿈으로 간 내 마음, 그리고 우리 두 사람을 이어주는 챔바의 마음이 삼각뿔의 세 직선처럼 하나의 꼭짓점에서 만나고 (…) 나를 이곳까지 오게 한 마음, 나보다 어둡고 나보다 빛나는 슬픔이 삼각뿔 커피우유의 밑면처럼 우리를 떠받치고 있었다"는 거다. '나'를 이곳까지 오게 한 마음은 곧 "내 플러그는 내가 뽑고 싶어요"라는 문장에서 보여지는 것처럼 무엇 하나 통제하거나 욕심낼 수 없을 정도로 내몰린 삶에서 유일하게 제 마음대로 버리거나 통제할 수 있다고 여겨지는 '죽음'에 대한 일종의 마지막 소유욕이며, 이는 역설적으로 살아 있는 동안의 무력감과 무능감이 얼마나 거대했는지를 함의한다. 어떤 사람들이 길손이 되냐는 질문에 "슬퍼한 사람"이라는 챔바의 대답은 그 맥락에서 길손이 된 '나'의 심연을 알아주는 위로가 되며 앞선 장에서 '나약함'이라고 얘기되었던 타자에 대한 공감 능력과 오직 스스로의 내면을 향해서만 공격력을 표출하는 '원망하지 않음'의 태도를 숭고화 하는 역할을 한다.

소설의 초입에서 회상되는 〈메기의 추억〉과 〈오! 수재나〉같은 외국 민요들은 메기가 누구인지, 밴조가 무엇인지 알 수 없는 비밀스러운 그림자를 드리우고 있는데, '나'는 그 수수께끼를 누군가에게 묻거나 찾아보지 않고 풀리지 않는 매듭 그대로 둔 채 미궁 속을 마음껏 헤매기를 선택했다고 밝힌다. 가사에 대한 의문이나 해석을 제쳐두고 높은 벼랑에서 별안간 훅 떨어지는 듯한 노래의 낙차에 울렁이는 가슴만 안고, 뜻도 모르는 이국 말을 흥얼대며 메기와 수재나가 만나 베르네로 향하는 상상을 음미했다고. 이 아름다운 미궁과 겹쳐 보이는 '나'

의 죽음을 "비난도 칭찬도 아닌, (…) 판단 이전의" 빈 괄호로 비워두는 챔바의 겸허한 태도에서 가히 알 수 없음의 미학이 엿보인다.

하지만 노래 속 새빨간 알핀로제가 알프스철쭉이란 것을 '나'는 죽고 나서야 알게 됐다는 말을 하지 않고 넘어갈 수 있을까. "나는 몰랐는데 내 상상은 어떻게 아는 걸까. 난 끝났는데 지금 여기서 뭘 하는 걸까. 죽었는데 아직도 뭐가 두려운 걸까. 죽어서도 죽지 않는 감정이 있다면 노래가 끝나도 혀끝에 맴도는 멜로디가 있다면 누군가의 꿈에 찾아가 어떤 말을 해야 한다면." 첫 번째 소설집을 낼 때 작가의 말에서 세상의 알 수 없음을 조금이라도 설명해보려는 시도로 소설을 쓴다고 밝혔던 김멜라는 이번 소설집에서는 한 가지 새롭게 알게 된 게 있다고 말한다. 그가 알게 된 유일한 진실은 "사랑하는 것은 아무것도 사라지지 않는다./ 그러니 아무도 헛되지 않다"는 것이다. 여전히 알 수 없는 것들의 복판에서 앎의 미학으로 궤를 옮겨온 작가의 쉽지 않았을 걸음에 나는 함께 발을 맞추고 싶다. '알 수 없음'의 다른 한편, '앎'의 지점에서 새롭게 차오르는 마음과 "손등으로 비빌수록 시야가 더 흐려져 알프스철쭉의 핑크색이 노랑, 초록, 파랑으로" 만들어내는 경이로운 빛의 스펙트럼을 흐려지고 번지고 뒤섞이는 진창의 존재 그대로 마주하고 싶다.

"리스본 사람들이 카리푸나족이란 부족이 세상에 있다는 것을 알게 된 것이 성과라면 성과야. 카리푸나족이 우리 앎의 지도, 인식의 지도 안에 들어왔어."[23)]

23) 정혜윤, 「앎의 지도」, 에픽(Epiic) #08(2022년 7, 8, 9월호), 다산북스, 2020-10-15.

「앎의 지도」에서 태평양전쟁 당시 포로감시원으로 동남아시아에 갔다가 광복 후 전범이 된 조선인들의 역사 쓰기를 조명한 정혜윤은 그들의 이야기가 삶의 가장 비밀스러운 부분을 건드리는 것처럼 느껴진다고 말한다. 여태까지 나의 삶이라고 생각했던 것이 사실은 나의 삶이 아니었다는 앎. 식사는 식사 이상, 노래는 노래 이상, 삶은 자고 먹고 노래하는 그 이상의 것, 우리가 뭐라고 말하든 그 이상의 것, 죽을 때 돌아보고 후회할 우리의 것, 소중한 것, 그런데 왜 우리는 자기 자신의 삶을 살지 못하는가? 그는 무언가 혹은 누군가를 알게 되면(혹은 이해하게 되면) 사랑하지 않을 수 없고 뭔가를 사랑하면서 알게 되는 일은 우리 삶의 방향을 바꾸고, 할 수만 있다면 알고 사랑하면서 수십 번, 수백 번 더 나은 사람으로 변신하고 싶게 만든다고 정언한다. 사형당한 전범들의 이름, 고향 주소가 적혀 있는 종이를 꺼내며 "우리 전범 친구들이 꿈에 자주 와요. 나는 항시 이 종이를 우아기(윗도리라는 뜻의 전라도 사투리) 주머니에 넣고 다녀요."라고 말하는 이학래에게서 나는 김멜라가 그려내고자 했던 그리운 죽은 이와의 꿈속 조우가 살아 있는 사람들에게 어떻게 정말 위로가 되고 살아갈 힘이 되는지를 알아볼 수 있다.

우리는 단절을 이야기했다. 죽음이 곧 완전한 끝이라는 세속적 통념과 여성 자살 및 우울증을 개인적인 문제로 축소시키는 의료화의 단절을 말했고 여성의 말하지 못하는 고통이 어떻게 젠더, 장애 등 더 다양한 정체성 층위와 복잡하게 얽혀왔는지, 동시에 고통을 대결하면서 어떻게 서로 단절되어왔는지 말하려고 했다. '202호'가 "하루하루 주어진 시간을 기쁘게" '잘 살아 있는 일'이 곧 '잘 죽고 있음'을 확인하는 일과 다름 아니었던 것처럼 내가 '단절'에 대해 살펴본 건 또한 '연결'되고 싶었기 때문이다. "죽는다는 건 죽은 엄마를 볼 수 있다는 의미이기에 202호는 죽음이 무섭지 않았다"는 말처럼 죽어도 끝나지 않는 소중한 마음에 대해서, 아니, 죽음 앞에서 더욱 진실해지는 어떤 강력한 연결에 대해서 말하기 위해 김멜라는 이토록 사후세계를 상상하고 있다는 걸 정확히 알아주고 싶었던 것 같다. '알아줌'은 너무도 중요한 문제이다. 어쩌면 전부이다. 어떤 '알아줌'은 누군가를 죽고 살게 한다.[24] 우리는 삶과 죽음의 필연성을 알아야 하고, 단절의 문법 아래 고립되어갔던 타자들을 더 많이 알아야만 한다. 우리는 모두 저마다 다른 앎의 지도, 인식의 지도를 더듬더듬 늘려가야 하고, 오직 두 발로 멈추지 않고 계속해서 어디론가 걸어가야 한다.

지난 8월 출간된 소설집 『제 꿈 꾸세요』 작가의 말에서 김멜라는 작업실로 올라가는 이층 계단에서 새끼 고양이 한 마리를 발견해 삼 일간 보살피다 고양이별로 떠나보낸 일화를 언급하며 짧은 시간 곁에 머물렀던 갈색 줄무늬 새끼 고양이 '키요'의 존재와 그 어린 생명을 애처로워하는 제 애인의 마음을 이 책에 남기고 싶었다고 밝혔다. 글로 써서 기록해야 할 것은 바로 그 마음과 생명이라는 걸 알기 때문에 애인과 '키요'를 위로할 수 있는 기록의 글쓰기로서 작품들을 써 내려갔다는 거다. 무심코 넘기던 소설의 책장 끝자락에서 마주한 작가의 고백에 이르러 우리가 알게 되는 것은 이 소설집이 실상 자체로 한 통의 러브레터나 다름없다는 사실이다. 앞서 살펴본 「논리」, 「유메노유메」, 「제 꿈 꾸세요」 세 편의 소설에서 발견된 짙은 죽음, 남은 이들의 꿈에 찾아가는 망자, 죽음 이후에 애틋한 후회와 함께 터져 나오는 사랑의

24) 하미나, 『미쳐있고 괴상하며 오만하고 똑똑한 여자들(이해받지 못하는 고통, 여성 우울증)』, 동아시아, 2021-09-15.

말들, 함께 웃을 수 있는 꿈같은 시간들은 모두 작가가 사랑을 고백하는 마음으로 남긴 편지의 흔적들로서 다시 읽히고, "사랑하는 것은 아무것도 사라지지 않는다. 그러니 아무것도 헛되지 않다"는 언명은 누구보다 작가 자신을 향하는 다짐이자 약속으로 메아리친다.

나에게도 이 평론은 분명 한 통의 편지다. 러브레터를 쓰는 마음으로 여러 밤 동안 조바심을 내고 허둥대며 그러나 조심스럽게 숙고했다. 지우개로 박박 지워가며 연필로 덧쓴 편지처럼 몇 번이고 수정되고 방향을 재설정하며 더듬더듬 걸음마를 뗀 나의 언어, 사랑을 한 움큼 실어 보내는 이 작은 편지를 받은 누군가 애달프고 울퉁불퉁한 사랑의 여정에 기꺼이 연루되어준다면, 그래서 당신과 나의 마음이 언젠가 삼각 커피우유의 꼭짓점에서 만날 수 있다면 그걸로 충분하다. 그 사랑은 죽어서도 사라지거나 소멸되지 않을 테다. 그러니, 아무것도, 헛되지 않다.

당선소감 | 윤소예

죽지 않길 잘했다, 글을 쓰길 잘했다는 뭉클한 안도감이 듭니다. 등단 제도에 편입되는 것이 과연 얼마나 가치 있는 일일까 하는 질문에는 답이 갈리는 오늘이지만, 분명 어떤 알아줌은 사람을 살아가게 합니다. 여전히 그 알아줌엔 귀중한 면이 있습니다. 알아주셔서 고맙습니다.

원고를 부치러 가는 날엔 눈이 왔습니다. 허리 통증과 안구건조증, 수족냉증, 역류성식도염을 달고 컴퓨터 방에 칩거한 채 밤을 꼬박 새워 글을 쓰던 제게는 그날 내린 폭설이 제가 올해 본 첫눈이었습니다. 집 밖으로 나간 일 자체가 오랜만이었습니다. 발끝이 시리고 뺨이 얼어 아려오는데도 백설기처럼 새하얀 세상이 왜 이렇게 예뻐 보이는지요. 아직 나는 눈이 좋구나, 생각했습니다. 하늘에서 내리는 예쁜 쓰레기, 그런 멸시를 받고도 눈은 아랑곳없이 포근하게 쌓여갔습니다.

백만 원의 고료 덕에 장학재단에서 학자금대출을 받을까, 물류센터에서 단기 아르바이트를 할까, 고민하던 생활비 걱정을 한시름 덜어서 기쁩니다. 하지만 무엇보다 기쁜 점은 나라는 인간이 글로 밥벌어 먹고 살 수도 있겠구나, 하는 가능성을 조금이나마 보았단 것입니다. 기사 같기도 하고, 에세이 같기도 하고, 칼럼 같기도 하고, 편지 같기도 한 나의 모자란 글이 과연 평론이라고 불릴 수 있을까, 의심하던 끝없는 미궁 속에서 멀리 빛이 새어 들어오는 쥐구멍을 겨우 발견한 기분입니다. 그 좁은 구멍에 코를 박고 상쾌한 바깥 냄새를 맡으며 자꾸 벅차고 서러워집니다. 내 글은 형편없지 않습니다. 나는 평론을 썼습니다.

여전히 나를 믿는 일이 어렵습니다. 사실 어안이 벙벙하고 터무니없습니다. 아무래도 운이 좋았을 뿐이지 싶습니다. 그러나 내 삶은 나만의 삶이 아니듯이, 어렵단 이유로 내가 나를 믿지 않아 버릴 수는 없는 거겠지요. 내가 나의 엄마 정희의 유능함과 우직함을 믿는 것처럼, 내 언니들의 강인함과 내 친구들의 다정함과 내 애인의 정직함을 믿는 것처럼, 또한 나를 흔들림 없이 믿어주는 사람들을 생각합니다. 내가 사랑하고 이해하는 사람들이 나를 사랑하고 이해할 때 나는 무엇도 저버릴 수 없다는 걸 압니다.

아직 알고 싶은 게 많습니다. 더 많은 사랑이 내 안에 남아 있고, 무언가를 혹은 누군가를 믿고 싶은 소중한 마음들이 여전히 살아있습니다. 그 마음을 저버리지 않는다면 쓰는 일을 멈출 수도 없겠지요. 게을러지지 않고 무엇이든 쓰겠습니다. 체념하지 않고 사랑하겠습니다. 죽지 않고 살겠습니다. 지면을 내어주셔서 감사합니다.

평론 심사평

윤소예 (죽어서도 죽지 않을 한녀들의 러브레터 - 김멜라론)

시간 깊이 · 고민 흔적 각인… 새로운 시선 예리

심사에 오른 28편의 비평 응모작을 읽으면서 이런 문장들이 생각났다.

엄연한 문학의 한 장르로서 비평의 언어는 예술의 자격을 요구받는다. 이 자격은 한 편의 작품으로서의 완결성과 서사적 긴장을 갖출 때 주어진다. 비평의 논리적 정합성은 글쓰기의 기술이 아니라 작품과 세계를 매개하는 정동의 운율을 읽어낼 때 담보되고, 철학적 사유의 현재성은 학습의 결과가 아니라 작품이 재현하는 세계를 예술이 어떤 방식으로 사유하고 있는가라는 질문이 정확한 입사각을 통과할 때 드러난다. 이러한 독서 작업과 질문이 누락됐을 때 비평은 자칫 제 본연의 미학을 놓칠 수도 있다. 글쓰기의 기술과 학습은 필요조건이지 충분조건이 아니다. 이론과 먼저 호흡하기보다 작가의 시선과 공명하는 자리를 찾을 때 기실 첫 문장이 제 길을 찾는다. 다소 긴 이 생각들을 간단히 정리하면 다음의 한 문장쯤 되겠다. 비평도 아름다울 수 있다.

이러한 기준으로 세 편의 글을 톺아 다시 읽었다. 김윤진씨의 '영화의 경계가 해체되는 순간-'놉'과 '소설가의 영화'를 중심으로', 이지연씨의

'멸종을 보류하는 상생의 에너지-기후 위기의 자장에서 천선란의 '나인' 읽기', 그리고 윤소예씨의 '죽어서도 죽지 않을 한녀들의 러브레터-김멜라론'을 두고 오랜 시간 다시 읽으며 고민했음을 미리 밝힌다.

김윤진씨의 글은 흔치 않은 영화비평이었다. 영화의 시작과 끝에 위치한 리더필름과 엔딩 크레딧이라는 형식을 글감으로 영화라는 장르의 경계성을 사유하면서 현실과 가상에 얽힌 질문까지 나아가는 내용성이 돋보였다. 첫문장부터 마지막문장까지 단숨에 읽혔다. 무엇보다 쉽고 정확한 문장은 닮고 싶은 장점이었다. 다만 작품에 대한 본격적인 논의의 깊이가 아쉬웠을 뿐이었다.

이지연씨의 비평은 천선란의 작품이 던진 질문을 정확히 포착해 자신만의 완결된 구조로 재조직한 글이었다. 생명의 조건으로서 지구와 그 안에서 살아가는 생명들 간의 관계 맺기와 삶-방식에 대한 글쓴이의 사유는 다시 인간의 조건을 심문하는 질문으로 이어지며 글 전체에 긴장감을 불어넣었다. 한 편의 비평작품으로서의 완결성과 서사적 긴장을 유지하고 있었고, 때문에 심사하는 내내 하나의 좋은 기준이 됐다. 언젠가 비평가 이지연의 이름을 보게 될 것을 의심치 않는다.

마지막으로 윤소예씨의 글에는 작품과 함께 했을 것으로 짐작되는 시간의 깊이와 고민의 흔적들이 깊게 각인돼 있었다. 지난 몇 년간 한국

문학의 가장 뜨거운 주제였던 젠더와 퀴어의 비평장에 뛰어들었음에도 익숙함보다 새로운 시선의 입사각들이 더 예리했다. 주제에 대한 집단적 학습의 흔적이 없지는 않았으나, 글의 논리는 병리학과 사회학의 칼을 빌어 관습적 사유의 한계를 넘어선 듯 보였다. 이는 자신만의 글쓰기를 수행할 수 있는 자생력에 대한 믿음을 주었다. 또 자신이 던진 질문에 대한 응답을 찾기 위해 작품 이곳저곳을 탐색하며 근거들을 마련하는 시간들도 매우 많았을 터, 이 글에는 강박적일만큼 작품의 목소리들이 증언자로 소환된다. 때문에 글의 호흡이 너무 길어진다는 아쉬움도 있었다. 하지만 자기확신을 얻기 위한 이 강박이 글에 대한 믿음을 더해주었다. 또한 글의 마지막까지 긴장감을 유지하면서 글쓴이가 작품에 던진 질문에 최선의 응답을 길어내기 위한 노력이 돋보였다. 다양한 문헌에 대한 왕성한 포식성과 작가와 호흡을 함께하려는 지독한 독해 과정이 글에 녹아있다고 느꼈다면 조금은 과장일까. 짐작건대 이 글의 많은 문장들은 여러 번의 쓰고 지우고 쓰고 지우는 과정을 거쳐 다듬어진 결과로 보였다. 그래서인지 이 글의 문장들은 정동의 흐름을 담고 있었다. 그래서 간혹 아름다웠다. 오래 고민했으나 윤소예씨의 글을 당선작으로 선정하며, 젊은 비평가의 출발에 박수를 보낸다.

심사위원-김영삼(전남대 외래교수)

2023 동아일보 신춘문예 당선 문학평론

민가경

1994년 서울 출생
중앙대 문예창작학과 석사 재학
2023년 〈동아일보〉 신춘문예 문학평론 부문 당선
mgk1008@naver.com

지금, 여기, 회색지대, 그리고 “빨강”[1)]

민가경

1. 거기 있다가, 그 다음 사라진 것

“Da, puis fort, exit.”[2)]

“거기 있다가, 그 다음 사라진다.” 이는 자크 데리다가 지크문트 프로이트의 용어에서 착안해낸 문장으로, 여기서 ‘da’와 ‘fort’는 어린 손녀가 실패를 던졌다가(“갔다*fort*”) 다시 당겨오는(“있다*da*”) 놀이를 표현하고 있다. 즉 보호자가 외출했다가 다시 돌아올 때까지의 부재 상황을 극복하는 어린아이의 과정이 실패를 던지고*for* 당겨오는*da* 행위를 통해 상징적으로 드러난다는 것이다. 이는 비단 어린아이만의 이야기가 아니다. 우리는 수도 없이 많은 “거기 있다가 그 다음 사라진” 것들 사이에서 오늘을 살아간다.

그러나 한 가지 분명한 사실이 있다면, 삶이 마냥 극복만 담보하진 않는다는 것이다. 어떤 삶은 회수하는 ‘da’의 과정에서 실패하여 극복할 길을 영영 잃고, 어떤 삶은 던져버리는 ‘fort’의 행위를 자발적으로 포기하여 나아갈 방법을 영영 잃기도 한다. 2014년 봄과 2022년 가을, 우리가 겪은 죽음의 사태와 정동으로서의 슬픔은 개인 또는 국가 단위를 특정하지 않고 일어났고, 또 계속해서 일어나고 있다. 그리고 그 상실과 애도의 과정이 우리로 하여금 'fort'도 'da'도 할 수 없는 — 즉 마냥 갈 수도 마냥 머무를 수도 없고, 또 마냥 밝을 수도 마냥 어두울 수도 없는 — 모종의 회색지대에 위치하도록 만들기도 한다.

이것은 단순히 리비도 회수 차원의 문제가 아니다. 한국문단은 스스로의 위치를 회색지대에 머무르게 함으로써 'fort'도, 'da'도 잠시 보류한 채 자기 정립과 결단을 촉구하고 있는지 모른다. 그 유보 자체가 문학의 애도방식 중 하나이기 때문이리라. 또 지난한 양극화의 투쟁과 '찬'도 '반'도 할 수 없는 비체제에서, 양극을 지양하고 무채색이기를 선택해버리는 것은 문학이 세상의 모순과 역설을 가장 효과적으로 보여주는 방식이 되기도 한다.

그러나 지금, 여기, 무채색의 지대를 빠져나와 눈이 아리도록 강렬하고 순수한 빨강의 색채를 제시해내는 작가를, 그리고 "모든 감각적, 정서적 감응(affection)의 뿌리는 사랑"[3)]임을 온몸으로 증명해내는 작가를, 우리는 만났다. 과연 당대에서 이유리만큼 사랑에 대해 잘 이야기하는 작가가 또 있을까. 사랑을 논하는 것은 그 다양성과 색채를 논하는 것과 다름없으며, '돌고 돌아, 결국엔 다시 사랑'이라는 이유리의 명제를 논하는 것은 우리의 "거기 있다가 그 다음 사라진 것"들에 대해 가장 정확히 이야기하는 방법일 것이다.

소설 속 직접 언급이 금기된 텍스트로서의 사랑을 핀셋으로 끄집어내어 정확히 던져주는 일이 과연 평론 아니던가. 어디에? 세상에, 내 옆 사람에게, 우리가 두고 온 것들에, 그리고 "거기 있다가 그 다음 사라진 것"들에. 우리가 그것에 대해 이야기 할 때, 잠시 잊고 있었던 낭만과 순수가, 채도 높은 정열과 상상이 다시금 도래한다.

2. "빨간" 생명, 애도로 완성하는 사랑

'동일한' 상실을 '동일한' 방식으로 안고 있는 '동일한' 사람을 만나 '동일한' 사랑에 빠져버리는 참으로 뻔한 사랑 이야기가 있으니, 단편 「빨간 열매」가 그것이다. 소설은 작중 '아버지'를 이미 상실하고 시작된다. 그러나 그 분위기는 결코 무겁지 않다. 그것은 단순히 죽은 '아버지'가 나무로 환생하기 때문이 아니다. 작가가 '아버지'를 그의 주체적 의지와 무관하게 나무로 변형한 까닭은 은유적 개념화를 비껴가고 모종의 환상을 통해 독자들에게 엔트로피의 자유를 허용하기 위함이다. 이 이야기가 진정 색을 얻고 반짝거리기 시작하는 지점은 '아버지'의 환생에 있지 않고, "어디 나들이라도 가는 사람"(p9)처럼 애도를 수행하는 '나'의 빨갛고 가뿐한 마음에 있음을, 우리는 주목해야 한다.

"그가 거기에 머물러 더 이상 움직이지 않게 하는 것"은 데리다가 제시한 애도의 원형이다. 즉 애도를 위해서는 "그에게 남은 것 안에, 그가 거기에 남아 있는 것"[4]이 필요하다. 그렇기에 상실 이후의 애도작업은 '누가' '어디에' 묻힌 것인지 일절의 혼동과 의심없이 정확히 인지하는 것이 관건이다. 그리고 그 관점에서 「빨간 열매」는 뻔한 이야기로 머무르지 않고, 애도의 관건을 성실히 수행해내는 '나'의 뻔하지 않은 사랑의 일대기로 승화된다.

'나'가 병상에서 떠난 '아버지'로부터 받은 마지막 부탁은 자신의 "남은 유골을 화분으로 만들어 달라"(p9)는 것이었다. 그와의 오랜 시간으로 인해 이행의 관성이 붙은 '나'는 그의 유골을 화분에 담고 그곳에 나무를 심는다. 그리고 어느 날 그 나무는 화분에 함께 묻힌 '아버지'의 목소리로 말을 건다. "물"(p15)

그렇게 나무로 환생한 '아버지'를 수레에 태우고 나간 야외의 공원에서 '나'와 '아버지'는 중요한 전환점을 맞는데, 그것은 'P'와 화분 형태인 'P의 어머니'를 만난 것이다. 공통점을 지닌 '나'와 'P', 그리고 '아버지'와 'P의 어머니'는 교류하며 서로를 닮아가고, '나'와 'P'가 연인이 되었듯 '아버지'와 'P의 어머니' 역시 연인이 된다. 그리고 머지않아 '아버지'와 'P의 어머니' 사이에 "빨갛고 작은 열매"가 태어난다. 그들의 빨간 열매를 어떻게 할지 고민하던 '나'와 'P'는 결론을 내린다. "우리 그냥 반으로 나눠서 먹어버리자."(p31) 그리고 그것을 반으로 나눠 먹어버린 날 밤, '나'는 이상한 꿈을 꾼다. 그것은 "영업이 끝난 놀이동산처럼 보이는 곳을 뛰어다니며 끝없이 끝없이 굴러가는 빨간 공을 쫓아다니는 꿈"(p32)이었고, '나'와 'P'는 그것이 태몽임을 직감한다.

이 단편은 크게 두 관계성을 축으로 전개되는데, 하나는 '나'와 '아버지'의 관계이고, 나머지 하나는 '나'와 'P'의 관계이다. '나'와 '아버지'의 관계는 한 마디로 정의할 수 없는 오묘한 관계이다. '아버지'와 '나'는 '아버지'가 사람의 모양일 때나 나무의 모양일 때나 말싸움을 하고, 서로에게 빚진 기억들을 비장의 무기처럼 꺼내 원하는 것을 얻어내며, 이따금씩 "저거, 확 베어버릴까"(p19) 싶을 정도로 미워하기도 한다. 그러나 그들은 같은 공간에서 각자의 고유한 방식으로 존재하기를 포기하지 않으며, 부모 자식 간의 애정을 초월한 그것은 사실상 사랑의 감각과 진배없다. 이들 관계의 핵심은 그들이 서로를 생(生)으로 머무르게 한다는 점에 있다. '나'에게 최초의 생명을 부여했던 '아버지'는 다시 '나'로부터 생명을 부여받아 나무로 거듭 태어나고, 그 나무에서 태어난 빨간 열매는 다시 '나'에게 잉태된 또 다른 '생명'이 되었음을 암시한다. 이렇게 서로에게 거듭해서 생명을 부여하고 그 숨을 존속시키는 관계로 그들은 연결되고 있다.

특히, '나'는 '아버지'란 대상을 죽음의 세계로 떠밀지 않고 '살아있는 나무'로 만들어 내면의 비밀 묘지로 들인다. '나'는 '아버지'의 유골 조각 중 "가장 커다란 조각을 집어 도록도록 굴리다가 빛에 비춰 보기도 하고 이 뼈는 '아버지'의 어디였을까 생각해보기도"(p14~15)하며, 그를 또 다른 생명에 활착시키기 위한 내재화의 시간을 갖는다. 내 안으로 애도의 대상을 들인다는 것은 그를 '나'와 동일한 사람으로 전유하려는 욕망을 억제한 채 그의 타자성을 인정하는 것이다. '아버지'가 묻힌 화분에서 새로 태어난 '나무'를 받아들이는 작업은 타자로서의 '아버지'를 인정하기 위한 과정이며, 그러한 애도의 방식만이 자신을 구원할 사랑의 묘기임을, '나'는 잘 안다.

물론 애도의 계기는 반드시 타인의 '죽음'에서 비롯한 상실로 국한되지 않는다. 작가는 생의 어떤 주기를 마감했거나 자신의 일부와 작별한 인물들로 하여금 그들 내면의 묘지에 과거를 안장하는 방식으로 애도를 수행시키곤 한다. 이를테면 처참한 사업의 실패 앞에서도 지난날 노고를 스스로 인정하고, "열심히 해도 안 되는 일이 있"(p168)다며 자신의 의지와 성공을 별개의 사건으로 내재화하는 「왜가리 클럽」의 '양미'가 그러하다. 작가는 '양미'를 통해 "성공과 실패를 같은 무게로 여기는"(p171) 아름다움에 대해 이야기하고 있다.

또한 복싱을 위해 천성에 없는 "미움을 억지로 만들어"(p97)내느라 손이 브로콜리로 곪아버렸을 때, 「브로콜리 펀치」 속 '원준'은 자신에 대한 기대와 실제 자아 — 남을 미워할 수 없는 '나' — 간 타자성을 인정하고, 자신 안에 그 괴리를 매장한다. 작가는 그 때 비로소 꽃망울로

피어나는 '원준'의 손을 보여주며, 상실은 "결별이 시작되는 지점"이 아니라 "상실 대상에 대한 책임 — '나'만이 망자에게 해줄 수 있는 일을 하며 그와 다시금 연결되는 일 — 이 탄생하는 지점"이라고 말하고 있다. 우리가 일반적으로 생각해온 죽음은 프로이트가 말한 '타자를 떠나보내는 망각의 출발점'으로, 상실 대상과의 관계를 '종결'하는 것을 정상적 애도로 간주하지만, 세상에는 데리다가 제시한 "타자와 사는 기억의 출발점"[5]으로서의 죽음도 있다. 마치 이유리 소설 속 인물들이 그러하듯, 상실 대상과의 관계가 비로소 '시작'되는 데리다 식의 애도도 있는 것이다.

이렇게 데리다의 관점에서 잘 완성된 애도는 새로운 사랑이 시작되는 지점을 제공하기도 하는데, 그것은 '나'와 'P'의 관계를 통해 잘 드러난다. 'P'는 이미 '나'와 동일한 상실과 애도를 소화한 인물이다. 즉 '나'와 동일시된 'P'는 '나'의 새로운 대상 리비도가 될 수 있는 것이다. 이를테면 처음 만난 공원에서 대뜸 사람의 말로 인사를 건네는 나무에 대해 '나'는 그 나무가 내 아버지임을 차마 사람의 말로 설명할 수 없었지만, 이미 '나'와 동일한 형태로 어머니를 지니며 살고 있는 'P'는 다 이해한다는 듯 '나'에게 다가온다. 그렇기에 '나' 역시 군데군데 상처가 묻어있는 그의 집 — "깨끗하게 닦이지 않은 방구석", "손자국이 난 유리창", "긁힌 자국이 있는 장판"(p24) — 을 좋아한다 말할 수 있다. 그의 상흔에 나의 것을 대입할 수 있으며, "타자와 사는 기억"을 함께 공유하고 있다는 점에서 '나'와 'P'는 서로를 사랑하지 않을 수 없다.

어쩌면 우리 모두에게 있는 사랑의 능력이 그것을 가능하게 만든다. '나'의 유일한 보호자였던 '아버지'에게 향해 있던 리비도를 철회하는 과정은 고통스러울지 몰라도, 그것을 견디고 건전하게 회수해낼 때, 그리고 그것을 '전유'하지 않고 '공유'할 수 있는 새로운 대상에게 부착할 때, 우리는 비로소 붉은 조명과 높은 채도의 공간 속으로 빨려 들어간다. 필연적으로 혈압과 맥박이 증가하는 빨강과 그것을 닮은 사랑을, 우리는 하게 된다. 에너지, 열정, 욕망, 유혹, 정력, 정열, 불, 피, 섹스, 행복, 환희, 흥분, 감정, 기쁨, 그리고 생명. 이 모든 것을 가능하게 하고 이 모든 것을 아우르는 '빨간 사랑'을.

'빨간' 파프리카와 다른 색 파프리카의 차이를 묻는 '아버지', '빨간' 땡땡이 수영복을 입고 물에 빠져 죽을 뻔했던 '나', 사랑에 빠진 'P의 어머니', 그녀의 새잎 가장자리와 그 '발그스르함', 태어난 '빨간' 열매, 그것의 '빨간' 과육과 살점, 그리고 꿈속에서 '나'가 쫓던 '빨간' 공까지, 서사와 인물들을 관통하는 강렬한 빨간색의 향연이 우리 앞에 드러난다. 회색지대에 갑작스레 돌출된 붉은 사랑의 색채는 눈이 멎을 듯 이토록 강렬하다.

3. 빨간" 경고등 앞, 망각으로 완성되는 사랑

그러나 「빨간 열매」 속 관능적 빨강과 달리, 단편 「둥둥」의 빨강은 금지와 위험의 색으로 소설 도입부터 우리를 긴장시킨다. 때때로 빨간색은 '적신호'나, '통행금지', '경계등' 표지처럼 우리로 하여금 위험을 감지하게 하는 색이 아니었던가.

「둥둥」은 주인공 '은탁'이 서해 바다를 둥둥 떠다니고 있는 상황을 소묘하며 시작한다. 그녀는 지금 '형규'에게 선물하기 위한 빨간 명품 캐리어백을 붙잡은 채 구조를 기다리며 겨우 버티고 있고, 그 캐리어

안에는 공연을 앞둔 그가 기다리고 있을 대마초 머핀들이 들어있다.

'은탁'은 연예인 지망생 '형규'를 처음 만난 날, "내 남은 평생은 오로지 이 아이를 위해 바쳐지게 되리라는 것을"(p42) 직감하고, 자신의 아버지로부터 받아온 사랑방식 — 즉 "넘치도록 돈을 주는"(p44) 방식 — 을 그에게 투사한다. 차를 팔아 대포카메라를 사고, 콘서트홀을 빌려 단독 무대에 세우고, 때마다 고가의 선물을 하는 것[6]으론 모자라서, PD인 친척까지 동원해 '형규'를 기어이 성공의 반열에 올려놓는다. 그리고 성공한 '형규'가 어느 순간부터 대마초에 손을 대기 시작한 것을 알면서도 "그걸 끊도록 적극적으로 돕지"(p54) 못하고, 오히려 그것을 제공하는 공범이 된다. 상황이 줄곧 전개되어 바다에 떠다니게 된 '은탁'은 마약 머핀을 지닌 자신의 구조(生)가 곧 '형규'의 사회적 죽음(死)으로 연결될 것을 알기에 캐리어를 바다 깊이 빠트리고 죽어간다.

그러나 '은탁'은 "이타심이 생존 본능을 이기는 순간"(p65)을 연구하던 외계인에 의해 포착되고, 자신의 삶을 스캔하는 조건으로 소원을 하나 제시하며 되살아난다. 그녀가 다시 돌아가기로 선택한 시점은 '형규'를 처음 만났던 그 여름날이다. '형규'를 만났던 최초의 시간이 오기 전, 서둘러 졸업 작품 재료를 사러 가는 — 즉 '형규'와 엇갈리기 위해 일찍이 몸을 움직이는 — '은탁'의 모습을 통해 작가는 그녀가 외계인에게 제시했던 소원을 암시하며 소설을 끝맺는다.

이유리의 소설에 무려 외계인이 나와 버린 이상, 우리는 '인간'의 사랑에 대해 이야기해야 한다. 우리 모든 생명체는 필연적으로 욕구(appetitus)라는 자연적 형태를 지니고 태어난다. 그러나 인간의 사랑이 타 생명체의 그것보다 한 발 더 나아가는 지점은, 그것이 자연적

미각을 뛰어넘어 이성적 사유를 통해 자신과 타인에게 더 나은 것[7], 즉 아리스토텔레스의 선(善)을 도입하고 추구한다는 데에 있다. 그 지점은 소설 속 외계인의 입을 빌려서도 한 번 더 설명된다.

> *"아까 지구인을 하등 동족이라고 하셨지만, 이런 면에서는 오히려 지구인이 우리보다 훨씬 고등하기도 해요. 우리 별에는 이타심이라는 뜻을 가진 단어조차 없거든요."(p63~64)*

인간적 행위로서의 사랑에는 감각적 기쁨도 필요하나 자신의 이익(善) 그 이상의 무언가가 필요하며, 그것은 에티엔느 질송[8]이 말한 '포도주에 대한 인간의 사랑'과 '인간에 대한 인간의 사랑'이 구분되는 지점으로 설명을 대체할 수 있다. 이 관점에서 사랑은 나에게 어떤 善(이익 · 유희)을 주는 대상이 지속되길 바라는 것보다는, 사랑하는 대상의 善이 지속되길 바라는 것에 가깝다. 그렇기에 외계인은 '형규'를 향한 '은탁'의 이타심에서 특이점을 발견한 것이다.

그러나 한 가지 분명히 짚고 넘어가야 하는 사실이 있다. '형규'를 향한 '은탁'의 사랑이 어떤 이성적 호의, 즉 '에로스'를 초월한 것이라 해서, 그것이 '형규'의 善이 지속되길 바라는 '인간에 대한 인간의 사랑' 혹은 '아가페'의 모양으로 치환될 수는 없다는 점이다. 그들이 발견한 '은탁'의 사랑은 사실 '은탁' 그 자신을 향한 사랑이었다. 우리는 아리스토텔레스가 말했듯 자신의 善을 추구하기 위해 사랑하면서, 상대의 진정한 善을 추구하고 있다고 아주 자주 착각[9]하기 때문이다.

그것은 '은탁'이 줄곧 끔찍하게 여겨온 자신의 성씨를 '형규'가 같은 성씨라는 이유만으로 사랑하게 된 대목에서 드러난다. '형규'가 없었다면 그대로 유학을 떠나 화가가 됐을테지만, 그것은 끝끝내 자신의 이름 석 자조차 사랑할 수 없는 삶이었으므로 '은탁'은 '형규'를 포기할 수 없었다. 즉 '목은탁이 목은탁을 줄곧 사랑하게 만드는 것'이야말로 '은탁'이 '형규'에게 기대했던 善이며, '형규'를 향한 사랑은 그 외피와 무관하게 '내가 나를 좋아하게 만드는 그것을 내가 좋아한다'는 알맹이에서 비롯한 것이었다. "나를 전부 해체해서 그 조각 하나하나를 잘 닦고 손질해 다시 사람을 만든다면 그게 바로 형규"(p45)가 된다는 '은탁'의 말 역시 그 진술에 다름 아니다. 그때 '형규'에 대한 '은탁'의 사랑은 '포도주에 대한 인간의 사랑'이라는 은유로 전환된다.

그리고 '은탁'은 죽음의 순간, 이 사랑이 결국 '형규'에게도 자신에게도 선한 것이 아니었음을 깨닫는다. 의식이 흐려지는 '은탁' 앞에 점멸중인 교각의 '빨간' 불빛이 그것을 경고했기 때문이다. "목형규의 색깔"인 "새빨간 팔십오 리터짜리 캐리어"(p36)는 더 이상 '은탁'의 부표나 구명 튜브가 될 수 없다. 빨강은 더 이상 '은탁'에게 리비도 아닌 죽음의 색이며, 여기서 더 가지 말라고 위험을 알리는 신호의 색으로 작용한다. 이 때 머나먼 교각의 점멸등은 "빨간색이었다가 은근슬쩍 분홍색으로 바뀌고 또 초록색이 되었다 노란색", 그리고 "다시 빨간색"(p35)으로 돌아온다. 불빛이 "깜깜한 어둠 속에서도 틀림없이 빨간색으로 되돌아"(p36)가는 과정에서 '은탁'은 자신이 돌아갈 곳이 결국 '은탁' 그 자신임을 깨닫는다. 왜냐하면 애초부터 그 사랑은 '은탁'에서 비롯해 줄곧 '은탁'에게로 향한 사랑이었기 때문이다.

그 때 우리는 사랑을 더 진행시켜서는 안 된다. 그리고 비로소 망각의 개입이 필요해진다. 앞서 「빨간 열매」 속 '나'의 애도는 "타자와 사는 기억의 출발점"으로서의 죽음 — 데리다의 정의 — 에서 차용했지만, 「둥둥」 속 '은탁'의 자신을 향한 애도는 "타자를 떠나보내는 망각의 출발점"으로서의 죽음 — 다시 프로이트의 정의 — 을 차용한다. 애도를 위해서는 그 대상의 '죽음'을 어떻게 정의할 것인지를 먼저 결정해야 하며, 그것과 내가 함께 살 수 없다면 '망각'해야 한다.

> *"사랑은 언제나 여름비처럼 나나나 나나 나. 사랑은 곧, 나나나 나나 나나나나."*(p40)

바다에서 둥둥 떠다니며 '은탁'이 외롭게 부르던 '형규'의 노래 속 가사는 참으로 의미심장하지 않은가. 善의 외피를 뒤집어 쓴 '사랑'은 결국 돌고 돌아오는 계절과 여름비처럼, 곧 나나나 나나 나나나나, 그렇게 '나'에게 돌아온다. 모든 사랑의 기원이었던 '나'는 '나'에게 돌아와야 하며, 그 귀갓길을 영영 잃지 않기 위해 '망각'은 유일무이한 기제가 되기도 한다. '은탁'은 결국 '망각'을 통해 '형규' 이전의 자신으로 회귀하며 그 사랑을 완성한다.

'망각'이라는 구원은 「손톱 그림자」와 「평평한 세계」에서도 잘 드러난다. 「손톱 그림자」의 주인공 '수정'은 사고로 죽은 과거의 애인 '용준'의 죽음에 결정적 실수를 보탰던 '과거의 자신'과 '현재의 자신'을 타자로 분리하고 기어이 망각한다. '수정'을 망각하지 못한 '용준'만이 이미 죽었어도 아직 죽지 못한 것과, '용준'과 가기로 했던 몰디브를 신혼여행으로 갔음에도 불구하고 그를 "전혀 생각하지 않"(p134)던 '수정'의 모습은 유비를 이룬다. 용준은 마치 『햄릿』에서 유령으로 등장하는 햄릿의 아버지처럼, 자신의 '실제적(생물학적) 죽음'은 청산했을지 몰라도 '상징적 죽음'으로서의 망각이란 빚은 청산하지 못했다. 이것이 그가 자신의 부채를 상환할 때까지 왜 손톱 모양의 유령으로 되돌아올 수밖에 없는지에 대한 대답이다.[10] 반면 '수정'은 '용준'의 부재를 회수하는 'da'의 과정에서 유일한 구원으로 '망각'을 선택했으며, 어쩌면 '용준'과의 사랑의 모판이었을 자신, 그 모든 근간이었을 자신에 대한 사랑을 돌고 돌아 완성한 것이다.

또한 「평평한 세계」 속 '고미'와 '새어머니' 역시 신체가 반투명해지며, 어느 누구도 자신들을 볼 수 없고 목소리도 들을 수 없는 상태 — 생물학적 죽음 — 를 맞지만, 서로를 기억하는 그녀들은 "양쪽 모두를 한꺼번에 보"(p234)는 평평한 세계에서 "둥글납작하게, 고요하고 반반한 모양으로"(p241~242) 마냥 머무르게 된다.

4. 지금, 여기, 회색지대 위 우리가 덧칠할 "빨강"

다시 「빨간 열매」로 돌아가 본다. '나'가 번역한 『사과』라는 작품에는 어려서부터 스스로를 사과라고 믿는 여인이 등장한다. 그녀는 과일주스를 짜내는 거리의 노점을 보고 충격으로 기절하여 실려 가고, 깨어나서는 "반으로 짝 갈라진 채 병원 침대 두 개를 차지하고 누워 있는 자신을 발견"한다. 그녀는 몸이 갈라진 수치보다 자신의 "의도와 의식과 의지가 대체 이쪽 조각에 있는 것인지 저쪽 조각에 있는 것인지"(p17) 구분할 길이 없어진 것에 극도의 혼란을 느끼고, 이내 죽어버린다. 소설의 '나'는 그것을 허무맹랑하다고 생각하며 비웃고 넘기지만, 현실의 우리는 자신을 사과라고 믿는 여인이 느꼈을 까마득함을 느끼기도 한다.

그것에 대해 말할 때, 우리 모두가 경험한 공통의 상실을 환기하는 작업이 불가피하다. 2014년 이후, 우리는 경건의 백(百)에 머물러야 할지 침잠의 흑(黑)에 머물러야 할지 혼란했고, 우리 대신 우리를 정의하는 것들 사이에서, 또 양보와 양해를 종용하는 곳에서 "의도와 의식과 의지"를 어느 쪽에 두어야 할지 막막했다. 애도문학에 대한 본격적인 참여는 그 시점에서 폭발했을지 몰라도, 우리가 분노, 죄의식, 슬픔과 무력감만을 포효해온 동안, 문학의 또 다른 기능마저 무채색으로 덧칠돼왔다. 특히 엎친 데 덮친 격으로 마스크라는 항복의 백기가 우리의 입을 덮고, 사람과 사람이 빚어내는 형형색색을 거리두기로 차단당한 동안, 모노톤의 세계는 모두에게 으레 익숙한 것이 되어버리지 않았는가.

그러나 그 과정에서 우리는 문학이 지닌 '색채' 고유의 힘을 스스로 의심한 것 아닌지, 'fort'는 해냈지만 'da'는 해내지 못하고 있는 것이 아닌지 다시금 생각해 볼 필요가 있다. 지금, 여기, 회색지대 속 무채색의 사랑도 필요하지만, 이따금씩은 우리에게도 '빨강'의 그것이, '노랑'과 '파랑'의 그것이 있었음을 기억해야 하며, 그 색채가 더 옅어지기 전에 온 몸으로 감각해내야 한다. 선명한 채도로도 애도를 말할 수 있는 우리 본연의 힘을 믿어야 한다. 그리고 의심이 될 때는 다시 지젝의 농담[11)]을 생각해보자. 자신을 옥수수라 철석같이 믿어온 남자가 오랜 치료를 통해 자신이 인간임을 겨우 납득했어도, 닭이 쫓아오자 '나야 내가 옥수수가 아니라는 걸 알지만, 닭들은 그걸 모르지 않냐'며 두려워하던 모습이 사실 우리의 모습 아닐는지.

우리는 적어도 이유리의 소설 안에서만큼은 자신을 '사과'라 믿는 여자와 자신을 '옥수수'라 믿는 남자가 느꼈을 혼란으로부터 자유롭다. 그녀의 소설을 읽어 내려가는 동안 우리 모두 깨닫기 때문이다. "의도와 의식과 의지" 모두 이쪽 조각에도 있고 저쪽 조각에도 있으며, 이런 나에게도 있고 저런 나에게도 있음을. 반드시 내가 생각하는 것 속에만 모든 게 존재하지 아니함을 말이다. 우리가 진실로 문학하는 행위만이 우리의 진정성을 담보한다. 우리의 찢긴 몸, 눈물과 그 모든 내밀한 애도는 손상되지 않은 채 독자에게 충분히 전이되고 위임될 수 있다. 우리를 구현하는 독자가 우리 대신 울어주고 있을 것이며, 슬퍼하는 우리의 책무를 덜어주고 있을 것이다.

"빨간 파프리카랑 노란 파프리카의 차이가 뭐냐"고 묻던 「빨간 열매」 속 '아버지'의 말을 빌려 누군가 문단에 "빨간 사랑과 노란 사랑의 차이가 뭐냐"고 묻는다면 어떻게 대답할 것인가. 우리는 굳이 소설 속 '나'가 했던 대답처럼 "빨간색은 골다공증에 좋고 노란색은 고혈압에 좋다"(p11)고 구분지어 대답하지 않을 것이다. 대신 이렇게 말하지 않겠는가. "빨간색도 사랑에 좋고, 노란색도 사랑에 좋아요."

우리가 돌고 돌아 이토록 뻔한 사랑에 대해 다시 이야기해야 하는 까닭을 다음과 같이 정리하고자 한다. 이 모든 것이 사랑이라는 이유로 시작되었고, 사랑이라는 이유로 종결되었으며, 끝끝내 우리가 당도할 곳도 사랑이기 때문이라고. 이유리가 창조해낸 인물들이 주저하는 우리의 손을 잡아끌며 채근하고 있지 않는가.

"우리 그냥 이 사랑을 먹어버리자"고.

1) 본고에서는 이유리의 단편소설집 『브로콜리 펀치』(문학과지성사, 2021)를 다룬다. 본문 인용시 해당 쪽수만 밝혀 쓴다.

2) "거기 있다가, 그 다음 사라진다.", 자크 데리다. 『마르크스의 유령들』, 진태원 역, 그린비, 2007, 22쪽.

3) Thomae Aquinatis, *Summa Theologica* (이하, ST), (Parisiis: Petit-Montrouge, 1841) I-II, q.62, a.2, ad3.; 이명곤, 「토마스 아퀴나스, 완전한 사랑은 가능한가?」, 『신학과 철학』 제13호, 서강대학교 신학연구소, 2쪽에서 재인용.

4) 원문은 "il faut (savoir-s'assurer) que, dans ce qui reste de lui, il y reste."이며, "그에게 남은 것 안에 그가 거기에 남아있다는 것(을 아는 것-그리고 확실하게 하는 것)이 필요하다"로 옮길 수 있다. -자크 데리다, 위의 책, 32쪽.

5) 김주현, 「상실, 애도, 기억의 예술-낸 골딘의 사진」, 『철학논총』 Vol.86 No 4, 새한철학회, 2016, 91쪽.

6) '은탁'은 자신을 위해 지었다는 '형규'의 노래가 사실은 명품을 갖기 위한 지독한 설계 — 이를테면, "LOVE에서 OE를 빼면 랄랄라 그건 바로 L과 V. 오이는 씁쓸하고 맛없어, 누나 사랑에서 오이를 빼주세요"(p49)같은 노골적 가사 — 에 불과함을 알면서도 그에게 기꺼이 LV(루이비통) 가방을 사준다.

7) 이명곤, 위의 글, 2쪽.

8) "나는 포도주가 나에게 주는 즐거움 때문에 포도주를 사랑한다. 그러나 만일 내가 어떤 사람을 나에게 주는 즐거움 때문에 사랑한다면 내가 그의 진정한 친구라고 말할 수 있겠는가? 따라서 사물에 대한 사랑과 사람에 대한 사랑은 구별되어야 한다." -E.Gilson, *Le Thomisme*(Paris: J. Vrin, 1942), p.376, 이명곤, 위의 글, 3쪽에서 재인용.

9) "이러한 조건 하에서 사람들은 실제적인 선(진정한 선)을 원하는가? 아니면 자신들에게 선한 것을 원하는 가?라고 물을 수 있다. 왜냐하면 가끔 이 둘 사이에는 불일치가 존재하기 때문이다." 아리스토텔레스, 『니코마코스 윤리학』, 이창우 김재홍 강상진 역, 이제이북스, 2006, 21~23쪽.

10) 이는 근본적으로 프로이트의 『꿈의 해석』에서 보고된 바 있는 "자신이 죽었다는 사실을 알지 못하기 때문에 아버지가 계속 살아있다"는 사실과 밀접하게 연결된다. 프로이트의 꿈속에서 아버지는 이미 죽었음에도 불구하

고 그것을 알지 못하기 때문에 여전히 살아있으며, 어떤 점에서 모든 이는 두 번 죽는다는 것이 그의 지론이다. 망자는 자신의 죽음을 기억해야만 한다. 그는 죽었다는 것을 잊었기 때문에 여전히 살아있는 것이며, *memento mori*라는 문장은 '죽었다는 것을 잊지 말 것'이라는 뜻으로 읽혀야 한다. -슬라보예 지젝, 『이데올로기의 숭고한 대상』, 이수련 역, 새물결, 2013, 217~219쪽.

11) 슬라보예 지젝, 위의 책, 73~75쪽.

당선소감 | 민가경

세상에서 독후감 숙제를 제일 싫어하던 아이가 자라 오늘날 제가 된 경과를 곱씹어보면, 문학이 결국 제 29년을 숙주 삼아 자신의 효용을 증명했구나 싶습니다. 먼길을 돌아왔습니다. 한 직장에서 76번의 월급을 받는 동안 미련의 더께가 내려앉아 비대해진 책장을 보고 있으면, 문학이란 유령이 불쑥 틈입해와 '지금 뭐하고 있느냐'는 말로 저를 치고 사라지곤 했습니다. 다만 어떻든 간에 지금의 저는 글을 쓰고 있습니다. 그리고 그 일이 저를 죽지 않고 살게 만듭니다.

이승하 교수님을 비롯한 중앙대 선생님들께 진심으로 감사합니다. 특히, 난데없이 문학판에 뛰어든 제자에게 평론의 기능을 알려주신 정은경 교수님. 문학의 구원이 있을지어다, 말씀하셨죠. 사실 그땐 그 의미를 이해하지 못했는데, 이제는 조금 알 것 같습니다. 주신 가르침과 용기를 잃지 않고 계속 쓰겠습니다.

미숙한 글이지만 그 가능성을 믿고 길을 열어주신 신수정, 김영찬 심사위원께도 깊은 감사의 마음을 전합니다. 이 기회를 제 어깨에 지워주신 책임으로 여기려 합니다. 혐오하고 담쌓는 일에 언어와 활자를 쓰는 이 부박한 시대에, 문학과 평론의 역할이 무엇일지 고민하고 고투하며 써나가겠습니다. 낙관을 배제하고 희망을 말하는 평론가가 되겠습니다.

내가 호명하지 않아도 호명되고 있음을 알 모든 당신께 고맙습니다. 특히 나의 한때를 티끌 없는 마음으로 함께 해준, 지나간 당신, 많이 고마웠습니다. 신춘당선의 영광은 내게 생명을 준 어머니 이금섬 씨, 아버지 민병용 씨와 하늘에서 보고 있을 이모 희숙 씨께 올립니다. 내가 사랑해온 것들은 더할 수 없는 기쁨과 슬픔을 동시에 주는 것들이었습니다. 파도로 일렁일 마음을 견디며 그 아름다움을, 하물며 엉망진창까지도 모두 끌어안겠노라는, 그런 싱거운 말을 해봅니다.

문학평론 심사평

민가경 (지금, 여기, 회색지대, 그리고 "빨강")

자신만의 문장 - 독법으로 '매혹 지점' 되짚어줘

적지 않은 응모작 가운데 최종적으로 거론된 것은 다음의 작품들이다.

"'나'는 이미 (당신)을 알고 있을 것이다 — 유계영의 시'는 유려하고 차분한 문장으로 유계영의 시에 나타나는 '나'에 관한 사유를 '새로움'이라는 화두와 연결하는 솜씨가 돋보였다. 지나치게 텍스트에 밀착한 나머지 객관적 거리 확보에 실패한 다수의 시 비평 가운데 단연 눈에 띄는 작품이라고 할 수 있었다. 다만 다소 밋밋한 전개가 아쉬웠다.

'내가 당신에게 진실할 때 가능해지는 일 — 한강, '작별하지 않는다''는 한강의 최근작 '작별하지 않는다'(2021년 · 문학동네)에 드러나는 타인의 고통을 재현하는 주체의 문제를 곡진하게 풀어냈다. 진심이 깃든 문장과 간결한 논지 전개가 오랜 습작의 내공을 보여줬다. 끝까지 당선작과 경합한 것도 그 때문이다. 그러나 지나치게 익숙한 주제라는 지적을 비켜 가지는 못했다.

'지금, 여기, 회색지대, 그리고 "빨강"'은 이유리의 단편에 나타나는 '빨강'이라는 색채에 주목하며 그로부터 '모든 감각적 정서적 감응의 뿌리는 사랑'임을 역설하는 중요한 징후를 포착해 낸다. 때로 감정적절제가 아쉬울 정도로 분석 텍스트에 대한 감응력의 밀도를 자랑하는 문장들이 걸리지 않은 것은 아니나, 그 점은 오히려 최근 비평에서 찾아보기 힘든 활기와 열정의 배후로 느껴지기도 했다. 결국 문학평론은 자신만의 문장, 자신만의 독법으로 해당 텍스트를 사랑하지 않을 수 없도록 만드는 매혹의 지점을 다시 한번 되짚어주는 작업이 아닐까. 올해 당선작은 너무 당연해서 오랫동안 간과해 왔던 이 사실을 새삼스럽게 일깨워주었다. 획일화된 독법이야말로 문학 혹은 문학평론의 반대편이 아닐 수 없을 것이다. 자신만의 자유를 앞으로의 글쓰기를 통해 당당히 누려가길 바란다. 당선을 축하한다.

심사위원 - 신수정 명지대 문예창작학과 교수

김영찬 계명대 국어국문학과 교수

2023 동아일보 신춘문예 당선 영화평론

윤성민

1984년 출생

서강대학교 신문방송학과 졸업

중앙일보 기자

2023년 〈동아일보〉 신춘문예 영화평론 부문 당선

이메일: dreamwk@daum.net

폐허를 서성일 것인가, 잔해를 수습할 것인가
〈드라이브 마이 카〉

윤성민

[장평]

1. 끝이 난 세계, 그 이후

'이야기'는 '천일야화'에서 생사의 문제다. 왕비의 불륜을 목격한 샤리야르 왕은 복수심에 3년여간 여인들을 침실로 부르고, 날이 밝으면 그들을 참수한다. 여인들은 왕과 몸은 섞었으나 이야기를 섞는 데 실패했다. 그들의 이야기가 왕의 마음에 가닿지 못한 결과는 죽음이었다. 셰에라자드는 달랐다. 그는 "옛날에 재산이 많은 상인이 있었는데…"로 이야기를 시작했고, 그 이야기가 얼마나 매혹적이었던지 샤리야르 왕은 목을 친다는 사실도 잊고 매일 밤 이야기를 청했다. 그렇게 1001일 밤이 이어져 셰에라자드는 살아남았다. 이야기가 셰에라자드를 생존하게 했고, 샤리야르 왕을 참회하게 했다. 이 아랍 설화는 재미있는 이야기의 모음을 넘어 이야기와 소통의 존재론적 의미를 은유하는 것으로도 읽힌다.

영화 '드라이브 마이 카'에선 '천일야화'의 플롯이 반대로 차용된다.

오토(키리시마 레이카)는 섹스를 할 때마다 무의식 상태에서 남편 가후쿠(니시지마 히데토시)에게 이야기를 들려준다. 가후쿠는 날이 밝으면 그 이야기를 아내에게 다시 들려준다. 딸을 잃고 배우 일을 그만둔 오토가 TV 극작가로 성공했던 것도 그런 방식이었다. 어느 날부터 오토는 섹스를 하며 칠성장어 소녀 이야기를 한다. 자신의 좋아하는 마음을 몰라주는 소년의 집에 몰래 들어가 자신의 물건을 두고 나오는 소녀의 이야기. 이는 사실 딸을 잃은 뒤 마음의 입구를 닫아버린 가후쿠를 열어 보려는 오토 자신의 이야기일지도 모른다. 그러나 가후쿠는 오토의 불륜을 목격했다. 오토가 절정에서 칠성장어 소녀 이야기를 뱉어낼 때 손으로 자신의 눈을 가려버리고, 다음날 "(이야기가) 기억이 잘 안 나"라고 말해버리고 만다. 그 날 밤, 오토는 불현듯 사망한다. 당도하지 못한 이야기는 죽음으로 끝났다.

영화의 프롤로그치고는 길다. 약 40분이다. 하나의 중편영화가 끝나는 정도인데, 영화 속에서 하나의 세계가 끝난 것 같은 느낌이 있다. 가후쿠는 딸에 이어 아내까지 잃었다. 심리적으로 파산한 그는 자신의 마음속 공동(空洞)을 장례식장에서 공허한 눈빛으로 증명한다. 그러면서 영화는 본편이 시작된다. 감독 하마구치 류스케는 미야케 쇼, 미우라 데쓰야와 대담에서 "확실히 이 영화에는 '끝이 난 후를 살고 있다'는 느낌이 있다"고 말했다. '끝'은 뭔가. 서사 속에선 '아내와 딸의 죽음으로 모든 걸 잃은 한 남자'라고 설명할 순 있지만, 문제는 단순하지 않다.

후쿠시마 료타는 이 영화가 원작으로 삼은 무라카미 하루키의 소설을 해석하며 일본 연호 헤이세이(平成, 1989~2019년)를 중요하게 언급한다. 버블 경제의 붕괴에서 시작해 옴진리교 사건을 거쳐 동일본 대지진과 그 후과(後果)로 끝나버린 시대 말이다. 그 사건마다 한 세계가 끝났고, 역사는 단절됐다. 전후(戰後) 일본이 쌓아온 금자탑이 무너진 폐허 속에서 일본인들은 '상실의 시대'를 겪었다. 희망 대신 체념이 시대정신이었다. '1Q84'가 헤이세이 시대 최고 소설로 꼽힌 뒤 하루키가 아사히신문과 한 인터뷰에서 "기존에 존재하던 것들이 무너지거나 사라져 버렸을 때, 제 작품이 더 읽히는 일이 많다고 느끼고 있다"고 말한 건 징후적이다. 그런 헤이세이 시대의 작품은 퇴행적인 데가 있었다. "그래서 모두, 죽어버리면 좋을 텐데…"로 상징되는 '엔드 오브 에반겔리온'의 결말은 종말론적이며, 기타노 다케시의 폭력과 쿠로사와 기요시의 공포는 현실 초월적이다. 헤이세이 작품의 인물들은 붕괴해버린 세계를 수습하기보다는, 그 잔해 속에서 서성거리거나 그런 현실에서 탈주해버렸다.

'드라이브 마이 카' 프롤로그에서 가후쿠도 헤이세이적 인물이다. 그는 아내를 잃고 난 뒤, 배우로서 삶을 포기하며 무대에서 내려온다. 아내의 불륜을 보고도 뒤돌아서는 게 가후쿠다. 이는 그가 연극 '고도를 기다리며'에서 블라디미르를 연기하는 장면이 영화 속에 문득 틈입하며 상징적으로 예고됐다. 그의 대사는 "내일 목을 매자. 고도가 안 오면 말이야"다. 블라디미르에게 고도가 도착하지 않은 현실은 목을 매야 하는 비(非)희망성의 공간이다. 희망이 부존재하는 건 왜인가. 누구에게나 필연이지만 그 각자에겐 우연처럼 다가오는 죽음처럼, 삶은 부조리하기 때문이다. 헤이세이 시대 일본의 문학, 영화 작품들은 그런 부조리한 세계를 다뤘고, 인물들은 그 세계에서 행동하기보다는 관망할 뿐이었다.

딸의 죽음과 아내의 불륜, 이어진 아내의 죽음 뒤에 가후쿠도 삶을 재건하기보다는 빨간 사브 자동차 안으로 들어간다. 아내 오토의 음성(おと · 音)이 계속 나오는 자동차(auto) 말이다. 가후쿠는 하루키의 소설에서 소년에서 벗어나지 못하는 인물들처럼 자궁회귀적이다. 그런 면에서 프롤로그의 마지막 장면이 가후쿠가 사브 자동차 안에서 깨어나는 장면인 점은 의미심장하다. 히로시마로 운전을 다시 시작하면서 영화 크레딧이 화면에 뜨는데, 이런 숏의 연속은 '끝이 난 이후의 세계에서 어떻게 살 것인가'라는 질문을 던지며 영화의 본편을 연다. 류스케가 '아사코'에 이어 다시 던진 질문이기도 하다.

2. 그래도 몸을 움직여 일을 한다

영화의 본편은 간단하게 정리할 수 있다. 가후쿠가 자신과 비슷한 처지의 운전사 미사키(미우라 토코)를 만나 서로 공감하며 마음을 회복한다는 내용. 중년 남성의 성장 드라마로 읽을 수도 있는 이 이야기는 그 자체로는 어디선가 본 듯한 익숙함을 준다. 새롭지 않다. 그러나 '드라이브 마이 카'가 새로운 지평을 열어나가는 방식은 서사 자체가 아니라, 인물들의 약동하는 신체 에너지다. '신체성의 회복'은 '끝이 난 이후의 세계에서 어떻게 살 것인가'라는 자문에 대한 류스케의 자답이기도 하다.

유나(박유림)는 신체성의 회복을 상징하는 인물이다. 그는 댄서였다. 하지만 유산을 한 뒤로 몸이 움직여지지 않았다. 남편의 추천으로 가후쿠가 연출하는 연극 '바냐 아저씨' 연습에 참여하는 유나는 수화로 이렇게 말한다. "체호프의 글이 안으로 들어와 움직이지 않던 몸을 움직이게 해줘요." 그리고 이렇게 덧붙인다. "용기를 내서 다행이에요." 가후쿠와 마찬가지로 죽음을 겪은 그는 몸을 움직일 수 없었지만, 신체를 움직이며 마음의 이지러진 자리, 그러니까 상처를 메워간다. 그리고 몸을 움직인다는 것, 그것은 용기였다고 말한다.

가후쿠의 선택은 유나와 대비된다. 그는 아내가 사망하고 배우를 그만둔다. 몸을 움직이는 일을 그만둔 것이다. 영화에서 가후쿠는 "체호프의 대사를 입에 올리면 나 자신이 끌려 나와. 그것에 견딜 수 없게 됐어"라고 말한다. 하루키는 원작 단편소설인 '드라이브 마이 카'에서 "자신의 몸에서 벗어나 타인을 연기하는 것이 그(가후쿠)의 생업"이라고 쓴다. 가후쿠는 타인도 연기하지 않고, 자신도 대면하지 않는 길을 택했다. 히로시마로 온 가후쿠의 신체 움직임은 자제돼 있다. 사브 자동차 뒷자리에 꼿꼿하게 앉은 모습, 대사 연습 때 앉아서 지시하는 모습이 대부분이다. 카메라도 가후쿠를 바스트 숏, 클로즈업 숏으로 담으면서 그의 신체적 움직임을 주목하지 않는다. 미사키와 히로시마 쓰레기 소각장을 찾기 전까진.

정적인 가후쿠는 다카츠키(오카다 마사키)의 활기와도 상반된다. 연극 오디션을 보러 온 다카츠키는 상대역 재니스 창(소냐 위엔)을 벽으로 밀치고 종국엔 키스까지 한다. 젊은 활력과 에너지가 반짝이는 순간이 있다. 가후쿠도 "자넨 자신을 능숙하게 컨트롤하지 못해"라고 하지만 "배우로선 꼭 나쁘지 않아. 오디션에서의 자네도 나쁘지 않았어"라고 인정할 수밖에 없다. 영화에서 가후쿠의 탈색된 듯한 신체 움직임과 유나, 다카츠키 등의 생기 있는 신체는 선명하게 대비된다.

신체성의 회복은 왜 중요한 주제인가. 고베여학원대학 명예교수인 우치다 타츠루의 말에서 단서를 찾을 수 있다. 그는 '절망의 시대를 건너는 법'에서 헤이세이 시대 일본 청년들이 능동적으로 '액션'을 하기보다는 현상에 '리액션'(반응)만 한다는 점에 수긍하면서, 신체성을 회복하는 일이 중요하다고 주장한다. 그러면서 회복을 위해 먼저 시작해야 할 일로 "걸레로 마룻바닥을 훔치는 일"을 제시한다. 농담처럼 들리는 이 주장엔 철학이 담겨 있다. "(청소한 뒤에도) 허무하게 변해버리는 것 안에 생명의 본질이 있음을 알게 된다." 이런 주장은 실존주의를 향한 야유로도 읽힌다. 알베르 카뮈는 산꼭대기 위로 돌을 굴려 올리는 시지프를 예로 들며 세계의 부조리를 '의식'하는 게 중요하다고 말한다. 산꼭대기로 올렸던 돌이 다시 굴러 떨어지는 그 부조리의 세계에서 "(시지프가) 산꼭대기를 떠나 … 내려가는 그 순간순간 시지프는 자신의 운명보다 우월하다. 그는 그 바위보다 강하다"는 게 카뮈의 생각이다. 그러나 타츠루는 '의식'이 아닌 돌을 굴려 올리는 '행위' 자체가 세계를 인식하는 방식이며 본질이라는 것이다.

이는 영화에서 주요하게 다뤄지는 안톤 체호프의 연극 '바냐 아저씨'의 철학이기도 하다. 카뮈는 "참으로 진지한 철학적 문제는 오직 하나뿐이다. 그것은 바로 자살"이라고 말했지만, 연극에서 소냐는 자살하려는 바냐를 설득하며 "운명이 우리에게 내리는 시련을 꼭 참고 살아가요"라고 말한다. 그러면서 "지금 이 순간에도, 나이 든 후에도 다른 사람을 위해서 일하도록 해요"라고 한다. 삶을 지탱하는 것은 일이며, '일'은 몸을 움직이는 행위며, 신체성의 회복을 의미한다. 세계의 부조리를 '의식'하는 게 아니라, 부조리를 인정하고 그 제약 속에서 몸을 움직이며 '행동'하는 것이 우리가 선택할 일이라는 것이다. 신체의 유물론이라고 할 수 있을 것이다. 이런 '바냐 아저씨'의 결론은 다카츠키의 우발적 살해로 가후쿠가 포기했던 무대에 다시 오르는 영화의 결론과 대구가 된다. 말하자면 이 영화는 '고도를 기다리며'에서 시작해 '바냐 아저씨'로 끝난다고 거칠게 요약할 수 있는데, 이런 흐름은 세계를 향한 가후쿠의 인식론적 전환을 은유한다.

미사키가 히로시마 쓰레기 소각장을 방문한 자리에서 어머니의 죽음 이후 '할 수 있는 유일한 일'인 운전을 하고 무작정 서쪽으로 달려 자동차가 고장난 곳에서 일자리를 구했다고 이야기할 때 이미 이런 전환은 예고됐다. '할 수 있는 자가 구하라', 아니 '할 수 있는 자가 할 수 있는 만큼 구하라'라는 이상을 실천하고 있는 인물이 미사키며 이런 실천은 가후쿠로 전이된다. 쓰레기 소각장 장면은 그런 면에서 영화 서사의 하나의 분기점이 되는데, 연출에서도 그렇다. 가후쿠의 자궁회귀적이자 자폐적인 공간 사브 자동차 안에서 가후쿠와 미사키는 '제대로' 벗어나 산책을 한다. 둘을 담는 카메라는 영화에서 처음으로 둘 전체를, 그리고 둘의 신체 전체를 풀 숏과 롱 숏으로 온전히 담는다. 미사키가 힘껏 원반을 던지는 모습까지 더해지면서 모처럼 영화는 활력을 가지며, '신체성의 회복'으로의 전환을 예비한다.

이쯤에서 헤이세이 시대의 영화 또는 문학 속 인물을 다시 한번 짚고 넘어가야 한다. 헤이세이적 인물은 자력 구제하지 않는다. 이들은 지진으로 무너진 도시의 재건을 고민하며 전진하는 대신 붕괴한 도시를 멍하게 바라보거나, 현실을 탈주하는 방식으로 끝이 나 버린 세계를 체념했던 인물이다. 인물들은 비현실에서 활로를 찾거나 초월적이었다. 현실은 이미 망가졌기에 할 수 있는 일이 없다고 그들은 판단했다. 이건 좋다, 나쁘다의 문제가 아니라 표현 방식의 문제다. 행동을 포기하는 헤이세이적 인물들은 그 스스로 시대의 불안과 허무를 담지했다.

그런 면에서 '드라이브 마이 카'는 '포스트-헤이세이'를 품고 있다. 가후쿠는 사브 자동차에서 나오고, 무대에 다시 오른다. 끝이 나버린 세계, 그 제약성 속에서 할 수 있는 만큼의 일을 시작하는 인물이 등장한 것이다. 운전이라는, 할 수 있는 유일한 일을 하는 미사키와, 소통할 수 있는 유일한 방법인 손을 움직이며 말을 건네는 유나, 이들은 모두 신체의 한계성을 견디며 그 안에서 움직일 수 있을 만큼 움직인다. 초월하는 대신 신체의 한계를 절감하면서 외려 신체성의 회복은 가능하다. 헤이세이 시대 대표 감독군인 이른바 4K 감독(기타노 다케시, 구로사와 기요시, 고레에다 히로카즈, 가와세 나오미) 영화에서는 흔히 볼 수 없었던 인물들이다. 상실 이후의 세계에서도 '희망을 버리고 힘을 내'라는 지상 명령을 실천하는 인물들은 류스케의 영화가 일본 영화의 새로운 막을 열고 있다는 점을 징후적으로 보여준다.

3. 평등한 상처, 연결된 구멍

다만 '신체성의 회복'은 주제적으로는 이 영화의 가치를 일견 증명하지만, 형식적으로는 설명이 충분하지 않다는 께름칙함이 있다. 연극 '바냐 아저씨'의 결말에서 소냐의 "일하도록 해요"라는 대사는 영화의 결론과 맞물려 깊은 울림은 주는 건 사실이다. 이는 영화의 목표에 가깝다. 하지만 많은 영화가 목표 그 자체보다 목표에 가닿는 과정에서 예술적 성취를 이루는 경우가 더 많듯, '드라이브 마이 카'가 예술적으로 빛나는 순간은 '신체성의 회복'이라는 도착지로 향하는 길 도처에 흩뿌려져 있다. 나는 그것이 인물들의 위치 바꿈(전위 · 轉位)과, 그것으로 만들어지는 상대적 위치(위상 · 位相), 그리고 등장인물 간 대칭적 위치(대위 · 對位)로 상징적으로 표현된다고 본다.

영화의 핵심 소재이자, 그 자체로 주제인 빨간 사브 자동차를 대표적으로 얘기해보자. 미사키가 운전하는 자동차 안에서 가후쿠는 세 위치를 이동한다. 미사키가 운전을 한 직후 가후쿠의 첫 위치는 운전석 뒷자리고, 그다음은 운전석 대각선 뒤쪽이며, 종국에는 미사키의 옆자리로 이동한다. 마치 연극적이라고 할 수 있는 가후쿠의 위치 바꿈은 단순히 서사의 진전을 공간적으로 보여줄 뿐 아니라 가후쿠의 인식론적 성장을 은유한다.

첫째, 운전석 뒤쪽의 가후쿠. 미사키가 못미더운 가후쿠는 백미러로도 잘 보이지 않는 곳에 자리를 잡는다. 심리적 거리일 테지만 그 이상의 의미가 있다. 가후쿠는 유나 집에 초청받은 식사 자리에서 미사키에게 운전을 맡기길 잘했다면서 "가속도 감속도 아주 부드러워 중력이 느껴지지 않아요"라고 말한다. 미사키의 운전을 칭찬한 것이라고 볼 수 있을까. 앞서 자동차는 가후쿠에게 자궁회귀적 공간이라고 적었다. 그걸 기억한다면 "중력이 느껴지지 않는다"는 가후쿠의 말은 심상하게 받아들일 건 아니다. 그는 여전히 퇴행적 자리에서 벗어나지 못하고 있다. 이어진 장면에서 미사키는 폭력적이었던 엄마 이야기를 한다. "술장사를 마친 엄마를 매일 아침 데리러 갔고, 운전이 미숙해 잠을 깨우면 엄마는 운전석을 발로 찼다"고 말한다. 가후쿠는 과거 미사키의 엄마가 앉았던 자리에서, 과거 자신이 운전하던 자리에서 발신되는 그 얘기를 듣는다. 바뀐 위치(전위)는 각자의 죽음으로 인한 상처를 환기하게 하고, 공감의 가능성은 조금씩 열린다.

둘째, 가후쿠가 운전석 대각선 뒤쪽 자리로 옮기는 장면은 무성영화적인 아름다움이 빛나는 매력이 있다. 다카츠키가 갑작스레 동행을 청하자 가후쿠는 안쪽으로 자리를 옮긴다. 이어 가후쿠는 오토에게 듣지 못한 칠성장어 소녀의 이야기 결말을 다카츠키로부터 듣는다. 그 이야기는 결국 오토와 가후쿠의 관계를 비유한 것이었다. 아내의 불륜을 목격하고도 말없이 거울로 지켜보는 가후쿠의 시선은 아무 말 없이 설치된 CCTV로 유비된다. 이 장면에서 숏/리버스숏의 의미는 이미 몇 차례(송경원 등) 얘기됐다. 그러나 인물의 위치 바꿈의 의미는 덜 다뤄졌다. 다카츠키의 자리는 원래 누구의 자리인가. 가후쿠의 자리다. 둘을 비추는 숏/리버스숏은 점점 180도선 위로 수렴하는데, 다카츠키는 점점 카메라를 정면으로 바라본다. 다카츠키 얼굴을 유독 밝게 비추는 조명 때문에 마치 (내 자리에 있던) 거울 속의 '나'

가 가후쿠 자신에게 말을 거는 듯하다. 심연이 나를 바라볼 때 나도 심연을 바라보는 것 같은, 그러니까 자신을 외면했던 가후쿠가 처음으로 자신의 상처 기원을 들여다보는 것 같은 장면이다.

셋째, 다카츠키가 차에서 내린 뒤 가후쿠는 문득 앞자리로 옮긴다. 오토의 죽음 이후 처음으로 보조석에 가후쿠가 앉은 것이다. 그 자리는 원래 오토의 자리였다. 이해는 타인의 입장(立場)이 되어본다는 의미일 텐데, 직전 장면에서 칠성장어 이야기의 결말을 들은 가후쿠는 오토가 있던[立] 자리[場]에 앉아본다. 퇴행했던 가후쿠는 두 번의 위치 바꿈으로 자신을 마주하고, 아내를 이해하면서 전진한다. 이 장면 이후로 오토의 〈바냐 아저씨〉 대사 음성은 멈춘다. 이 위치는 미사키와의 관계(위상)에서도 중요한 의미다. 앞뒤의 자리가 고용인-피고용인의 관계라면, 양옆의 자리는 동등한 관계다. 가후쿠와 미사키는 담뱃불을 선루프 위로 올리고 카메라는 그것을 마치 각각 아내와 엄마를 위령하는 향초처럼 비추는데, 이 순간 아내와 엄마에 대한 미필적 고의의 살인 혐의와 그 죄의식에서 벗어나지 못한 둘은 적어도 상처의 층위에서는 평등하며 신비롭게 공명한다. 둘은 사실 대칭적(대위)이다. '가후쿠-아내 오토-칠성장어 이야기'는 '미사키-엄마-(엄마의 또 다른 자아인) 사치'로 대응된다. 여기에 가후쿠가 예전에 잃은 딸과 미사키가 또래라는 설정은 순환론적 관계의 가능성까지 열어둔다. 이런 대칭성은 고통의 평등성으로 읽히는데, 이때 비로소 공감은 가능해진다.

공감이라는 건 뭔가. 하나라는 느낌, 즉 서로의 마음이 연결돼 있다는 감각일 것이다. '연결'은 '끝이 난 이후의 세계'를 근심하는 류스케에게 중요한 주제다. '드라이브 마이 카'와 같은 시기에 제작된 '우연과 상상'에는 더 직접적인 대사로 표현된다. 마지막 에피소드 '다시 한 번'은 인터넷상 모든 네트워크, 나아가 사람들의 연결 관계도 단절하게 만드는 바이러스 제온이 퍼진 세계를 상정하고 있다. 우연히 만난 나츠코(우라베 후사코)와 아야(카와이 아오바)는 서로 고등학교 동창으로 오해한다. 흥미로운 점은 오해였다는 점을 깨닫고 난 뒤에도 나츠코는 아야에게 "뭘 해도 채워지지 않는 구멍이 (너에게도) 분명 있을 거야. … 그 구멍을 통해 우린 지금도 연결돼 있을지도 몰라"라고 말한다. 이 장면은 오묘한 구석이 있는데, 나츠코가 자신의 실제 친구에게 말을 하는 건지, 아니면 친구로 오해한 아야에게 하는 말인 건지 모호하다. 이런 모호성은 우리가 모두(일면식이 없던 제3자도) 구멍, 그러니까 상처를 통해 연결돼 있을지도 모른다는 인상을 남긴다.

'우연과 상상'이 우연적인 사건을 통해 '공감하는 상상적 공동체'의 가능성을 탐구하는 영화라면, '드라이브 마이 카'는 위치를 바꾸는 등 인물의 동적 움직임을 통해 그 가능성을 탐색한다는 차이만 있을 뿐이다. '끝이 난 이후의 세계에서 어떻게 살 것인가'라는 질문에 대한 류스케의 또 다른 대답은 공감, 즉 상처(구멍)를 통한 마음의 연결인 것이다. 헤이세이적 인물이 '스스로에게 침잠하는 인물'이라면 류스케가 제시하는 포스트-헤이세이적 인물은 '타인과 연결된 인물'이다.

4. '뭔가'의 이동 축선

인물들이 연결돼 있다는 감각이 반짝 하는 순간은 부정할 수 없이 영화 속 연극 '바냐 아저씨'의 마지막 장면일 것이다. 유나는 가후쿠를 뒤에서 안은 채로 가후쿠 눈앞에 손을 움직이며 수화로 "우리 살아가도록 해요. 일하도록 해요"라고 말한다. 원작에서는 유나가 가후쿠를 옆에서 쓰다듬으면서 말하는 장면이지만 류스케는 유나의 위치를 바꿨다. 그리고 이 장면을 관객석의 미사키의 시점숏으로 비춘다. 중간엔 문득 카메라는 무대 뒤로 가 마치 연출가의 시점으로 유나, 미사키의 연기와 관객을 비추기도 한다. 카메라와 인물 간의 위상을 따지면 '(가상)연출가-유나 · 가후쿠-미사키'가 일직선상에 놓여 있다. 유나, 가후쿠, 미사키는 각자 경험한 죽음으로 마음에 구멍(상처) 하나씩 가진 인물들이다. 이 장면 직후 미사키의 한국에서 삶이 불현듯 등장한다. 연극에서 '뭔가 일어난' 순간이 미사키를 새로운 삶으로 추동하는 동력으로 작용했다는 인상을 준다. '뭔가'는 뭔가. 그것을 확인하려면 직선적 구도 또는 배치가 나오는 앞선 두 개의 장면을 들여다봐야 한다.

하나는 공원에서 연극을 연습하는 장면이다. 유나는 "난 정말 불행한 여자야"라고 말하는 재니스 창을 뒤에서 안고 낙엽 하나를 건네며 "(피아노를) 치세요"라고 한다. 가후쿠는 이를 뒤에서 지켜보며 연출한다. 구도를 보면 '가후쿠-유나 · 재니스 창-카메라(관객)'가 직선에 위치한다. 흥미로운 부분은 가후쿠가 유나와 재니스 창의 연기를 보며 하는 "지금 뭔가가 일어났어"라는 말이다. 사실 가후쿠는 둘의 등만 바라보고 있어 재니스 창이 유나의 위로에 싱긋 웃는 모습을 보지 못했다. 그런데도 '뭔가'에 대해 말하고, "관객에게 그걸 열어가"라고 한다. 이 장면은 '바냐 아저씨'의 마지막 장면에 대한 예언이다. '녹색 광선' 등 에릭 로메(류스케는 로메에 대한 글을 쓴 적도 있다)의 영화에선 경이롭게 반짝이는 우연의 순간이 있는데, 그건 앞선 장면의 어떤 예언에서 비롯된다. 그런 의미에서 로메적인 연출이라고도 설명할 수 있는 이 장면으로 가후쿠가 예언하는, 위로나 진실로 번역할 수 있는 '뭔가'는 유나의 수화로 재현되고, 그것은 가후쿠의 마음을 통과해 관객석의 미사키의 마음으로 연결되며 전달된다.

또 다른 직선 배치의 장면은 가후쿠와 미사키가 히로시마 쓰레기 소각장을 산책하는 장면이다. 이 장면은 위 두 장면에 대한 해설이다. 미사키는 평화공원과 원폭 돔 사이에 놓인 소각장 건물에 담긴 건축의 이념을 설명한다. "원폭 돔과 위령비를 잇는 선은 '평화의 축선'이라 불립니다. 이 공장을 지은 건축가는 그 선을 가리지 않고 바다 건너까지 연결되도록 이렇게 트이게 했대요." '원폭 돔-쓰레기 소각장-평화공원'이 직선 구도에 놓여있다. 일본 역사에서 가장 큰 상처로 남은 '과거' 원폭 피해의 상징과 '미래'의 평화를 기원하는 공원을 하나의 축선에 두고, 그 사이에 '현재' 삶의 부산물인 쓰레기를 처리하는 공장을 둔 것이다. 쓰레기를 소각한다는 것은 그 물건이 가진 운명의 종말처리일 텐데, 미사키는 떨궈지는 쓰레기를 보곤 "눈처럼 보이지 않아요?"라고 묻는다. 과거 오토의 죽음으로 상처를 품고 사는 가후쿠에게 끝이 나 버린 현실은 지리멸렬하지만, 때때로 '뭔가' 반짝이는 순간 때문에 눈처럼 아름다워지기도 하며, 이는 미래를 열어가는 동력으로 작용할 수도 있는 것이다.

5. 끌어올리는 손

류스케는 헤이세이 시대에 발생한 '세계의 끝' 중 하나였던 동일본 대지진에 대한 다큐멘터리를 찍으며 본격적인 영화 경력을 시작했다. 그의 근심 중 하나는 '끝나버린 세계'에서의 관계와 이야기의 단절이었다. 그래서 그의 다큐멘터리는 생존자들이 마주보고 대화하는 장면에 공을 들인 흔적이 또렷했다. '드라이브 마이 카'는 프롤로그에서 이야기의 단절과 죽음을 통해 헤이세이 시대의 붕괴를 상징적으로 요약한 뒤, 그 이후의 세계를 지탱하게 할 요소를 탐색한다. 그 결과가 마음의 연결, 즉 공감이며, 다른 하나는 움직이는 인물, 즉 신체성의 회복이다. 둘은 별개의 해답일까. 아니다. 두 개의 장면을 보자.

히로시마 쓰레기 소각장을 찾은 가후쿠와 미사키는 개방감 있는 바닷가 계단으로 나간다. 미사키는 계단 위쪽에 앉아 있고, 가후쿠는 아래쪽에 서 있다. 가후쿠는 미사키에게 처음으로 아내의 죽음을 말한다. 그 얘기를 들은 미사키는 "전 그 차가 좋아요. 소중하게 대해 온 게 느껴져요"라고 말한다. 사브 자동차는 앞서 언급했듯이 아내 오토의 환유(換喩)로, 미사키의 말은 아내의 죽음에 죄의식을 떨치지 못하는 가후쿠에게 '그래도 당신은 아내를 소중히 대했잖아요'라는 위로의 말이기도 하다. 그리곤 미사키는 먼저 계단을 올라간다. 이때 가후쿠도 어떤 이끌림에 의해 올라가는데 미사키가 끌어올리는 듯한 에너지가 느껴진다. 인물 간 척력을 동력으로 삼던 영화는 그제야 인력을 동력으로 삼기 시작한다. 이 장면은 홋카이도 눈밭 장면에서 위상이 바뀐 채로 반복된다. 미사키는 죽은 엄마를 위해 언덕을 내려가 향을 대신해 담배를 눈구덩이 속에 피운다. 그는 산사태가 났을 때 엄마를 적극적으로 구하지 않았다는 사실을 고백하고 죄의식을 내비친다. 그리고 다시 언덕을 올라올 때 윗쪽에 있던 가후쿠는 몸을 움직여 손을 내민다. 미사키가 "더러워요"라고 해도 가후쿠는 그의 손을 잡아 끌어올린다.

미필적 고의로 인한 살인 혐의, 스스로를 '더럽다'고 자책하는 죄의식을 공유하는 둘의 마음은 연결돼 공명하며, 자신의 신체를 움직여 각자의 방식으로 서로를 위로 끌어올린다. 공감의 마음과, 끌어올리는 손을 우린 연대라고 부른다. 대개의 영화는 '어떻게 살아야 하는가'라는 질문을 던지고 윤리학적 텍스트를 제시했다. 하지만 류스케의 영화에서 '어떻게 살아야 하는가'라는 질문은 헤이세이 시대 이후, 끝이 나버린 세계 이후에 우리는 어떻게 상구(相求)해야 하는지 연대생존론적 해법을 고민하게 만든다.

[단평]

지워진 목소리, 복원된 마음
〈오마주〉

'태초에 말씀이 계시니라.' 성경 요한복음은 이렇게 시작한다. '말씀'(Word)은 예수라는 존재를 의미하고, '말씀'으로 비로소 존재 자체가 가능하다는 은유다. 하지만 역사상 여성의 '말씀'은 주목받지 못했고, 지워졌다. 그들은 존재했지만, 목소리가 사라진 곳에서 존재하지 않는 것이기도 했다. 영화 '오마주'는 그곳에서 시작한다. 흥행이 저조한 영화 세 편을 만들고 더 영화를 찍을 수 있을지 걱정하는 지완(이정은)은 영화 세 편을 찍고 사라진 한국 두 번째 여성 감독 홍재원(김호정)의 영화 '여판사'의 사라진 음성을 마주한다. 영화 '여판사'는 실재했지만, 음성이 사라졌기에 마치 실재하지 않았던 것처럼 잊혔다.

홍재원을 비롯한 당대의 여성들은 목소리를 갖고 싶었지만 그 시대의 멸시는 강고했다. 홍재원은 10년 동안 스크립터를 했는데도 감독의 기회를 주는 사람은 없었다. '여판사'의 시나리오가 마음에 들지 않았는데도 감독을 맡은 건 마지막 기회일 것이라고 생각해서였다. 홍재원은 편집기사인 친구 이옥희(이주실)에게 "누군가 내 얘기를 들어줄 사람이 필요한데…"라고 편지를 쓴다. 여성 감독의 이야기를 들어줄 사람은 없었고, 그의 '목소리'는 세 번째 영화에서 멈췄다. 여자가 아침부터 편집실에 들어온다고 소금을 맞았던 이옥희는 이제 '영화'라는 단어가 기억 안 나 말하기를 주저한다. 시대가 달라졌지만 지완도 크게 다르지 않다. 시어머니가 집에 막무가내로 온다고 했을 때 솔직한 마음을 말하지 못한다. 여전히 영화사 대표에게 "무슨 아줌마가 영화를 찍냐"는 소리를 듣는 게 현실이다. 그는 이제 '되'인지 '돼'인지 헷갈려하며 "시나리오 쓰는 게 무섭다"고 말한다. 이들은 목소리를 잃었거나, 잃어가고 있다.

'지워진 목소리'가 영화 속 다른 영화를 통해 상징적으로 틈입하는 순간이 있다. 지완이 '여판사' 필름을 찾으러 오래된 극장을 찾아갔을 때 에로영화 '애마부인'이 상영되고 있다. 여성들은 신음하거나 목소리가 없다. 영화이론가 카자 실버먼은 고전 할리우드 영화의 음향 사용에서 위계적 성 논리가 작동한다고 봤다. 여성의 음성은 '울부짖고, 헐떡거리고, 비명을 지르는 소리'로 제시되고, 서사적 권위를 획득하지 못하고 좌절되거나 순종적인 특징을 갖는다고 분석했다. 미셸 시옹은 '스크리밍 포인트'라는 자신이 만든 개념을 통해 '사이코' 같은 고전영화에서 여성이 비명을 지르는 순간을 남성들이 '볼거리 조작자'로서 만들어낸다고 지적했다. 그는 이런 순간을 "언어가 갑자기 사라진 곳이자 블랙홀"이라고 했다. 실버먼과 시옹 모두가 지적하는 것은 고전영화에서 여성들의 실제 목소리는 지워져 있다는 것이었다. '여판사'의 사라진 음성은 그런 지적에 대한 직접적인 표현이다.

홍재원이 '여판사'를 찍으며 원고지에 남긴 메모 "너는 언젠가 지워질 거다. 내가 그랬던 것처럼"은 자신 영화의 운명에 대한 예고이자, 여성 운명에 대한 경고다. 그의 영화 장면들은 유독 여성에게만 날카로웠던 검열로 잘려나갔고, 음성은 무관심 속에서 어디론가 사라졌다. 구체적인 형상도, 음성도 없이 그림자로만 나타나는 홍재원의 모습이 그것을 상징한다. 지완은 그 그림자를 마주할 때 공포보다는 연민을 느낀다. 자신의 운명도 그렇게 될지 모른다는 공감이 있었을 것이다. 그래서 지완이 하혈하며 자궁을 적출해야 하는 상황에서도 '여판사'의 복원에 안간힘을 쓰는 것일 테다. 생물학적 여성성을 유지하는 게 중요한 게 아니라, 지워진 목소리와 장면을 통해 영화판에서도, 현실에서도 타자의 자리로 밀려났던 여성을 제 지위로 올려놓겠다는 목표가 그에겐 지상 과업이다.

지완은 결국 '여판사'에서 사라진 음성을 더빙 녹음하고, 삭제된 필름도 찾아 복원에 성공한다. 지완은 이옥희 집에서 널어둔 이불감에 필름을 비춰 첫 상영을 한다. 여자가 담배를 피운다고 검열해 삭제됐던 장면이 펼쳐진다. 손익분기점인 관객 20만 명을 넘어야 하지만 관객 4명이 전부인 극장, "실감이 안 나는" 숫자 1000만 관객이 다녀간 극장에서와 달리 지완의 얼굴은 영화를 처음 마주했던 그때처럼 벅찬 표정으로 가득하다. '여판사'의 실존 인물은 독살됐지만, 영화 속에선 주인공이 해피엔딩을 한 것처럼, 지완에게 이 영화의 복원은 현실과 다른 세상을 향한 꿈이다. 지완이 복원한 것은 홍재원의 '여판사'지만, 동시에 복원된 것은 여감독으로서 버티기 힘들어 무너져갔던 지완의 영화를 향한 마음인 것이다.

당선소감 | 윤성민

이를 닦다가 당선 소식을 전하는 전화를 받았다. 아무도 없는 복도로 나가 건물이 둘러싸고 있는 중정을 내려다봤다. 며칠 전 내린 눈으로 풀밭과 나무가 하얬다. 한때 포근했던 눈은 햇빛에 녹고 달빛에 어는 과정을 반복하며, 사랑이 사그라들면 남는 쓰라림처럼 날카로운 면과 날을 만들고 있었다. 봄이 오면 이 눈의 포근함과 날카로움도 결국 추억으로 남겠지. 창문에 손을 갖다댔다. 유리는 서릿발처럼 찼다. 아침 기온 영하 12.4도를 기록한 날이었다. 신춘(新春)은 아직 멀었다. 몇 번의 포근함과 날카로움을 더 겪어야 할지 몰랐다. 그 난 감함을 버티면 봄은 오는 것이라 믿는다.

신춘문예 당선이 신춘을 앞당기는 건 아니다. 바뀔 것 없는 일상이었다. 1인분의 삶을 살아야겠다는 마음으로 출근했지만, 또 고기 1인분도 채 제대로 굽지 못하고 태운 심정으로 퇴근했다. 당선 전화 받을 때 포근해졌던 마음은 빨리 얼어갔다. 당선이 보장하는 건 아무 것도 없다. 다만 응모작 보낸 날을 기억한다. 공고에 따라 우편봉투에 빨간 펜으로 '신춘문예 응모작품'이라고 크게 썼다. 민망해 우체국 직원 눈도 못 마주쳤지만, 그 때만큼은 지구의 중력이 조금은 약해진 것 같았다. '총 70매 원고를 마감했다'는 마음이 나에겐 당선보다 중요했다. 일상의 자괴(自愧) 속에 그런 자부(自負)는 희소하겠지만, 그 마음을 기억하며 글을 쓰고 마감을 하고 버텨나가겠다.

고마운 사람들의 얼굴이 떠오른다. 당선 소감이라면 마땅히 '고맙다'고 써야 맞겠지만, 쉽게 써지지 않는다. 그들에게 많은 상처를 줬고, 난 덜 상처받았다. 미안하다. 이 소식을 듣는다면 가장 기뻐했을, 그러나 소식을 전할 수 없는 그에게도 미안하다는 말밖엔 할 수가 없다.

영화평론 심사평

윤성민 (폐허를 서성일 것인가, 잔해를 수습할 것인가)

'신체성의 회복' 화두로 면밀한 추적 돋보여

질적으로는 우수한 평문들이 많았다. 나홍진 감독의 '곡성'을 분석한 '시간의 주술과 결박된 인간'에서 평자는 이 작품이 한국 영화에서 오컬트 열풍의 정점에 섰다고 평가하고 있다. 기예르모 델 토로 감독의 주요 작품들을 토대로 작가의 철학적 질문들을 탐색한 평문도 흥미로웠다. 박찬욱 감독의 '헤어질 결심'을 분석한 글은 여러 편이 있었는데, 그 가운데 '참을 수 없는 미저리 되기'라는 글은 해석의 참신성을 보여줬다.

하마구치 류스케 감독의 '드라이브 마이 카'를 분석한 글도 여러 편이었는데 그중 '폐허를 서성일 것인가, 잔해를 수습할 것인가'라는 글이 단연 돋보였다. 이 글에서 평자는 '신체성의 회복'이라는 화두로 3시간에 이르는 작품의 텍스트를 대단히 면밀하게 추적하고 있다. 영화 속에서 펼쳐지는 체호프의 연극은 수어(手語)까지 포함하는 다국적 언어로 수행되고 있는데, 극 중 연출가인 주인공 가후쿠가 앉은 자세로 프레임에 갇혀 있다가 극이 진행될수록 차츰 행위 주체자로 변화해 간다는 것이 평자의 분석이다.

평자는 텍스트를 넘어 '컨텍스트'에도 관심을 기울이고 있다. 일본의 연호인 헤이세이(平成) 시기를 기타노 다케시, 구로사와 기요시, 고레에다 히로카즈, 가와세 나오미 4인방이 주도했다면, 동일본 대지진 이후 영화계에 변화의 바람이 불어왔고 그 중심에 하마구치 류스케가 있다는 것이다. 헤이세이적 인물들이 시대의 불안과 허무 속에 행동을 포기하는 쪽을 택했다면, 류스케의 인물들은 신체의 한계성을 절감하고 다시 일어서는 행동을 보여주고 있다. 그래서 평자는 '드라이브 마이 카'가 포스트 헤이세이 일본 영화의 새로운 서막을 열고 있다고 본다.

심사위원- 김시무 영화평론

2023 문화일보 신춘문예 당선 문학평론

송현지

1984년 대구 출생
이화여대 국어국문학과를 졸업한 후 고려대학교 국어국문학과에서 석·박사 학위를 받고 현재 고려대학교 한국어문교육연구소 학술연구교수로 재직 중
2023년 〈문화일보〉 신춘문예 문학평론 부문 당선
hyunji0122@hotmail.com

어느 순례자로부터 온 편지
– 안태운론

송현지

1. 앙투안의 판타지

2003년, 425파운드의 호랑이가 뉴욕 할렘의 어느 아파트에서 발견되었다. 이 호랑이와 함께 살던 이는 앙투안 예이츠라는 이름의 남성으로 그는 태어난 지 8주 된 시베리아 뱅갈호랑이를 자신의 아파트에 데려와 '밍'이라는 이름을 붙이고 그와 같이 생활했다. 앙투안과 밍의 비밀스러운 동거는 그들이 함께 산 지 3년이 되던 해, 밍이 앙투안을 물면서 발각되었다. 미디어는 앞다투어 아파트 내부를 자유로이 오가는 밍의 모습을 그려냈다. 그러는 사이 앙투안의 침실을 어슬렁거리며 침대 매트리스 위를 가로지를 뿐이던 밍은 어느새 도시와 자연의 경계를, 인간과 비인간동물이라는 종의 경계를 가로지르고 있었다. 비인간동물을 둘러싼 근원적인 질문들, 이를테면 비인간동물이 살아야 할 곳은 어디이며, 인간과 비인간동물의 관계는 어떠해야 하는가 등이 되물어졌다. 앙투안 역시 여러 차례 이어진 미디어 인터뷰에서 그에 대한 자신의 생각을 밝혔는데 그 대답은 늘 간명했고 낭만적인 데가 있었다. 그는 동물을 사랑하기 때문에 밍과 함께 살았다고 답했으며, 동물과 인간은 더불어 살아야 한다는 말을 반복하였다.

그로부터 20년이 지난 지금, 우리는 한국 문학장에서 여러 명의 앙투안들을 다시 만난다. 그들은 실제로 밍과 아파트를 나누어 살고 있지 않더라도 작품 안에 밍을 데려다 놓으며 밍과 문학적 동거를 하고 있다.[1] 그들로 인해 인간이 비인간동물과 감각을 공유하며 종의 차이를 넘나드는 장면은 2010년대 후반부터 최근까지의 문학 작품에서 우리가 자주 볼 수 있는 장면 중 하나가 되었다. 비평 역시 이러한 현상에 대해 데리다와 아감벤, 헤러웨이 등의 철학을 적극적으로 경유하여 분석함으로써 새로운 관계성을 상상하는 데 힘을 모았다. 그 결과 할렘의 앙투안이 선취한 종차를 넘어선 관계는 문학의 새로운 패러다임으로 자리 잡힌 듯하다.

그런데 이 글이 최근의 문학을 읽으며 앙투안을 떠올린 것은 단지 우리의 문학이 비인간동물과 그 자리를 나누고 있기 때문만은 아니다. 그보다 문학의 새로운 주제로 비인간동물이 등장하고 그와 관련된 담론이 몇 년 간 이어지면서 우리의 문학이 인간과 비인간의 공생적 관계라는 당위만을 반복·재확인해 온 양상이 앙투안의 저 대답을 연상하게 하였기 때문이다. 순진하고 낙관적인 앙투안의 저 믿음처럼[2] 지

1) 2010년대 후반부터 출간되기 시작한 동물을 주제로 한 시집, 소설집, 에세이집 등이 그들을 만날 수 있는 대표적인 장소이다. 시집으로는 유계영 외, 『나 개 있음에 감사하오』, 아침달, 2019; 권민경 외, 『그대 고양이는 다정할게요』, 아침달, 2020.

2) 물론 앙투안의 말을 온전히 믿을 수 있는 것은 아니다. 저 말들은 그가 긴 법정형에서 벗어나는 데 결정적인 역할을 하였다는 점에서 전략적인 말로 해석되기도 한다. 그러나 그 사실 여부를 파악하는 것은 이 글의 논의와 무관하다. 다만, 이 글이 그의 말을 통해 이야기하고자 하는 바는 인간과 비인간동물을 쉽게 동일성으로 환원하거나 동물을 사랑한다는 말만을 강조하는 것이 얼마나 공허하며 무책임한 일일 수 있는가를 성

난 비평이 종들의 차이가 무화된 현상과 그 윤리적 가치를 용어만을 달리한 채 강조하는 사이[3] 종들 간의 복합적 경계는 무시되었고 실재하는 현실의 문제는 논의되지 못했다. 공생이라는 윤리적인, 그래서 매력적인 귀결을 향해 비평이 서둘러 달려간 흔적을 우리는 안태운의 시에 대한 그간의 오독에서 찾을 수 있다.

> 공터를 잃었네. 있었는데. 옆 사람과 흰 개와 함께 공터 밖을 서성이고 있었는데, 공터를 잃었고 옆 사람은 회상하고 있다. 흰 개는 잃은 공터를 향해 짖고, 못내 짖다가도 지치기를, 나는 바라며 기다렸지만 이내 흰 개를 내버려둔 채 옆 사람과 함께 공터 밖을 산책한다. 둘레의 움직임을 만들면서 걷고 걷다가 내가 바라보는 건 과거의 공터, 고개를 천천히 돌리면 옆 사람을 텅 비우는 공터, 계속 걷자 공터를 처음 잃었던 지점에 도착했는데, 흰 개는 없었다. 짖음도 없었고. 흰 개야. 아무도 없어서, 흰 개가 어디로 갔는지 물어볼 사람도 없어서 나는

찰하기 위함이다. 같은 아파트의 주민들은 밍의 먹잇감이 될 가능성에 놓여 있었으며, 맨하탄의 번화가에 위치한 공동주택에서 호랑이를 보았다고 말한 이들은 정신이상자 취급을 받아야 했다. 앙투안 역시 밍에게 물려 치료를 받아야 했음은 물론, 밍은 결국 동물보호 센터에 갇힌 채 생을 마감했다. 앙투안과 밍에 대한 자세한 이야기는 미국 Animal Planet 채널에서 방영된 다큐멘터리 〈Fatal Attractions: A Tiger loose in Harlem〉(2010)과 필립 워널의 〈Ming of Harlem〉(2014) 등 참조.

3) 최근까지 활발하게 진행되고 있는 포스트휴먼 논의와 객체지향 존재론에 기반한 글들이 대표적이다. 이러한 논의들은 인간과 비인간의 공생적 관계를 성찰하게 한다는 점에서 그 의의가 충분하지만 그 매력적인 당위만이 거듭 확인된 것은 아닌지 점검해 볼 필요가 있다. 이 글이 비판적으로 검토할 비평으로는 차미령, 고양이, 사이보그 그리고 눈물 — 2010년대 여성 소설과 포스트휴먼 '몸'의 징후들」, 『문학동네』, 2019년 가을호; 김보경, 「인간의 가장자리로 걷기」, 『문학과사회』, 2020년 여름호; 김지윤, 「비인칭 객체들의 헤테로버스, 포스트휴먼의 감각」, 『청색종이』 창간호, 2021.

흰 개마저 잃어버렸네. 옆 사람은 나를 쓰다듬었지. 상심하지 말라고,
엎드려 흰 개의 흉내를 내며.

—「공터를 통해」 전문[4]

잃어버린 공터를 찾기 위해 공터 밖을 서성이다 흰 개마저 잃은 이들을 다루는 이 작품에서 그간의 비평이 주목한 것은 이 시의 마지막 장면이었다. 흰 개를 잃은 '나'를 위로하기 위해 "옆 사람"이 '나'를 흰 개인 양 쓰다듬고 그 자신도 흰 개의 흉내를 내며 엎드림으로써 그들 모두가 흰 개와 유사해지는 이 장면은 '나'와 흰 개, 그리고 "옆 사람"이 "서로 얽히고 변하는" 모습을 통해 인간과 개가 동등한 실체자라는 사실을 드러내는 대표적인 예로 거론되거나[5] '나'와 흰 개의 "긍정적인 결속"을 보여주는 장면으로서 "인간과 비인간의 경계를 허무는 실천"의 연장선상에서 설명되었다.[6]

그러나 이러한 해석이 간과한 것은 정작 저 장면에 흰 개는 없으며 인간만이 남아 서로를 위로하고 있다는 사실이다. 이미 흰 개는 이곳을 떠났고 공터는 사라졌다. 그들은 흰 개를 흉내 낼 뿐 흰 개가 될 수 없으며, 없는 개의 존재를 서로에게 대신해 주려는 그들의 몸짓은 사라진 개의 존재를, 그리고 개가 사라진 현실을 잠시 잊게 해줄 뿐이다. 오히려 이 장면에서 우리가 확인할 수 있는 것은 흰 개와 함께 할 공

4) 이 글에서 인용하는 안태운 시의 대부분은 『감은 눈이 내 얼굴을』(민음사, 2016), 『산책하는 사람에게』(문학과지성사, 2020)에 수록되어 있다. 이하 두 시집에 실린 시를 인용할 때는 시 제목만을 표기하고 시집에 실리지 않은 시를 인용할 때는 따로 서지사항을 밝혀 적는다.

5) 김지윤, 위의 글, 51-54쪽.

6) 김보경, 「시퀀스를 연습하세요 — 안태운론」, 『문학과 사회 하이픈』, 2021년 봄호, 71쪽.

터를 되찾으려다 흰 개마저 잃어버린 어리석은 인간들이 행하는 낭만적 연대의 민낯이다.

이러한 장면에서 종 간의 경계가 허물어지는 현상을 읽고자 하는 비평의 욕망은 증상적이다. 시 속 그들의 연대가 "없는 개"(「없는 개를」)의 존재를 은폐하면서 개가 없다는 결핍감보다 서로가 있다는 충만감을 느낀 것처럼 지금의 비평은 비인간과의 공생적 관계를 문학에서 함께 사유하고 있다는 것만으로도 윤리성을 확보한 것인 양 고무되며 작품과, 그리고 다른 비평들과 공모하였던 것은 아닌가. 그렇게 본다면 지난 비평에 의해 오독되었던 안태운의 이 작품은 아이러니하게도 그 오독이 작동하는 방식을 신랄하게 보여주고 있는 것이다.

이러한 안태운의 신랄함은 이 작품만이 아니라 그의 두 권의 시집 여기저기에서 확인된다. 그는 우리가 아무리 꿈에 머무르려 "감은 눈으로" 지낸다고 해도 사건은 꿈과 "다른 곳에서" 실제로 벌어지고 있다는 사실을 강조하며(「감은 눈으로」), 그간의 연대가 '없는 개'의 존재를 상상으로 메우면서 은폐해 온 것들을 적나라하게 보여준다. 그러므로 지금 안태운의 시를 읽는 일은 지난 비평의 욕망이 구축한 환상의 기만에서 벗어나 실재를 살피는 일이다. 이 환상의 주문에서 깨어난 후에야 우리는 인간과 비인간동물의 동등한 관계성을 위해 무엇을 해야 하는지를 정확히 알 수 있을 것이다.

2. 바깥의 동물들

안태운이 눈을 뜬 곳에서는 무슨 일이 벌어지고 있는가. 여기에는

"인간과 비인간 (…) 상호간의 긍정적인 연결"[7]은 없다. 작품과 비평이 공히 인간과 비인간의 새로운 관계성에 대한 상상을 이어가면서 문학 내부에서 일어난 패러다임의 전환이 마치 현실에 도래한 것처럼 여겨졌으나 "인간을 중심으로 한 범주적 구분선의 붕괴"가 "상상적 담론이 아니라 이미 맞이한 현실"[8]이 되었다는 서술은 현실에 비해 너무 빨리 도착해 있었다. 여전히 지금-이곳에서 비인간동물은 배제되며 인간과 비인간 사이에는 견고한 분할선이 그어져 있다. 안태운은 인간과 비인간이 공존하는 삶의 양식을 상상하기 전에 눈을 뜨면 마주하는 이 장면들을 자세하게 적는다.

날벌레가 날고 있었다. 그는 방 안에 있었다. 내가 바라봤을 때 그는 창을 열었고 창밖에서 소음이 들렸으며 날벌레는 방 안에서 날고 있었다. 그는 방충망을 열고 싶었다. 하지만 방충망은 열리지 않았으므로 그는 날벌레를 창밖으로 내보낼 수 없었다. 그는 움직이고 있었다. 현관문 쪽으로 손짓하면서 여기로 오라고, 안내하듯이 여기로, 그는 다가가 문을 열었다. 거기까지는 날벌레가 따라오지 않았고 그럼에도 열린 문을 통해서는 누구라도 대신 나가야 할 것 같았고 그는 문 밖으로 나가고 있었다. 날벌레는 날고 있었다, 방 안에서. 여전히 문밖으로는 나오지 않은 채 창 주변을 맴돌았고 그는 문밖에서 서성였다.

열린 문으로 날벌레가 나오길 바라며 그는 한참을 기다렸다. 날벌레는 나올 리 없었다. 어떻게 밖으로 불러낼 수 있을지 그는 궁리했고 문밖에서 집 둘레를 걸으며 아까 열었던 창으로 가까이 다가갔다.

---

7) 김보경, 앞의 글, 2020년 여름호, 423쪽.
8) 차미령, 앞의 글, 535쪽.

(…) 그는 도구를 찾으려 했다. 다행히 발견할 수 있었고 구한 도구를 이용할 줄 알았으므로 그것으로 방충망을 찢고 있었다. 날벌레는 날고 있었다. 그는 방충망의 찢어진 공간을 통해 손을 넣었고 밖으로 나오라고, 손짓했다. 그 순간 날벌레는 창밖으로 날아올랐다. 그는 날벌레를 바라보다가 이내 찢어진 방충망에 시선을 두었다. 더 찢을 수 있었다. 그는 그 공간으로 몸을 밀어 넣을 수 있었고 실제로 방 안으로 들어갔다.

> (…) 그는 방 안에서 다시 손짓하며 날벌레를 부르고 있었다. 하지만 다시 들어올 리는 없지. 그는 애타게 손짓하고 있었다. 애타게 찾고 있었다, 날아갈 수 있는 것을. 나는 방에 숨어서 그 모든 걸 지켜보고 있었다. 열린 창과 열린 문을 번갈아 쳐다보면서.
>
> –「열린 창과 열린 문」 부분

날벌레를 대상으로 삼은 것은 이러한 현실을 극명하게 제시하기 위한 그의 전략이다. 날벌레는 비인간동물 중 하나이지만 인간이 돌봐야 하는 반려동물이나 가축이 아니며, 기후 위기 시대를 떠올리게 하는 북극곰도 아니다. 그들은 인간과 늘 가까이 있으나 인간과의 관계에 대한 사유조차 이루어지지 않는 그야말로 바깥의 존재들이다. 그러므로 그들이 우리와 함께 방 안에 있다면 그들을 잡아 죽이거나 방 밖으로 내보내는 일은 당연하고 자연스러운 행동으로 여겨졌다.

그런데 안태운은 이 일상적 행위가 이루어지는 과정을 상세하게 그림으로써, 보다 정확히 말하자면 날벌레를 방 밖으로 내보내려 할수록 부조리극의 주인공처럼 우스꽝스러워지는 '그'의 모습을 자세히 보여줌으로써 인간이 자연스레 행하는 이 행위가 얼마나 부자연스러운 것인가를 드러낸다. 이는 안태운이 다소 도식적인 방식으로 인간과 비인간이 위치하는 장소(안/밖)와 그들이 오가는 출입구(창/문)를 구분해놓은 데 기인하는데 시 속의 '그'가 날벌레를 밖으로 내보내는 과정에서 인간의 것으로 인정되었던 영역이 허물어지며 씁쓸한 웃음이 발생하는 것이다. 이를테면 날벌레를 방 밖으로 내보내려던 '그'가 오히려 방 '밖'에 위치하게 되고 날벌레는 여전히 방 '안'에 남는다거나 '창문'을 통해 '그'가 방 안으로 들어가는 장면이 그러하다. 이는 인간이 비인간과 자신을 구획하기 위해 설정한 경계가 얼마나 자의적이고 터무니없는 것인가를 방증한다.

인간과 비인간 사이에 놓인 상상의 분할선에 대한 안태운의 비판적 시선은 인간과 비인간을 구분하는 데 의문을 제기하는 것이지만 이는 '비인칭시'로 명명되는 최근의 작품들이 그러하듯 이들이 동등한 실체자라는 사실을 단순히 주장하기 위함으로 보이지 않는다.[9] 그것은 방충망을 찢어서라도 날벌레를 내보내려는 '그'의 광기 어린 행동을 숨어서 지켜보고 있는 '나'의 정체성을 안태운이 불명확하게 설정하고 있다는 점에서 분명해진다. 열린 창과 문을 번갈아 쳐다보며 어느 출구로 나갈지를 고민하는 '나'는 벌레인가, 아니면 '그'와 같은 인간인가. 안태운은 이를 모호하게 처리함으로써 이 일상적 사건을 섬뜩한 광경으로 바꾸어 놓는다. 방의 '안'을 자신의 자리라고 주장하며 다른

---

9) 비인칭시에 대한 설명은 김지윤, 앞의 글, 49쪽 참조. 김지윤은 이 글에서 최근 시가 "특정한 '인칭'으로 환원되지 않는 가변적인 다중주체들"을 보여주며, "인간과 동물, 사물의 목소리가 동등하게 존재하는 세계"를 그려내고 있다고 설명한 바 있다.

존재들을 밖으로 내보내려는 인간이 있는 한 장소에서 배제되는 것은 비인간만이 아니라는 섬뜩한 진실. 이러한 진실 앞에서 비인간과 인간은 위험에 처해있다는 점에서 동등해진다.

반려동물의 경우는 어떠한가. 유계영의 「개와 나의 위생적인 동거」 등에서 확인되듯 최근의 시들이 반려동물과 인간이 공생하는 장면을 주로 다루는 것과 달리 안태운은 반려동물이 어떻게 교묘한 방식으로 장소에서 배제되는가를 보여주는 데 공을 들인다. "사람들만이 가능하다"라는 종차별적 발언이 스스럼없이 이루어지고, 반려동물과의 분리를 입고 있는 옷을 벗는 일과 동일하게 치부하여 이를 쉽게 요청하거나 인간의 필요에 의한 예외적인 경우에만 개의 머무름을 허용하는 장면들을 안태운은 「기르는 얼굴」에서 차례로 담아낸다. 여기서 더 나아가 그는 이러한 행동이 반려동물을 기르지 않는 자들에게만 국한되어 행해지는 것이 아님을 분명히 한다. 물론 반려동물을 기르는 이들의 행위는 더욱 교묘해서 이를 눈치채기란 쉽지 않다. 그간의 평들이 아래의 시에서 화자와 흰 개의 감응 장면만을 짚어냈던 것은 바로 이 때문이다.

흰 개가 있어. 나와 함께 공터를 산책한다. 흰 개는 나의 개이자 공터의 개 그러므로 나와 함께 공터를 산책하지. 산책하며 서로 사라지기도 하지. 나는 흥얼거리며 흰 개를 두고 달렸다. 흰 개는 나를 따라 달렸다. 하지만 흰 개가 따라올 수 없을 정도로 더 빨리 달려. 더 빨리, 나는 속으로 외치며 더 빨리 달렸어. 흰 개는 쫓아오다가 쫓아오기를 그만두고 멈춰서 나를 쳐다보기만 한다. 고개를 갸우뚱거리며. 나는 흰 개에게 되돌아가지.

(…) 나는 공터를 산책하고 있지. 공터를 돌면서 흥얼거린다. 공터의

흰 개, 사람들의 흰 개 그러니 나는 흰 개와 멀어져서 공터를 돌고 있다. 흰 개가 없으니 빨리 달려도 괜찮아. 더 빨리 달릴 수 있다. 공터를 계속해서 달리고 싶어. 나는 더 빨리 달렸다, 더 빨리. 그래도 더욱더 빨리 달릴 수는 없었지. 문득 내 뒤로 아무도 따라오지 않는 게 슬퍼졌지. 아무도 내 뒷모습을 바라보지 않는 게 낯설었다. 흰 개는 어디에 있나. 나는 흰 개가 있는 곳으로 돌아가고 싶어. 나를 잊었으려나.

> (…) 흰 개는 공터를 돌았어. 공터를 끝도 없이 돌 것처럼 돌며 돌다가 공터 밖으로 뛰어나가고 있다. 공터를 벗어나자 흰 개는 일어났다. 일어나서 아주 천천히 걸어 나갔다.
>
> –「흰 개를 통해」 부분

일단, 이 시의 화자는 흰 개와 함께 산책을 하고 있지만 이 행위가 그들의 동등함을 드러내는 표지는 아니다.[10] 화자는 산책 도중 별다른 이유 없이 흰 개를 혼자 두고 달리거나 다른 이들에게 그를 놓아두다가도 그가 필요해지면 흰 개에게 되돌아가는 등 내키는 대로 흰 개를 대한다. 시종 자신을 따라다니는 흰 개를 그가 "나의 개"이자 "공터의 개", "사람들의 흰 개"라고 명명하는 것 역시 문제적인데 이는 그가 흰 개를 누군가의 소유물이자 어딘가에 속해 있는 존재 정도로만 인식하고 있음을 드러낸다. 여기에 "소중한 타자"[11]로서의 흰 개는 없는 것이다.

---

10) 김보경은 「인간의 가장자리로 걷기」에서 산책하는 행위가 인간과 비인간의 동등함을 드러내는 지표라고 설명한 바 있으며 이러한 해석의 틀을 그대로 가져와 안태운의 『산책하는 사람에게』에 적용하였다. 김보경, 앞의 글, 2021년 봄호, 71쪽.

11) 도나 해러웨이, 「반려종 선언」, 『해러웨이 선언문』, 황희선 옮김, 책세상, 2019, 118쪽.

그런데 이 시에서 우리가 또 하나 눈여겨보아야 할 부분은 혼자 남은 흰 개가 공터 밖을 벗어나는 장면을 시인이 상상하고 있다는 점이다. 이를 개가 누군가의 소유물이 아니라 독립적인 존재임을 드러내기 위한 우화로 읽을 수도 있을 것이다. 그런데 안태운이 최근 발표한 「생물 종 다양성 낭독용 시」(『현대시』, 2021.5)에서 세계 밖으로 내쫓긴 여러 종들이 있다는 사실을 짚으며 그 절멸한 종들의 이름을 일일이 열거하였다는 점을 상기한다면 이 장면은 반려동물에게도 예외 없이 닥칠 미래에 대한 예언으로 읽힌다. "차별의 상징체계를 전복할 힘이 없는" 흰 개가 더 이상 자신의 존엄성에 손상을 입지 않기 위한 "가장 효과적인 방식"으로서 "주어진 장소로부터 벗어나는 것"을 선택한 것으로 보이기 때문이다.[12)]

인간이 그들을 애타게 부르며 다시 손짓해도(「열린 창과 열린 문」) 이미 세계 밖으로 사라진 비인간들은 다시 이곳으로 돌아오지 않을 것임을 안태운은 직감한다. 인간과 개가 함께 산책할 수 있는 공(空)터가 더 이상 공(共)터가 되지 않을 때 서로의 만남은 다음과 같이 회상의 양식을 빌린 가상에서만 가능하게 될지 모른다.

> 그럼 나랑 같이 놀아요. 이렇게 말했습니다. 나는 속으로 여러 차례 목소리를 내봤어요. 그럼 나랑 같이 놀아요. 입을 통해서도 말했습니다. 아무도 내 목소리를 듣지도 입 모양을 보지도 못했을 테지만. 나는 말했어요. 이 편지를 통해서가 아니라. 밤 기차를 타고 집으로 돌아가면서. 지금 나는 거기 없지만 훗날에는 그 어느 곳에서도 없을

12) 김현경, 『사람, 장소, 환대』, 문학과지성사, 2015, 20쪽.

거라고 생각하면서. 그럼 나랑 같이 놀아요, 하고 반복했습니다.
(…) 이 기차는 사람을 태우지 않고 갑니다. 사람이 없으니 내부는 텅 비었고 외부에서 누군가 창문을 통해 바라봅니다. 텅 빈 안에서라도 누군가는 밖을 쳐다보는 것도 같습니다. 그리고 나는 이 모든 기차와 멀어져가요. 나는 편지를 따라서 이동하고 있습니다. 이 편지는 어디에 있나요. 나는 어디 있는 건지. 나랑 같이 놀아요. 나는 내가 어디 있는지 사실은 잘 압니다. 하지만 그렇다고 말하기는 싫었어요.

—「백설」 부분

「생물 종 다양성 낭독용 시」에서 그가 나열했던 "랩스 청개구리(Ecnomiohyla rabborum)/ 브램블 케이 멜로미스(Melomys rubicola)/ 포오울리(Melamprosops phaeosoma)/ 크리스마스섬 집박쥐(Pipistrellus murrayi)/ 콰가(Equus quagga quagga)/ 세실부전나비(Glaucopsyche xerces)/ 스텔러바다소(Hydrodamalis gigas)/ 타이완구름표범(Neofelis nebulosa brachyura)"은 이미 멸종되어 시라는 가상의 세계에서만 거주하고 있는 생물들이다. 시인은 위의 시에서 '백설'과 같이 흰 개의 목소리를 재현하며 흰 개의 미래가 그들과 다르지 않을 수 있음을 경고한다. "같이 놀아요"라는 반복적인 요구들이 받아들여지지 않자 이제는 글 안에만 거주한 채 더 이상 자신을 찾을 수 있는 위치를 알려주지 않는 흰 개("나는 내가 어디 있는지 사실은 잘 압니다. 하지만 그렇다고 말하기는 싫었어요"). 이것이 안태운이 바라본 비인간동물의 현실이며 다가올 미래이다.

3. (제)자리라는 정치성

인간과 비인간동물의 관계적 불균형이 비인간동물의 장소 상실로 이어진다는 사실을 확인한 안태운은 장소의 문제에 천착하여 그들의 관계성을 재구성할 수 있는 방안을 사유한다. 인간을 "지배할 자격을 갖는 자"로 간주하고 인간의 지배 아래 결집된 질서를 '정상적'인 것으로 여겼음[13)]을 문제 삼은 그는 이제 이 질서의 정상성을 의심하게 하기 위해 장소를 정치적인 장소로 변형시킨다. 「산양」의 버스가 바로 그러한 장소이다.

> 버스가 온다. 버스와 마주하고 있다. 그는 그 안으로 들어가려 한다. 어린 산양을 안은 채로 그는 좌석에 앉는다. 허벅지 위에 산양을 앉히고 있다. 그것을 팔로 감싼다. 쓰다듬고 있다. 그러면 버스는 비포장도로를 지나가고 있었다. 산을 휘돌며 올라가고 있습니다. 절벽을 경유한다. 마을에 이르렀고 버스는 정차하고 있었다. 몇 사람이 내리고 있었다. 또 몇 사람은 오르기 위해 밖에서 기다리고 있다. 그 중에는 산양을 들고 있는 한 사람이 있었다. 그는 그 사람을 본다. 좌석에서 일어나야 한다. 그가 일어나고 있다. 산양을 안은 채로 문으로 다가가고 있다. 산양을 건네주고 있습니다. 다른 산양을 건네받으면서. 그는 다시 돌아와 앉았다. 버스는 천천히 이동하고 있었다. 산양은 잠들어 있다. 동물의 냄새는 버스 안으로 퍼져 간다. 버스는 다른 마을에 도착해 간다. 또 다른 사람이 산양과 함께 있었다. 그는 그

13) 자크 랑시에르, 『정치적인 것의 가장자리에서』, 양창렬 옮김, 길, 2008, 220쪽.

것을 바꾼다. 다시 좌석에 앉는다. 버스는 출발한다. 정차하고 있었고 이러한 행위는 반복되고 있었다, 순례를 하듯이. 빈자리는 차차 늘어나고 있었다. 버스는 또 다른 마을에 이르러 있었다. 여기서는 다들 내려야 합니다. 내린다. 사람들은 내리고 있다. 밖에서 기다리는 사람은 이제 없었다. 마지막으로 기사마저 내리고 있었다. 그는 일어서고 있었다. 기사가 앉았던 자리에 산양을 앉힌다.

–「산양」 전문

야생에 있을 법한 산양이 사람의 품에 안긴 채 반려동물처럼 쓰다듬어지고 산양과 사람들을 태운 버스가 산을 휘돌며 올라가다 지명이 없는 마을들에 차례차례 정차하며 벌어지는 사건들을 다루는 이 시는 비현실적이고 기묘한 느낌을 자아낸다. 그러나 이 기이한 분위기를 걷어내면 이야기의 구조는 의외로 단순하다. 산양을 안고 버스 밖에 있던 '그'가 산양과 함께 버스 안으로 자리를 옮기고, 버스가 정차할 때마다 버스 안과 밖의 산양의 자리가 바꾸어지다 종국에는 버스 기사의 자리에까지 산양이 앉게 되는 이야기. 이 이야기를 지탱하는 것은 자리바꿈의 반복이 전부인 것이다.

비인간을 분할선 밖으로 내보내며 장소에서 배제해 온 앞서의 인간들을 생각해 볼 때 버스 밖에 있는 산양을 버스 안으로 데려와 자신의 허벅지 위에 자리를 내어주는 '그'의 행위는 다분히 시사적이다. 이러한 비현실적인 사건들을 통해 안태운이 보여주는 것은 자리바꿈이라는 지극히 현실적인 수행인 것이다. 예기치 않은 장소에 놓인 산양으로 인해 우리가 생경함을 감각한다는 사실은 '제자리'에 대한 우리의 관념이 얼마나 완고한 것인가를 확인하게 한다. 산양만이 버스에 남아 있는 저 마지막 장면 앞에서 우리가 이 낯섦의 기원을 찾아가다보면 우리는 장소의 주인이라는 것은 과연 정해져 있는 것이며, 장소에 인간만이 존재하는 것이 '정상적'인 질서인가를 새로이 의심하게 된다.

그런데 존재를 예기치 않은 자리에 앉힘으로써 기이함을 발생시키는 '그'의 이러한 행위는 안태운이 첫 시집에서부터 시점의 변주를 통해 반복해 온 것이기도 하다.

> 고인 물은 멈추지 않고 있다. 잎이 떨어지고 벌레가 드나드는 탕으로 물이 모여 있다. 자정하고 있다. 숲 속의 탕 주위로 새가 날고 새의 언어는 구전되어 떠돌고 있다. 너희는 가고 있었다. 탕으로 연결된 길을 따라서. 그러나 이미 다다랐다고 너희 중 한 명이 말하고 너는 너희의 얼굴만 바라보고 있었다. 손가락으로 가리킨다. 탕이 생성되어 있다. 너희는 입수한다. (…)
>
> –「탕으로」 부분

여기에는 자리를 옮기는 산양은 없다. 대신 낯선 자리에 앉은 산양과 같은 문장이 있다. 이를테면 "너는 너희의 얼굴만 바라보고 있었다"라는 구절을 살펴보자. 이 문장에서 안태운은 주어의 자리에 '나' 대신 '너'를 놓는다. 오해의 여지가 있는 이 말은 시란 화자의 내면 고백이며 '나'의 제자리란 주어의 자리라는 재래적 장르 관념을 확인하기 위한 것이 아니다. 물론, 일일이 열거할 수 없을 만큼 많은 작품에서 안태운이 '나' 대신 '그'와 '너'를 주어의 자리에 둠으로써 그의 시가 1인칭 발화가 주를 이루는 서정시에서는 발생하지 않는 종류의 기묘한 느낌을 전달하는 것은 사실이다. 또한 "1인칭의 역습"[14]이라 할 만큼 현실과 맞닿은 1인칭 발화들이 우위를 이루는 최근의 시들 사이에서 2인칭, 때로는 3인칭으로 발화하는 그의 시의 독특성을 부정할 수도 없다. 그런데 저 문장의 기이함은 단순히 주어를 '너'로 상정하였기 때문이 아니라 그 자리에 의도적으로 이와 어울리지 않는 다른 존재를 앉힘으로써 발생한다. '너희'를 '너희'라고 부를 수 있는 것은 분명 '너희'에 속하지 않는 '나'이지만 안태운은 '나'라는 인칭을 지우고 '너'를 주어로 삼음으로써 어색한 문장을 발생시킨다. 마치 주어를 '나'로 썼다가 주어의 자리에 '너'만 앉힌 것처럼 1인칭 시점의 잔여물을 남긴 이 문장을 통해 그는 '제자리'라는 고정된 관념을 흩트리는 것이다.[15]

물론 인간과 비인간의 제자리가 있다고 믿고, 그 자리를 고정하고자 했던 노력이 오랫동안 이어져왔다는 점에서 이미 정해진 질서와 제자리에 대한 견고한 관념을 깨트리는 것은 쉬운 일이 아니다. 그런데 앞서 살펴 본 「산양」이 다분히 '현실적인' 수행을 다루고 있다고 할 수

14) 이는 2019년 3월 28일, 까페창비에서 이루어진 7차 〈요즘비평포럼〉의 포럼명을 인용한 것이다.

15) 이 외에도 안태운은 '제자리'란 없으며 우리의 위치가 정해진 것이 아님을 다양한 방식으로 강조한다. 가령 「어느 주말에 이르러 침대와 의자」에서 그는 침대와 '나'의 위치 및 의자와 '나'의 위치가 상황에 따라 달라지는 상황을 그림으로써 비인간인 사물과 인간의 관계 내에서도 고정된 자리는 없다는 자신의 관점을 드러낸다. 일반적으로 '나'의 자리는 침대 위나 의자 위에 놓이며 '나'는 그곳에 누워있거나 앉아 있는 것이 당연하다고 여겨지지만, 그는 '나'가 침대의 "네 다리를" "두 팔로" "혼자 들어올린 채" 침대의 아래에 있는 장면과 "의자 위에 마냥 서" 있는 장면을 그림으로써 제자리에 대한 고정관념을 파기하고자 했다.

있는 것은 이러한 수행의 과정에서 벌어지는 현실적인 문제 역시 안태운이 적시하고 있기 때문이다. 안태운은 버스 밖에서 안으로 산양이 한 마리 옮겨질 때마다 버스 안에서 밖으로 다시 내보내지는 산양을 함께 언급한다. 어느 한 마리의 산양이 장소 안에 머무르거나 기사의 자리를 점유하는 순간 또 다른 산양이 다시 장소에서 배제되는 사태는 장소의 안과 밖을 가르는 분할선이 우리의 생각보다 공고하다는 사실을 드러내기도 하지만, 이러한 행위가 마법처럼 단숨에 바깥의 존재를 모두 안으로 들여올 수는 없음을, 그 과정에서 희생하는 수많은 비인간들이 존재함을, 그리하여 원하는 결과를 얻기까지의 여정이 지난하다는 사실을 암시하는 것이기도 하다.

안태운이 이 자리바꿈을 '순례'에 빗댄 것은 바로 이러한 이유 때문이다. 그는 이 행위가 인내를 가지고 반복적으로 행해야 하는 고된 여정과 같으며, 그것이 현실적 이익이 아닌 다분히 윤리적인 가치를 지향한다는 사실을, 또한 이러한 "물리적 노력"이 궁극적으로는 태도의 변화라는 "형체없는 목적지"에 닿기 위한 행위[16]임을 알고 있었다. 그는 이처럼 '자격 없는 자와 몫 없는 자로 배제'[17]되었던 산양에게 자리를 주어 그들을 환대하고 그들을 위해 자리바꿈을 지속적으로 행하는 행위를 '순례'로 지칭하는 한편, 이 행위의 주체자를 '사람'으로 직접적으로 명시한다. 이는 그가 '인간, 그러니까 나인 인간'[18]이 자신의

16) 리베카 솔닛, 『걷기의 인문학』, 김정아 옮김, 반비, 2017, 90쪽.

17) 자크 랑시에르, 앞의 책, 223-227쪽.

18) 이는 자크 데리다의 「동물, 그러니까 나인 동물」(최성희 · 문성원 옮김, 『문화과학』76, 문학과학사, 2013)에서 사용된 표현을 차용한 것이다. 이러한 말을 빌리면서 이 글이 강조하고자 했던 것은 안태운이 데리다와 마찬가지로 동물과 인간 사이의 경계를 완전히 지우거나 그들 사이의 동질적 연속성을 강조하는 데 관심을 기울이기보다는 이 단절의 심연을 인정하였다는 사실과 인간을 바라보는 동물의 시선에 주목한 데리다

자격과 몫을 직접적으로 요구할 수 없는 비인간을 대리하여 이러한 순례를 행함으로써 이 사태 해결의 중심에 있어야 한다고 믿었음을 여실히 보여준다.

4. 산책의 중지

그렇다면 안태운이 인간과 비인간 사이의 성급한 "구분의 중지"[19]를 행하는 것이 아니라, 반복적인 자리바꿈을 시를 통해 수행함으로써 인간과 비인간의 관계를 새롭게 정립하고자 하였다고 할 때 그의 이 수사적이고 상징적인 행위는 과연 어떤 변화를 이끌어낼 수 있는 것일까. 이를 이야기하기 위해서는 다소 우회할 필요가 있다.

> 자재는 운반을 필요로 한다. 자재가 운반되고 있다, 노동력으로. 여기서 저기로 필요가 불어나고 있다. 자전거가 도로 밑으로 돌진한다. 도로 위로 가스가 새고 있다. 그와는 별개로 운반은 반복되고 있다. 이 자재는 강도가 셉니다. 이것으로 기초를 세웁니다. 그러나 그와는 별개로 파동이 감지되고 있다. 국외에서는 난이 일어나고 있다. 밖에서 안으로 공간에 따라 빛이 증감한다. 그와는 별개로 필요는 망각되지 않는다. 필요는 운반되고 있다. 숲이 허물어진다. 필요 없이도 경기가 진행된다. 그와는 별개로 노동력이 이동하고 있다. 강이 가능하지

와 달리 동물을 바라보는 인간의 시선에 주목(「안개비」)함으로써 인간책임주의를 수행하려 했음을 강조하기 위함이다.

19) 이 용어는 황정아가 아감벤과 데리다의 동물 담론을 비교하며 아감벤식 해법을 간명하게 정의한 것을 빌려온 것이다. 황정아, 「동물과 인간의 '(부)적절한' 경계: 아감벤과 데리다의 동물담론을 중심으로」, 『안과 밖』, 영미문학연구회, 2017, 98쪽.

않게 된다. 자재로 자재의 원천을 깨뜨린다. 묘사할 수 없게 되었다.

—「자재로」 전문

먼저, 안태운이 바라보는 세계의 모습이 가장 잘 드러나는 위 시를 살펴보자. 이 시에서 사건은 동시다발적으로 벌어지고 "필요"는 끊임없이 생산되며 노동력은 쉴 새 없이 자재를 운반한다. "몸을 나르는 몸"들이 서로를 "재촉하"며(「원경」) 자재의 원천을 소진시킬 때까지 자재를 운반하는 이 세계의 성격을 유동성이라는 말로 표현할 수 있을 것이다. 안태운은 존재들 간의 연결고리를 찾을 수 없을 만큼 파편화된 세계가 사실은 좀처럼 "망각되지 않는" "필요"라는 하나의 코드로 이어져 빠르게 흘러가고 있음을 현 세계의 특성으로 짚어낸다.

세계의 속성이 이러하다면 이곳에 살고 있는 우리 역시 이 속도에 떠밀려 시간과 함께 흘러갈 수밖에 없다. 우리의 "필요"와 무관하다면 밖에서 벌어지는 사건들은 우리와 "별개"의 일들에 불과하며 우리는 우리 밖의 인간들과 비인간들을 무심히 지나치며 서로가 서로의 "행인들"(「행인들」)이 된다.

안태운의 저 반복적인 수행은 이처럼 빠르게 흘러가는 우리의 걸음을 멈추게 한다. 그의 시가 여러 차례 버스의 좌석에 산양을 앉힐 때(「산양」), '나'의 자리에 '너'를 둘 때(「탕으로」) '제자리'에 대한 우리의 공고한 관념이 흔들리며 발생하는 저 생경함을 그의 말을 빌려 '이국 정서'라고 칭해보자. 그는 이 이국 정서가 우리를 멈추게 하는 순간들을 아래와 같이 적는다.

이국 정서, 걷다가 나는 순간순간 무춤하면서도 왠지 이제는 뒤돌아봐야 한다고 느꼈고 그렇게 돌아보니 과연 좀 이상한 기분이 들었습니다. 멀쩡한 풍경 속에 있었는데도 이국 정서, 그것에 휩싸인 듯해서 다시 돌아봤죠. 무언가 훅 끼쳐왔으므로 어떤 냄새 속에서 순간 길 잃은 듯 아연해졌습니다. 하지만 갈 길이 있으므로 간다. 가고 있어. 도중에 할 일을 계속하면서도 약속된 장소에 도착하지. (…) 어떤 공간을 떠올리면 내 신체가 그 공간과 맞닿아 있는 공간처럼 느껴지기도 했고 이국 정서, 멀리 있는 인간에게 안부를 보내기도 했지. 멀리 있지만 언젠가 볼 수 있지 않겠어요, 하지만 영영 볼 수 없을지도 모르고, 거기서 부디 잘 지내길, 그렇게 안녕과 행복을 기리는 것, 그런 둥근 마음을 주고받는 것, 멀리 있는 인간에게, 그러자 누군가의 이국 정서 속에 내가 있는 듯도 해서 아득하니 쓸쓸한 기분이 들었다. (…) 나는 내내 멈춰 있었는데 약속 장소에서 가방을 든 누구도 나를 뒤돌아보지 않았다.

–「이국 정서」 부분

"경계를 넘어 다른 도시로 향"했을 때 "순간순간 무춤하면서" 뒤를 돌아보게 했던 낯선 느낌을, 그리하여 걷는 행위를 잠시 멈추었던 순간을 안태운은 시 안의 자리바꿈을 통해 우리에게 되돌려주려 한다. "간다. 가고 있어"와 같은 그의 시에서 되풀이 되어 온 굴절되는 서술 방식은 이 작품에서는 더 이상 지루한 "시집 내부의 클리셰"[20]가 아닌, 그의 시를 여러 번 끊어 읽게 함으로써 우리를 잠시 멈추는 효과적인

20) 신형철, 「선택 2016년 겨울」, 『문학동네』, 2017년 봄호.

방법론이 된다.

이 멈춤은 분명 우리를 쉽게 "약속된 장소"로 데려가지 않는다. 그러나 버스가 정차하였을 때 비로소 버스 안에 산양의 자리가 마련될 수 있었던 것처럼 이 멈춤은 어떠한 변화를 가져올 수 있는 실질적인 행위가 될 수 있다. 새로이 자리를 배치함으로써 우리를 멈추게 하는 일, 아니 멈춤을 통해 새로이 배치된 풍경을 확인하게 하는 일, 그리하여 제자리의 정치성을 의심하게 하는 일. 이것이 바로 안태운이 시를 통해 행하는 창발적 수행이다.

이제 당신에게는 서로를 지나치며 걸어가는 행인들을 멈추어 세우며 안태운이 건네는 다음과 같은 말이 새로이 들리지 모른다. "잘 지내나요, 행인들/ 행인을 멈추며 행인이 되어보고자/ 나는 허밍을 합니다"(「행인들」). 너무나 오랫동안 "움직이는 것들에만 반응"해 온 이들을 쉽게 멈추어 세울 수는 없기에 그는 허밍이 달아난다면 "시도 때도 없이 허밍을 하고", "노래가 되어 춤을 춰보"며 계속해서 말을 건넨다. 이렇게 반복하여 "누군가를 서성여"본다면, 이 생경함 앞에서 산책을 멈추고 "여기 있다는 건 어떤 느낌인지, 문득 낯설어하며/ 주위를 둘러"보다 "인간으로서 잘 살아간다는 게 무엇인지"(「인간의 어떤 감정과 장면」, 『문학동네』, 2021년 가을호), 멀리 떨어져 있는 이의 안부를 물어볼 이가 있으리라 믿으며.

"산책하는 사람에게" 건네는 그의 편지가 오늘 당신에게도 당도하였다.

당선소감 | 송현지

당선 소식을 듣고 학부 시절 보냈던 겨울 방학들이 생각났습니다. 겨울 방학이면 저는 바닥에 배를 대고 엎드린 채 그해 모아둔 문예지들에서 시가 수록된 페이지들만을 골라 읽어보곤 했습니다. 이 연례행사가 끝난 것은 '아, 나는 평론가가 될 수 없겠다'고 스스로 결론을 내린 어느 겨울날이었습니다. 시를 오래 보아야지만 읽을 수 있던 저는 동시대 시인들과 함께 호흡할 수 없다는 사실에 무척 절망했습니다.

문학 연구자로 살기로 했던 것은 시를 천천히 보고 싶었기 때문입니다. 그러나 논문을 쓰고 학생들을 가르치면서 의미 있는 말이라면 느리게라도 할 필요가 있다는 것을 알게 되었습니다. 가르치는 학생들의 자리를 빼앗는다는 미안함보다 좋아하는 시들에 제 목소리를 보태고 싶다는 열망이 커질 무렵 글을 내보았습니다.

소박한 저의 글에서 가능성을 보아주신 김형중 선생님, 감사합니다. 선생님은 「산양」의 '그'가 그러했듯 버스 밖의 저를 안으로 데려가 기사의 자리에 앉혀놓으셨어요. 서툴더라도, 구부러진 산길에서 길을 잃지 않겠습니다.

저를 호렌스타인으로 살게 해준 〈바람의 연구자〉 선생님들, 세 분의 다정함이 저를 글 쓰게 했습니다. 지금은 다른 형태로 곁에 있지만 인간으로 어떻게 살아갈지를 고민하게 해준 달래에게도 고마움을 전합니다. 항상 용기를 주는 은영이, 오랜 친구 수민이, 기쁨과 슬픔을 함께 하는 〈육감〉의 지혜언니, 미진언니, 치범 선배, 학찬, 은혜에게 좋은 소식을 전할 수 있어 행복합니다.

느린 제자를 묵묵히 바라봐 주시는 이남호 선생님, 매번 애정 어린 그림편지를 보내주시는 윤석달 선생님, 사랑으로 저를 품어주시는 서재원 선생님, 아무것도 없는 저를 믿어주시는 장옥관 선생님의 응원이 늘 힘이 되었습니다. 누구보다 저의 등단을 기뻐하실 저의 높은 산 아버지, 시간을 기워 쓸 수 있게 당신의 시간을 선뜻 내어주신 어머니, 두 분에게만은 마음껏 응석을 부리겠습니다. 할머니와 라희를 비롯한 다른 가족분들에게도 감사의 인사를 드립니다. 함께 있는 것만으로도 힘이 되는 남편과 딸 나연이에게 모든 영광을 돌립니다. 다정함을 잃지 않고 성실히 쓰겠습니다.

문학평론 심사평

송현지 (어느 순례자로부터 온 편지 - 안태운론)

문단의 화두로 떠오른
'비인간동물과 연대'… 숱한 '오독' 파헤쳐

시나 소설 응모자 수에 비할 때, 올해 문화일보 문학평론 분야 응모자 수가 많다고 할 수는 없다. 그러나 투고된 열일곱 편의 비평문을 검토하면서 놀랐던 것은 두어 편을 제외하고는 모두 정독하지 않을 수 없을 만큼 수준이 고르다는 점이었다.

심사를 맡은 선배 평론가로서는 반가운 일이었다. 열일곱 편 중 함량 미달의 두 편을 제외한 열다섯 편을 정독했다. 그중 최종적으로 손에서 내려놓지 못한 채 다시 읽어야 했던 글은 세 편이었다. '어느 순례자로부터 온 편지 - 안태운론' '파편들의 연대, 차세대 필멸자들의 상생법 - 송승언론' 그리고 '폐기되는 젊음과 인간-물질의 사유법 - 서이제론'이 그 글들이다.

신인의 비평문들을 읽을 때 우열을 가리는 기준은 대체로 세 가지다. 비평 대상이 적절한가? 그가 한국 문학장의 맥락을 얼마나 이해하고 있는지를 판별하기 위해서다. 비평적 장치 혹은 도구를 정확하게 사용하고 있는가? 그가 앞으로도 훌륭한 글들을 생산해 낼 수 있을 만큼 충분한 공부가 되어 있는가를 판별하기 위해서다. 마지막으로 지배적인 담론을 거슬러 읽으려는 비판적 의지가 충분한가? 왜냐하면 그가 앞으로 한국 문학장에 보탬이 될 새로운 담론을 산출할 능력이 있는지를 판별하기 위해서다.

'폐기되는 젊음과 인간-물질의 사유법'의 경우 좋은 문장과 적절한 대상 선택에도 불구하고, 한 작가의 작품 세계를 해석하는 범위를 넘어서지 못했다는 점이 아쉬웠다. 이 글 한 편만으로는 글쓴이의 시야를 짐작하기 어려웠다. '파편들의 연대, 차세대 필멸자들의 상생법'의 경우도 이와 유사했다. 송승언의 시 세계를 '죽음 이후에 대한 끈질긴 사유의 과정'으로 읽어내는 독법의 꼼꼼함이 돋보였으나, 결국 블랑쇼와 낭시의 공동체론에 기대는 결말은 별로 새롭지 못했다.

결국 '어느 순례자로부터 온 편지 - 안태운론'을 당선작으로 결정했다.

실은 처음 읽을 때부터 어느 정도 결정된 선택이기도 했다. 이 글은 '비인간동물과의 종차를 넘어서는 연대'라는 한국 문학장의 최근 화두를 안태운 시인의 두 시집을 통해 비판적으로 조망하는 글이다. 그러나 이 화두와 관련해 오독을 누적하고 있는 현재 비평장의 '낭만적 낙관'을 결에 거슬러 읽음으로써, 되레 종차를 넘어서는 비인간과의 연대라는 것이 얼마나 지난한 작업을 필요로 하는지를 역설하는 글이다. 비평 대상과 장치의 적절성, 그리고 생산된 결과물의 새로움에서 이 글을 능가하는 비평문을 최소한 올해의 투고작 중에서는 찾을 수 없었다. 당선자에게 축하와 격려의 말을 전한다.

심사위원- 김형중(평론가)

2023 부산일보 신춘문예 당선 영화평론

조현준

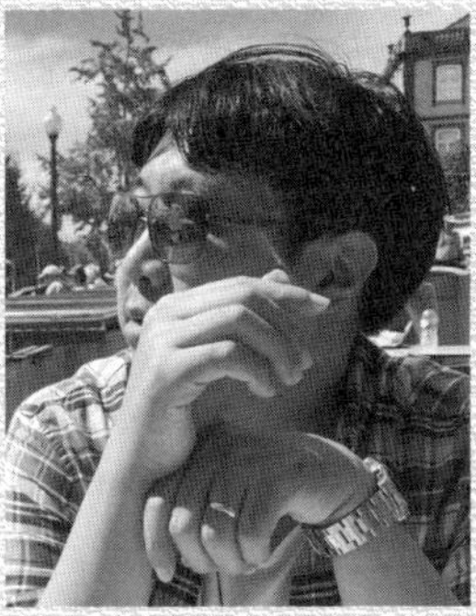

1981년 서울 출생
중앙대학교 국어국문학과 박사과정
2023년 〈부산일보〉 신춘문예 영화평론 부문 당선
저서: 여행에세이 『여행책엔 없는 여행이야기』(2022)
https://brunch.co.kr/@minigorae
99junee@naver.com

농담하는 미친 광대의 춤과 노래
-《조커》에 나타나는 광기의 에피스테메

조현준

'광인-광대'의 데페이즈망과 몸

고담이라는 도시에 거주하는 남성 아서 플렉(호아킨 피닉스 분)은 광대 인력을 제공하는 한 업체에서 일하는 코미디언이다. 문제는 그가 감정의 격렬한 움직임이 발생하면 웃음을 참지 못하는 광증을 앓고 있다는 점이다. 기쁠 때 그는 웃는다. 그러나 그는 슬플 때도 웃는다. 긴장하거나 분노하거나, 심지어 극도의 공포를 느낄 때도 그는 웃음을 참지 못하고 숨이 넘어갈 듯 웃기만 한다. 의사들은 아서의 그런 증상에 대해 '감정실금(Pseudobulbar affect, PBA)'이라는 진단을 내린다.

확실히 아서 플렉의 웃음은 정말 이상하다. 그는 사나운 불량배들이 자신을 위협하자 난데없이 크게 웃기 시작한다. 그래서 아서의 광기는 기분 나쁘다. 마치 조롱하는 것처럼 느껴지기 때문이다. 그는 가끔 너무나 우울할 때도 쉬지 않고 웃기 시작한다. 그래서 아서의 광기는 무섭기도 하다. 울어야 할 때 '미친 듯이' 웃어서 낯설기 때문이다. 그래서 사람들은 아서를 싫어하고 기피하며 혐오하기까지 한다. 엄밀히 말하자면 평소 조용할 때의 아서는 괜찮지만, 뭐 사실은 별다른 관심도 없지만, 마치 바퀴벌레나 거미의 신체를 목격했을 때처럼 아서의 신체에서 발원하는 커다란 웃음소리를 통해 광기에 잠식된 존재가 드러날 때 사람들은 그와 그의 신체를 혐오하기 시작한다.

아서라는 현상은 그의 신체와 행위가 다른 사람들로 하여금 혐오나 공포나 두려움이나 걱정 등 특정한 정동(情動, Affect)의 작동으로 나타난다. 이로 인해 그의 신체는 일차적으로 돌봄의 대상으로 객체화된다. 아서 플렉이라는 인간 자체와 동일시되는 그 '광기의 신체'는 낯설고 이상한 사물이며 따라서 그 신체들은 교정할 대상으로 간주되는 것이다. 만약 그 교정이 실패할 경우 그 신체-사물은 추방되거나 폐기되어야만 하므로, 그런 처지에 몰리지 않으려면 '보통이나 정상의 경계' 안쪽으로 진입할 때까지 환자 스스로도 교정을 반복하는 동시에 순응하는 태도를 유지해야만 한다. 영화가 아서 플렉을 사회복지사를 통해 의사의 처방을 받아 끊임없이 약을 복용해야만 하는 상태로 보여주는 이유가 바로 이것이다.

미셸 푸코(Michel Foucault)의 논의에 기대어 조금만 더 생각해보자. 푸코는 처벌의 형식, 감금과 징벌의 규율이 형벌에 관한 법의 체계 안에서 발견되는 것은 결코 우연이 아니며, 마찬가지로 광기와 정신병에 관한 진단과 실천이 정신의학의 체계에 의해 결정되고 수행되는 것도 결코 우연이 아니라고 설명한다. 광기와 범죄에 대한 각각의 담론체계, 즉 에피스테메(Episteme)는 통치와 규율이라는 사회적 제재와의 관계를 통해 제도와 실천의 형태로 그 모습을 드러냈다. 제도는 법이라는 이름으로 나타나 통치성의 언어를 담당했고, 실천은 감금의 형태로 나타나 정신병원과 교도소라는 건축물을 발명한 것이다.

그렇다면 우리는 이런 질문을 던져볼 수도 있다. 혹시 《조커》는 일상성의 담론이 마련한 자리가 아닌 다른 지점에서 그의 신체를 관찰하기를 시도하는 것은 아닐까. 어쩌면 이 영화는 우리에게 이 '미친 사람'의 출현이, 알랭 바디우(Alain Badiou)가 '사건(Événement/Event)'이라고도 부르는, 기존의 시공간과 그 이후의 시공간을 가르는 일종의 결절일지도 모른다고 말하고 있는 것은 아닐까. 이런 관점에서 본다면 확실히 《조커》가 보여주는 것은 '에일리언'이나 'E.T.'처럼 낯설고 이질적인 것들이라기보다는 차라리 기존의 무언가가 새롭게 변화된 것에 더 가깝다. 아서 플렉이라는 광기의 신체를 통해 '조커'라는 새로운 개체가 나타났고, 그 개체는 광기와 범죄에 대해 스스로 정의하는 주체가 되었다. 이를테면 에피스테메가 정의내리는 광기가 아닌 '진짜 광기적인 주체의 탄생'이라는 사건이 발생한 것이며, 이제 조커의 신체는 다른 주체들의 내적 현실을 수정할 수밖에 없게 만드는 사건이 발생한 장소 그 자체이다.

서양에서 '광대(Clown)'는 아이들이 초면에도 아무런 경계심 없이 다가가 장난을 칠 정도로 익숙한 대상이다. 광대는 기원전 2,400년경인 이집트 5왕조의 기록을 통해 나타난다. 지금 형태의 광대 의상은 16세기 이탈리아에서 시작되어 18세기 사이 유럽에서 크게 유행했던 '콤메디아 델라르테(Commedia dell'arte)'에 등장하는 전형적인 캐릭터 중 하나인 하인이자 사기꾼 캐릭터인 '잔니(Zanni)'의 분장으로부터 유래한 것으로 알려져 있으며, 얼굴을 알록달록하게 물들이는 특유의 분장은 19세기 말 근대적 서커스에 광대 캐릭터가 등장하면서부터 시작되었다. 유럽을 비롯한 서양에서 광대는 오랜 역사를 통해 변형을 거치며 이어져 내려온 문화적 산물인 것이다.

그런데 그 익숙한 '광대'가 범죄와 파괴의 장소에서 범죄자나 악당, 빌런으로 출현하기 시작했다. 영화 전반을 지배하는 이러한 형식은 뜻하지 않은 장소에서 낯선 방식으로 출현한다는 점에서 일종의 데페이즈망(Dépaysement)으로 볼 수 있다. 프랑스어 데페이즈망은 사전적으로는 '고향으로부터의 추방이나 유배, 낯선 느낌, 환경의 변화' 등을 뜻하는 단어이다. 겨울비가 내리는 거리 풍경에 빗방울 대신 검은색 중절모와 코트를 착용하고 우산을 든 수많은 남성의 이미지들을 배치한 르네 마그리트(René Magritte)의 〈골콩드(Golconde)〉나 소변기를 미술관이라는 낯선 공간에 전시하는 마르셀 뒤샹(Marcel Duchamp)의 〈샘(Fontaine)〉처럼, 데페이즈망은 사실적으로 표현한 일상적인 사물을 그 사물에 내재하는 맥락과 전혀 다른 낯선 장소에 배치하는 초현실주의적 기법을 의미한다. 요컨대 이 영화는 광대 범죄자와 피 흘리는 시체를 텔레비전 토크쇼 무대 위에 배치하는 비(非)현실적(Anti-realistic) 또는 초(超)현실적(Surrealistic) 이미지를 스크린에 전시하는 것이다.

이를 수행하기 위해 영화는 카메라에 포착된 이미지를 다시 한 번 카메라로 포착하는 방식을 사용한다. 방송국의 카메라가 텔레비전 쇼의 무대를 포착해서 익숙한 이미지로 구성한다. 그런데 갑자기 손에 총을 든 광대 '조커'가 방송국 카메라의 프레임 안에 나타나, 실시간으로 수행되는 살인 퍼포먼스를 선보이고는 피투성이 시체를 날것 그대로 전시한다. 그리고 그 데페이즈망 이미지가 이번에는 대중들의 일상성으로 작동 중인 텔레비전과 결합하면서 다시 한 번 데페이즈망이 발생한다. 데페이즈망을 통해 재배치된 사물들의 이미지가 텔레비전에 전시되고, 그 낯설고 기괴해진 텔레비전이 이번에는 영화 속 일상성에 배치되면서 한 번 더 데페이즈망이 구성되는 것이다. 그런데 그 중복적 데페이즈망에 점령당한 영화 속 일상적 공간을 이번에는 다시 영화《조커》의 카메라가 포착되어 극장 스크린에 전시되면서, 이번에는 우리의 일상성 안으로의 침공이 시작된다. 관객과 이미지 사이에서 치열한 투쟁이 벌어지는 동안, 영화는 아서 플렉의 신체를 통해 광기의 이미지를 구체화하는 작업을 수행한다. 영화가 아서 플렉의 신체 표면을 캔버스 삼아 우울증과 그로 인한 망상, 감정실금 등의 이미지를 스케치하고 채색까지 마치고 나면, 비로소 '광대 조커'가 완성되는 것이다.

한편 잘 드러나지는 않지만 기록되지 않은 일종의 징후적 이미지도 나타난다. 아서의 신체가 의식 표면의 '아서 플렉'과 무의식의 '조커' 사이를 횡단하는 흔적 같은 것이 도처에서 발견되기 때문이다. 이러한 횡단의 징후는 대체로 오른손과 왼손의 '뒤바꾸기' 이미지로 스크린에 짧은 순간 나타났다가 사라진다.《조커》의 첫 시퀀스는 사회복지사(Social worker)가 아서플렉을 상담하는 장면들로 구성된다. 사회복지사가 아서에게 저널, 즉 그가 기록하는 일기장을 보여 달라고 요구하는데, 카메라는 여기에서 메모의 내용을 익스트림 클로즈업 샷으로 보여주면서, 프레임 안에 메모와 아서의 손이 함께 배치된다. 아서는 먼저 "정신질환에서 가장 힘든 것은……"이라는 메모를 오른손으로 필기하지만, 다음으로 "사람들 모르게"라는 메모를 쓸 때는 왼손을 사용한다. 이러한 뒤바꾸기의 징후는 이후에도 계속 출현한다. 마찬가지로 지하철에서 아서가 처음 살인할 때 오른손잡이인 그는 왼손으로 총을 쏘게 되며, TV쇼 "머레이쇼"에 출연을 제안 받아 무대로 나갈 때에도 아서는 오른손에 쥐고 있던 담배를, 조커로서 무대로 나가면서 왼손으로 바꿔드는 장면이 나타난다. 이러한 횡단의 징후적 이미지들이 보여주는 것은 아마도 거울의 이쪽과 저쪽에 존재하는 아서 플렉과 조커라는 두 개의 정체성 사이에서 발생하는 교환, 또는 언어적 의식과 비언어적 무의식 사이의 도치(倒置)일 것이다. 영화의 마지막 시퀀스에서도 첫 시퀀스와 마찬가지로 다시 아서가 상담 받는 장면들이 나타나는데, 사회복지사가 저널을 건네받아 그것을 펼치자 이번에는 빈 페이지들이 나타난다. 그것은 처음 아서 플렉의 저널이 광기에 대하여 담론이 규정하는 언어들로 가득 채워져 있었던 반면에, 이제 조커의 저널은 언어의 빈 공백들로 채워지고 있음을 보여주는 것이다.

이렇게 직조된 광기의 이미지에 포착된 '소외된 주체'의 내면은 필연적으로 메마르고 삭막한 풍경으로 나타날 수밖에 없는데, 《조커》는 이것을 바짝 마른 피부, 앙상한 갈비뼈 아래로 등에 달라붙을 듯 움푹 들어간 뱃가죽, 주눅 든 표정과 어눌한 말투, 제대로 초점을 맞추지 못하는 눈동자 등 배우의 신체 이미지와 함께 어두운 조명으로 채워진 공간의 부족한 빛을 통해 표현한다. 영화가 보여주는 이러한 이미지들은 그것들이 영화의 욕망이 투영된 이미지라는 점을 보여주는 동시에 다른 한편으로는 캐릭터를 표현하는 미디어로서 배우의 신체가 작동하고 있음을 함께 확인할 수 있게 만들어주는 것이기도 하다.

온건한 '정상(Normal)'과 불결한 광기

"모든 사물은 사회다."라고 주장한 프랑스의 사회학자 가브리엘 타르드(Gabriel Tarde)는 "사회 상태란 최면 상태와 마찬가지로 꿈의 한 형식"이며, 그 꿈은 "조종 받은 꿈이며 활동하고 있는 꿈"이라고 주장했다. 타르드는 각각의 사람들이 타자에 관한 다양한 형식의 모방을 중복적으로 수행함으로써 개체성이 확정된다고 생각했는데, 그는 이를 좀 더 명확히 설명하기 위해 라이프니츠(G. W. Leibniz)의 모나드(單子, Monad) 개념을 수용했다. 타르드는 모나드가 단수인 동시에 일종의 집합체라고 보았다. 한 모나드의 형식은 다른 다수의 모나드들에 대한 모방이기 때문이다. 이렇게 타르드가 사회체 구성에 대해 '모나드'를 강조한 것은 국가나 민족, 성별, 세대, 지역 등으로 묶이는 과정에서 실종된 실제 주체들을 되찾음으로써, 개별 주체들에게 잠재되어있는 창조적 역량을 회복시기 위한 의도로부터 비롯된 것이다.

이런 관점에서 본다면 인간에게서 나타나는 광기는, 즉 정신질환의 여러 증상들이란 그 개체가 소유하고 있거나 개체 안에 잠재되어 있는 '차이'들이 불현듯 신체의 표면 위로 출현하는 현상을 의미한다. 『광기의 역사』를 통해 권력/지식과 주체성의 문제의식 안에서 이성과 광기에 대해 고고학적이며 계보학적인 탐색을 했던 푸코는, 적어도 정신의학이라는 지식의 체계, 즉 정신의학의 담론체계가 등장하는 19세기 이전까지 그러한 증상들은 대체로 예술가들이나 천재들의 비범한 영혼이 내뱉는 진실한 표현이나, 혹은 귀신이나 하늘과 같은 신성(神性)과의 소통 등으로 여겨지는 것이었고 지적한다. 우리는 이에 대한 예시를 어렵지 않게 찾을 수 있다. 자기 귀를 자른 빈센트 반 고흐(Vincent van Gogh), 《유레카》를 집필할 때의 에드거 앨런 포(Edgar Allan Poe), 디오니소스를 숭배하는 여신도들이나 수많은 문화들에서 나타나는 신(神)과 소통한 흔적들, 이들 다수의 사례들은 우리가 광기라고 부르는 현상들이 실제로는 극히 최근을 제외한 인류 역사의 대부분에 걸쳐 한 개인의 천재성, 또는 신비의 영역에 속한 것으로 간주되어왔다는 점을 말해준다.

푸코의 지적이 아니라 하더라도 우리는 역사 속에서 '권력/지식체계'에 의해 갑작스럽게 '광기'로 내몰린 주체들을 수없이 목격해왔다. 19세기의 통치성에 합리성이라는 기반을 제공한 정신의학이라는 지식체계가 마련되기 이전에도 오랜 기간 동안 종교를 비롯한 당대의 지식체계가 마찬가지의 역할을 수행해왔기 때문이다. 그래서 그들 '광기의 주체'들에게 붙는 명칭도 다양하다. 마녀, 흡혈귀, 악마숭배자, 이교도, 나병 환자, 그리고 프란츠 파농(Frantz Fanon)의 지적대로라면 '흑인의 영혼'까지도.

이 '광기의 주체'들은 지식체계의 합리성을 근거로 하여 권력에 의해 각각의 개체성을 박탈당했다. 기존의 개체성을 상실한 그들은 이어서 질병, 오물, 희생제물 등으로 일제히 환원되었다. 이러한 환원을 통해 권력은 '광기의 주체'들을 일괄적으로 처리할 수 있었던 것이다. 처리 방식은 다양했지만 결과는 항상 같았다. 사회 체계의 통치성이 작동하는 공간 바깥으로 추방 또는 격리되거나, 아니면 화형 등 살해당하거나 등의 방식으로 보이지 않게 은폐 또는 삭제되었던 것이다. 이러한 은폐-삭제 처리 방식은 권력/지식체계가 '정상성의 범주'를 규정하기 위한 목적으로 '광기의 주체'들을 '의미상관항'이라는 사물로서 배치하고 있음을 보여준다. 요컨대 '마녀가 아닌', '이교도가 아닌', '나병 환자가 아닌', '흑인이 아닌' 등의 방식으로 정상성의 범주가 설정되었던 것이다.

독일이나 오스트리아, 스위스 등을 중심으로 분포된 서유럽의 유랑

민족 '예니셰(Yeniche)'라는 민족이 있다. 이들은 각각의 국가로부터 추방, 억류, 처형의 대상으로 간주되었다. 1920년대부터 1970년대까지 스위스 연방정부는 서유럽의 유랑민족 '예니셰(Yeniche)'인들을 정신이상자 집단으로 분류하는 정책을 시행했는데, 이로 인하여 그들의 자녀들은 부모로부터 격리되어 고아원, 정신요양시설, 교도소 등의 시설을 통해 '정상 시민'으로서 훈육되었다.

한편 '집시'로도 알려진 동유럽의 방랑민족인 '롬(Rom)'인들 역시도 일종의 비(非)인간으로 간주되어왔다. 더럽고 위험한 오물 또는 질병체, 부랑자 등으로 여겨지는 이들은, '올바른 신앙의 범주' 바깥에 있는 신비한 점성술을 사용하는 마녀 집단이었으며 여자와 아이를 납치해 잡아먹거나 납치한 사람을 마녀와 흡혈귀에게 팔아치우는 사악한 존재로 인식되었던 것이다. 홀로코스트 당시 유럽 전역에서 학살당한 '롬'인들의 숫자는 추산의 대상조차 되지 못했던 것에서 이러한 인식을 확인할 수 있다.

한국의 가까운 역사에도 '불결한 광기의 주체'에 대한 권력/지식체계의 작동이 기록되어 있다. 일제강점기 조선총독부가 설치한 '소록도 자혜의원'은 한센병 환자들을 국가의 경계 바깥으로 추방하고 격리하는 시설이었다. '형제복지원'이나 '삼청교육대'는 이른바 폐인, 문제아, 사회부적응자, 반정부인사, 지적장애인 등으로 분류된 사람을 '불결한 광기의 주체'로 간주하고 그들을 격리 및 학대, 살해하는 시설이었다. 푸코는 "어떤 것도 광기를 진실이나 이성으로 되돌리지 못한다. 광기는 오로지 파멸과 더 나아가 죽음으로만 통해있다."고 말했다. 푸코의 지적과 '광기의 주체'에 관한 역사적 기록들로부터, 우리는 지식체계의 합리성을 기반으로 권력이 어떤 금기를 생산했는가를 알 수 있다.

불결한 광기의 주체들에게는 이런 표식이 붙여지는 것이다. '접촉 금지, 섞이면 죽음.'

이러한 금기는 서사를 작동시키고 이미지를 몽타주하는 장치로서 수많은 영화들과 관계를 맺고 있기도 하다. 프랜시스 코폴라 감독의 《드라큘라》(1992)는 접촉하고 물리면 죽거나 흡혈귀가 되어버리는 악마적인 존재에 관한 영화이다. 《캐리비안의 해적》 시리즈에 등장하는 마녀 주술사 '티아 달마(나오미 해리스 분)'는 이빨이 모두 까맣게 썩어있고 온 몸에 기괴한 문신을 새겼으며 머리카락은 더럽고 엉켜있다. 티아 달마의 캐릭터는 사실 '롬'인들(집시)에 대해 유럽인들이 가지는 전형적 이미지로부터 온 것이기도 하다. 《말레피센트》(2014)의 마녀 '말레피센트(안젤리나 졸리 분)'는 박쥐의 날개에 염소의 뿔이 달려 있는 여성으로, 성벽이라는 경계 바깥 미지의 깊은 숲에 거주하는 괴물과 정령들을 다스린다. 제프 니콜스 감독의 영화 《러빙》(2016)은 타 인종 간의 결혼이 '불법'이었던 시절 미국에서 서로 결혼한 흑인과 백인 부부의 이야기를 다루고 있으며, 피터 패럴리 감독의 영화 《그린 북》(2018)은 백인과 섞이지 않도록 흑인이 이용할 수 있는 미국 내 시설의 정보를 담은 안내책자의 이름이기도 하다.

광기의 에피스테메(Episteme)가 은폐하는 알레테이아(Aletheia)

이성(理性, Reason)이란, 그 이름에서 알 수 있는 것처럼, 모든 현상에는 절대적 인과율이 반드시 존재한다는 굳건한 신앙에 기반을 두고 있다. 따라서 우리가 이성의 시대를 살고 있다는 말은, 바꿔 말하면 우리는 지식-권력 담론이 그 원인을 설명할 수 없는 행위와 현상들에 대해서는 그 중심에서 발견되는 주체나 신체에 대해 '광기'와 '정신의학적 질병'이라는 신화적 이미지를 뒤집어씌우는 시대에 살고 있다는 뜻이기도 할 것이다.

아서 플렉을 상담하는 사회복지사와 진찰하는 의사에 의해 기록된 처방전에 의해 아서에게는 약이 제공된다. '처방전'이라는 기록과 '약'이라는 해석의 결과물을 통해 나타나는 것은 아서라는 주체에게 작동하고 있는 신체권력이다. 아서의 신체가 항상 어떤 상태에 놓여야만 하는가에 대한 결정이 주체 외부로부터 유래하기 때문이다. 그리고 상담가가 아서에게 주체의 내밀한 부분에 대한 고백을 강요한다는 점은, 그것이 고해성사와 형식적인 측면에서 동일하다는 점에서 본다면 그리스도교적 사목권력의 작동도 함께 보여주는 것이다. 그리고 영화에는 경찰이 존재하고 사법체계를 통해 탄생한 법정과 감옥이라는 표상의 지시를 통해 고담시에 규율권력의 존재도 나타나게 된다. 이를 통해 아서라는 주체는 의학, 법률, 종교, 그리고 광기에 대한 현대의 지식 체계의 면밀한 협력에 의해 '미친' 상태로 정의 내려진다. 아마도 영화《조커》가 영화를 읽는 독자 또는 영화를 보는 관객들에게 말하고 보여주고자 욕망하는 두 가지 중 첫 번째가 바로 이것일 것이다.

그리고 두 번째는 바로 '광기'에 관한 진실, 혹은 진실 말하기의 문제이다. 지식-권력의 담론이 규정하는 '광기'가 아닌, 그것의 핵심과 직접 만나는 경험 혹은 그것을 보여주기. 아서의 신체는 그 자체로 고담시에 대한 환유로도 작동한다. 가난과 범죄, 우울, 공포, 분노 등 고담시에서 살아가는 대부분의 사람들이 겪고 있는 삶의 조건들과 정동들이 아서의 신체를 통해 나타나기 때문이다. 그리고 동시에 아서는 토마스 웨인의 숨겨진 아들이다. 이를 정리하면 아서의 신체는 자본권력과 결합한 에피스테메에 의해 생산되는 '소외 상태의 주체들'에 대한 환유적 표현이며, 자본권력-에피스테메가 은폐하는 진실(Aletheia)에 대한 은유적 표현이 된다.

자, 지금부터 아서 플렉의 '정신질환'에 관한 단서를 좀 더 본격적으로 함께 추적해보기로 하자. 처음 상담 장면에서 아서가 자신의 수첩에 적은 메모, "난 그저 내 죽음이 내 인생보다 더 의미 있기를 바란다(I just hope my death makes more cents(sense) than my life.)" 여기에서 영화는 '의미(sense)'라는 단어를 '동전들(cents)'이라는 단어로 치환했다. 그리고 아서의 어머니의 이름 역시 동전 단위 '페니(Penny)'이다. 영화는 첫 시퀀스에서 이미 우리들에게 풍부한 단서들을 제공했던 셈이다. 그것은 거대 자본과 권력의 표상인 토마스 웨인이 지배하는 고담시에서는 삶도 죽음도 그리고 사람도 모두 동전 몇 푼에 불과하다는 끔찍하고 우울한 결론으로 우리를 이끄는 단서들이다. 그리고 그 단서가 이끄는 장소에 도달하면 알 수 있는 진실. 아서의 어머니 페니(Penny)에 관한 감춰진 진실은 "T.W"라는 이니셜의 사랑고백이 담긴 젊은 페니의 사진을 통해 잠시 드러난다. 그런데 앞서 우리는 토마스 웨인과의 관계를 페니가 증언하자, 의사들이 그녀에게 '망상장애(Delusional disorder)'라는 진단을 내리는 것도 목격했다. 이제 영화는 우리에게 정신의학이라는 에피스테메가 일종의 신화일지도 모른다는 의심을 하지 않을 수 없게 만들어버리고 마는 것이다.

전복적 주체의 탄생을 기념하는 광대의 춤

다시 한 걸음 뒤로 물러나 《조커》의 서사를 전체적으로 조망해보면, 그것은 어둡고 더러운 시궁창에 버려진 아들, 훼손되고 망각된 남성성이 광기로 표출되는 것을 보여주는 것임을 알 수 있다. 그리고 영화의 서사는 종국에는 고대 그리스의 비극적 결말에 이르게 된다. 아리스토텔레스가 정의한 바에 의하면, 비극은 어떤 '결함이나 과실(Hamartia)' 때문에 평범하거나 뛰어난 사람이 불행한 운명을 맞이하는 이야기를 의미하는데, 배트맨과 조커 모두 그 고귀한 혈통과 성품에도 불구하고 운명의 장난에 휩쓸려버린 가련한 형제라는 점에서 본다면, 그들은 모두 오디세우스 같은 비극의 영웅적 주인공들인 것이다.

이제 다시 영화에 한 걸음 가깝게 다가서보자. 이제 우리는 브루스 웨인이라는 대립쌍과 관계를 맺는 아서 플렉의 신체를 통해 나타나는 광기의 시각적 이미지를 볼 수 있게 된다. 우리는 그러한 광기의 이미지를 통해 인종이나 계급 내지는 계층적 차이에 의한 차별과 억압의 흔적을 유추해낼 수 있다. 그리고 다시 이것은 차별과 억압에 저항하는 적극적인 투쟁과 실천의 문제로 우리의 의식을 나아가게 만든다.

여기서 잠깐 조커가 경쾌하게 춤을 추던 그 계단 시퀀스를 다시 떠올려보자. 조커는 계단을 올라가는 것이 아니라 내려오며 춤을 춘다. 영화에서 계단은 한 개인의 성장이나 다음 단계로 나아감, 혹은 더 높은 곳으로 올라감에 대한 장치로 자주 사용되는데, 이 경우 영화는 캐릭터가 그 계단을 걷거나 뛰어 올라가는 모티브로 표현하게 된다. 대표적인 예로 영화《록키(Rocky)》시리즈에는 주인공 '록키 발보아(실베스터 스탤론 분)'가 특유의 음악에 맞춰 계단을 올라가는 장면들이 나온다. 혹독한 훈련과 시련을 통해 챔피언으로 성장하는 록키의 서사를 뒷받침하는 이 계단 모티브 덕분에, 지금도 사람들은 록키가 뛰어 올라갔던 필라델피아 미술관 정문 계단을 '록키 계단(Rocky Steps)'라고 부르며 미술관 앞에는 록키의 동상까지 세워지게 되었다. 그런데《조커》는 아서 플렉이 계단을 올라갈 때는 두 어깨를 늘어트린 지친 이미지로 표현하는 반면, 조커가 되어 같은 계단을 내려올 때는 한없이 경쾌하고 행복하게 춤을 추는 이미지로 나타내고 있다. 이 시퀀스를 통해 담론의 가리키는 방향이 아닌 그 반대방향으로 향할 때 비로소 행복할 수 있는 주체성이 탄생하는 것이다.

그런데 이 중대한 사건이 발생하는 장소, 양쪽의 낡은 건물들이 있고 철제 난간이 있는 그 계단은 그곳에 거주하는 수많은 주체들의 일상적 공간 그 자체이다. 사람들은 그 계단을 통해 출근을 하고 학교에 갔을 것이며 장을 보러 다녀오거나 일과를 마친 후 집으로 돌아갔을 것이다. 때로는 누군가와 계단 중간에 서서 담화를 나누거나 혹은 다투기도 했을 것이며, 어떤 연인은 그 계단에서 다음 만남을 기약하며 헤어졌을 것이다. 그런데 노란 셔츠에 붉은 재킷과 바지를 입은 한 사내가, 얼굴을 광대처럼 화장한 어떤 미친놈이 나타나 그곳에서 춤을 추기 시작했다. 이 순간 그 계단은 분명 일상성과 연결되어있지만 동시에 낯선 장소로 변모한다.

푸코는 현실에 존재하지 않는 유토피아와 대비되는 개념으로서 헤테로토피아(Hétérotopia)라는 용어를 제안한 바 있다. 이질(異質)이나 이형(異形)을 의미하는 '헤테로(Hétéro)'에 장소를 의미하는 '토

포스(Topos)'를 결합한 이 용어는 일상성으로부터 분리되어있는 동시에 일상성과 나란해 배치되어있는 공간들을 지시한다. 푸코가 헤테로토피아의 대표적인 예시로서 제시한 것에는 부모님이 외출하고 빈 집의 부모님 침대, 공동묘지, 유럽의 정원, 미국의 모텔, 매음굴, 제국의 입장에서 보는 식민지, 그리고 항해하는 배 등과 함께 영화와 연극이 상연되는 극장이 있다.

그렇다면《조커》를 본 관객들은 광기로 규정된 신체들이 그 광기의 끝에서 보여주는 진실들을 보고 듣는 헤테로토피아를 경험하는 것이 된다. 영화 속 영화. 광기의 끝에 매달린 진실들. 이 영화들이 보여주는 것은 그 광기의 끝에 진실이 매달려 있는 이미지들의 몽타주이다. 동시에 영화 속 영화뿐만 아니라 모든 영화의 디제시스 또한 헤테로토피아이다. 영화의 공간 이미지는 언제나 현실 세계를 재현하고 대조하며 은유하고 상징하기 때문이다.

그와 나 사이에 관한 사적인 농담

마지막으로 덧붙일 것이 한 가지 더 있다. 영화《조커》는 표면적으로는 아서 플렉의 다양한 웃음소리들이 한결같은 것처럼 보여주지만, 사실 아서가 웃는 소리들은 정동에 따라 다르며 이 차이를 구별하는 것도 얼마든지 가능하다. 만약 귀를 기울여 자세히 들어보기만 한다면 그것이 결코 '그냥 웃음소리'가 아니라는 점을 어렵지 않게 알 수 있기 때문이다. 아서가 슬프거나 분노하거나 두려울 때 내는 웃음소리는 끊어질 것처럼 가쁘게 들이쉬고 내쉬는 호흡에 섞여 나온다. 그리고 그 고통스러운 웃음소리를 들려줄 때마다 영화는 동시에 아서의 고통스러운 눈빛과 표정도 함께 보여준다. 하지만 스크린의 안쪽과 바깥쪽의 누가 되었든, 특별히 관심을 기울이지 않는 이상 아서 플렉은 그저 난데없이 웃어대는 '미친' 사람에 지나지 않는 것이다. 그러고 보면 아서는 끊임없이 요청하고 또 요청했다. 자신의 이야기를, 자기의 소리를 들어달라고. 그러나 사람들은, 심지어는 그를 상담하는 사회복지사마저도, 그의 이야기와 소리에 귀를 기울이지 않았다. 요컨대 아서의 진실은 언제나 그 광기의 끝에 매달려 있었다. 그저 사람들이 보지도 듣지도 못했을 뿐, 아니 보거나 듣지 않았을 뿐.

반면 아서 플렉이 아닌 조커라는 새롭고 낯선 주체성은 일상성을 구성하는 담론이 오랜 시간 직조해오고 수선해왔던 장막의 한가운데로 파고 들어가 그것을 마구 헤집고 찢어버린다. 광인(狂人)이라는 주체성의 부여, 그래서 격리되고 소외되어야 마땅하다는 '당연한 상식'의 가면을 찢고, 결코 당연하지 않은 감춰왔던 맨얼굴을 들여다 볼 수 있게 만들어버린다. 조커의 주체성은 이런 의미에서도 다시 한 번 일종의 뒤바꾸기, 즉 데페이즈망의 실험적 성격을 가진다. 세 가지 이유에서 그러한데, 첫째로 에피스테메의 가면을 찢고 진실을 드러내는 조커의 캐릭터는 정작 맨얼굴을 분장이라는 가면 뒤로 숨김으로써 완성되기 때문이다. 여기에서 맨얼굴이라는 기표는 '거짓'이라는 기의에 연결되고, 분장한 얼굴이라는 기표는 '진실'이라는 기의에 연결되는 효과가 나타나게 된다.

두 번째 이유는 지식 체계가 정의하는 광기를 대신하여, 광기를 직접 정의하기를 시도하면서 주체와 객체의 자리를 적극적으로 뒤바꾸고 있기 때문이라는 점이다. 아서 플렉이라는 주체성이 담론이 생산하는 의미에 포획되어있다면 조커라는 주체성은 담론 그 자체를 생산하는 위치로 도약하는 것이다.

그리고 조커의 주체성이 내적으로 데페이즈망의 구조를 가진다고 보는 세 번째 이유는 '브루스 웨인-배트맨'이 자본권력을 표상하는 토마스 웨인이 세상에 남긴 '빛나는 이미지'라면, 수치스러운 과거와 어둠에서 탄생한 '아서 플렉-조커'는 토마스 웨인이 남긴 '그림자나 얼룩'이라는 점 때문이다. 아서 플렉과 토마스 웨인의 각각의 자리는 단단히 고정된 것이 아니라, 사실은 얼마든지 그리고 언제든지 서로 뒤바뀔 수 있는 매우 위태로운 위상을 가지고 있다. 게다가 배트맨은 온통 무채색의 검은 갑옷과 망토 뒤에 자신을 숨기고 어두운 밤에만 출몰하는 반면, 조커는 수많은 색채를 통해 자신의 표면을 드러내고 백주대낮에도 얼마든지 출현할 수 있는 캐릭터이지 않은가.

따라서 조커가 마지막 시퀀스에서 언급하는 "그와 나 사이에 관한 사적인 농담"은, 분명히 존재하지만 알 수 없는 진실에 관한 것이 된다. 자신이 토마스 웨인의 숨겨진 아들이고, 고담시에 존재하는 악(惡)과 폭력은 토마스 웨인과 웨인 컴퍼니로부터 비롯되었으며, 그리고 웨인 컴퍼니의 소유자 브루스 웨인이 정의를 수호한답시고 밤만 되면 기괴한 분장을 하고는 밤거리를 싸돌아다니며 온갖 폭력과 범법을 저지르는 '광인'이라는 그 진실이야말로 정말 재미있는 '농담(Joke)'이라고 말하는 것(Joker)이다. 결국 이 영화는 자신의 이야기와 이미지가 농담과 허구라고 말하지만, 그 농담과 허구의 영화적 이미지들은 항상 진실과 관계를 맺고 있었던 것이다.

결국 《조커》는 버려진 아들이라는 섬세한 주체들, 아서 플렉과 브루스 웨인이 어떻게 '광인'으로 내몰리고 또 왜 광인이 되었는가를 보여주는 동시에, 우리 모두 실질적이거나 잠재적 차별의 대상이라는 점에서 언제나 잠재적 '광인'이기도 하다는 진실과도 관계를 맺고 있는 셈이다. 아서 플렉의 움츠러든 몸짓은 전복되어, 이제 조커의 춤으로 나타나게 되었다. 그리고 아서의 웃음소리가 '감정실금'이라는 광기의 병명으로 나타났던 반면, 이제 조커의 웃음은 빌런이라는 전복적 주체의 출현을 알리는 노래가 된 것이다.

당선소감 | 조현준

날이 추워졌다. 저녁식사로 먹을 카레를 데우고 밥을 그릇에 담고 있던 참이었다. 낯선 번호로부터 전화가 걸려왔다. 받을지 말지를 잠깐 고민하다가 통화버튼을 눌렀다. 어느 날, 그렇게 처음 받아보는 소식이 나를 찾아왔다. 로또에 당첨되면 어떻게 할까 하는 몽상처럼 막연하게 상상으로만 그리던 놀라운 순간이 나를 불쑥 찾아온 것이다. 전화기 너머로부터 들려온 목소리에 담긴 한 마디와 함께. '당선을 축하드립니다.'

모든 예술은 지금의 현실과 어떻게든 관계를 맺고 있다고 생각한다. 그리고 특히 영화가 더욱 그러하다고도 생각한다. 스크린 위에 나타나는 이미지는 언제나 사람과 삶을 은유하는 것이고, 그 속에 나타나는 공간은 반드시 상상적 현실이거나 현실적 상상이기 때문이다. 나의 글쓰기가 예술과 삶 사이의 관계에 대한 것이 되기를 바라는 것은 그래서이다. 이번 당선 덕분에 나의 글쓰기도 조만간 새로운 걸음을 내딛어야 하겠지만, 그래도 한동안은 온전히 기뻐하며 지내리라 마음을 먹었다.

그림을 그리면서 디자인을 하는 와중에도 나를 이끌고 격려해준 성민희 작가님, 세상과 작품을 읽는 법을 가르쳐주신 박명진, 배선애, 김홍식, 이경수 선생님을 비롯한 많은 스승님들, 작품을 대하는 평론가의 마음가짐을 보여주신 홍기돈, 류찬열 선생님, 먼 이국땅 프랑스에서 항상 격려해준 황인성군, 함께 공부하며 곁을 지켜준 동료들, 하늘 저 편에서 이 소식을 누구보다도 기뻐하고 계실 어머님께 마음을 담아 깊은 감사 인사를 드리고 싶다. 마지막으로 지면의 한계로 미처 불러보지 못한, '왜 내 이름은 없지?' 하고 계신 당신에게도 정말 고맙다는 인사를 남긴다.

영화평론 심사평

조현준 (농담하는 미친 광대의 춤과 노래)

광기의 주체성 추적하는 치열한 비평정신 돋보여

예년보다 응모작의 편수가 늘었을 뿐 아니라, 다루고 있는 대상과 주제도 다양하다. 그럼에도 불구하고 주체와 타자, 경계와 일탈, 공생과 차별의 문제가 응모작들의 지배적인 동기라 할 만하다. 이들 문제에 대응하는 이론과 작품에 대한 정교한 독해가 개성적인 평문과 잘 융합되는가에 심사의 초점을 둠직하다.

응모작 가운데 최연교의 '주프락시코프: 발굴-교차-변용의 존재론적 하이픈 '이후'를 위한 논설'은 인간과 동물이 횡단 통합체라는 관점에서 세 편의 단편소설을 다룬다. 동원된 이론과 개념에서 응모자의 상당한 내공을 짐작할 수 있고 문장도 유려하다. 그러나 이런 장점들이 작품의 실질을 압도한 점, 특히 인용문에 대해 밀도 있는 논의를 개진하지 못한 것은 아쉬운 부분이다.

김신의 '홍상수와 키아로스타미가 디지털 커뮤니케이션의 경험을 영화적으로 재현하는 방식'은 뷰어/유저라는 참신한 개념으로 영화 보기의 인터페이스 변화를 주목한다. 새로운 매체 현실이 감독과 관객에게 어떤 변화를 유발하는가를 흥미롭게 기술하고 있으나, 두 영화감독의 여러 작품을 다룬 까닭에 심화된 분석과 논리정연한 기술에 충실하기 어렵다.

조현준의 '농담하는 미친 광대의 춤과 노래-'조커'에 나타나는 광기의 에피스테메'는 영화 '조커'에서 타자를 배척하는 일상의 실천을 광기의 주체가 어떻게 침공하는지를 탐구한다. 광기의 주체성을 추적하는 치열한 비평정신이 돋보이고, 날카로운 분석과 참신한 해석을 설득력 있는 문장으로 담아낸다. 영화비평의 미덕을 두루 갖춘 셈이다. 이에 조현준의 작품을 평론 부문 당선작으로 선정한다. 당선을 축하하며 대성을 기대한다.

심사위원 : 황국명(평론가)

2023 서울신문 신춘문예 당선 평론

이근희

1990년 경북 경주 출생
조선대학교 문예창작학과 박사 수료
2023년 〈서울신문〉 신춘문예 평론부문 당선
summerbabyming@naver.com

소설, 시간을 저버리지 않는

-정지돈, 박솔뫼, 윤해서의 작품에 나타나는 시간관을 중심으로

이근희

0. '그림자 개'와 소설

'그림자 개'가 있다. 이 개는 "시간과 마음의 연결이 약해진 사람들"에게 나타나 산책을 가자고 요구하고, 이를 통해 사람들이 "시간과의 관계성을 회복"할 수 있도록 도와준다. '그림자 개'가 누군가에게 나타난다는 것은 삶에 대한 일종의 경고 신호인 셈인데, 그러나 대부분의 사람들은 자신이 위험에 처했음을 깨닫지 못하고 이를 단지 희한하고 우스운 하나의 에피소드로 여겨버린다. 따라서 그 경고 신호를 제대로 알아보기 위해서는 '그림자 개'의 특성을 파악해두어야 하는데……[1] 대뜸 이렇게 시작하는 박솔뫼의 소설 「믿음의 개는 시간을 저버리지 않으며」는 첫 페이지부터 독자에게 의문을 불러일으킨다. 그래, '그림자 개'라는 것이 있다고 하자. 언뜻 그런 이미지가 떠오르기도 하고, 아

1) 박솔뫼, 「믿음의 개는 시간을 저버리지 않으며」, 『문학과사회』 2021년 가을호, 88쪽.

무튼 이것은 허구의 이야기이니까. 그런데 시간과 마음이 어떻게 연결된다는 거지? 그 연결이 약해지는 것이 왜 위험한 거지?

어쩌면 이와 같은 질문은 근대 이후의 많은 사람들에게는 잊혀진, 혹은 불필요한 질문이 되어버린 것인지도 모른다. 똑똑한 그들은 이렇게 반문할 것이다. 그 질문을 통해 무엇을 얻을 수 있느냐고. 어떤 성과나 효용이 발생하느냐고. 그런 것이 산출되지 않고 어떤 답도 도출해낼 수 없다면 애초에 그 질문 자체가 잘못된 것 아니냐고. 그러니 그에 대한 생각은 접어두라고. 시간이니, 마음이니, 관계니, 믿음이니, 그런 것들에 대해 고민할 시간에 한 시간 더 일하거나 한 시간 더 잠을 자두라고. 그것이 훨씬 경제적이고 생산적이라고. 더 이상 자신들이 지나온 과거에 얽매이지 않으려는 근대인은 '시간과 인간의 관계' 같은 눈에 보이지 않는 모호한 것 대신 명확하고 검증 가능한 '이성과 과학'을 손에 쥐고 더 나은 내일, '발전된 미래'로 나아가고자 한다. 그런데 이는 파멸의 길이기도 해서, 인간이 이성의 힘으로 이루어낸 과학과 기술의 발전이 도리어 인간을 파괴하는 전쟁과 야만의 시대를 불러오게 된다. 그럼에도 반성 없는 근대의 열차가 질주의 고삐를 멈추지 않던 20C초, 이에 대한 근본적인 문제의식을 갖고 있던 발터 벤야민은 근대의 '진보적 시간관'에 어떻게 대항할 것인지를 고민한다.

벤야민에 따르면 근대는 '과거→현재→미래'라는 삼분법적 시간관으로 작동되는 것으로, 최종 목적지인 미래를 위해 과거를 망각하고 현재를 폐기시킨다. 그는 이에 대응하기 위해 폭력으로 쓰러지고 잊힌 과거 속으로 들어가고자 한다. 이때 과거는 단순한 사실에 그치지 않고 현재에 의한 '기억의 형식'이 되며, 이는 과거가 현재의 기억을 통해 다시 살아날 수도 있음을 뜻한다. 이때 "균질하고 공허"하게 흘러

가기만 하는 연속적 · 진보적 시간의 흐름을 폭파한 후, 그 '정지의 상태'에서 스쳐가는 찰나의 기억을 붙잡는 일이 중요한데, 왜냐하면 현재 우리가 인식하지 않는 "과거의 진정한 이미지"는 지금 "현재와 더불어" 사라질 위험에 처해있기 때문이다. 이처럼 그의 '정지의 변증법'은 근대의 진보적 시간관이 토대를 두고 있는 계속해서 앞으로만 발전해가는 변증법이 아니라, 오히려 일단 멈추어야만 한다는 것, 그 정지의 순간에서만 가능한 무엇이 있음을 역설한다. 그는 기존의 지배적인 시간의 "결을 거슬러 역사를 솔질"[2]하여 새로운 서사를 (재)구성해내고자 한다.

이런 점에서 자연의 시간은 서사적 방식으로 진술되는 한에서 인간의 시간이 되며, 이야기는 "시간 경험의 특징"을 그리는 한에서만 의미를 갖는다고 말한 폴 리쾨르의 말은[3], 벤야민의 역사철학적 사고와 근대 이후 서사의 주요 장르가 된 소설을 함께 생각해보게 한다. 만약 소설이 무의미하게 흘러가는 시간을 찰나라도 멈춰 세운 후, 그 정지의 시간 속에서 잊혀진 한 존재를 기억의 그물로 건져낼 수만 있다면, 이는 인간 삶의 새로운 서사-의미를 만들어내는 일과 다르지 않다.

이처럼 인간이 시간과 맺는 관계를 생각해보게 한다는 점에서, 소설은 '그림자 개'와 닮아 보인다. 앞서 미처 살펴보지 못한 '그림자 개'의 특성은 다음과 같다. "하나. 그림자 개는 그림자로 된 개다. 둘. 그림자 개는 산책을 한다. 셋. 그림자 개는 짖는다."[4] 하나. 소설은 허구로 쓰인 글이다. 둘. 소설은 시간과 마음의 연결을 돕기 위해 이리저리 떠돈

2) 이상 발터 벤야민, 『역사의 개념에 대하여』, 최성만 옮김, 길, 2008, 331-345쪽 참조.
3) 폴 리쾨르, 『시간과 이야기 1』, 김한식 · 이경래 옮김, 문학과지성사, 1999, 25쪽.
4) 「믿음의 개는 시간을 저버리지 않으며」, 88-9쪽.

다. 셋. 소설은 짖는다. 이 '짖음'이 위험에 처한 상황을 알리는 다급한 신호라면, 우리는 소설을 그저 상상력으로 지어낸 허구의 이야기로, 현실과는 아무런 관련이 없는 순진하고 허무맹랑한 이야기로 가벼이 여기고 지나쳐버릴 수는 없을 것이다. 그러므로 시간을 다루는 소설을 읽는다는 것은, 내가 살고 있는 이 세계를 바라보는 렌즈로서의 시간을 어떻게 구축하며 살아갈 것인지 묻고 따져보는 실천이 된다. 여기, 저마다의 방식으로 시간을 형상화하는 세 편의 '그림자 개'가 있다. 이 글은 그들과 함께 산책을 나서기 위한 하나의 시도가 될 것이다.

1. 소진됨으로써 발생하는 이미지 정지돈의 『모든 것은 영원했다』[5)]

1927년 하와이, 독립운동가이자 공산주의자인 '현앨리스'의 아들로 태어난 '정웰링턴'은 미국에서 의학을 공부하다 자신의 신념인 공산주의가 실현된 나라를 보기 위해 1948년 체코로 떠난다. 허나 공산주의 사회의 실상은 그가 그토록 꿈꾸었던 이상과 달랐고, 정작 그 사회에서 그는 자신이 "열외자"(54쪽)라는 것을 깨달을 뿐이다. 그는 체코 시민권을 취득하기 위해 비밀경찰에 협조하지만, 공산주의자로서 받아들여지지 않으며, 정신적 고향으로 여겨온 북한에서는 현앨리스를 비롯한 그의 지인들이 숙청당한다. 그는 미국과 체코, 북한 그 어느 어디에도 발붙이지 못한다. 1963년 어느 날, 잠에서 깨어나는 그의 모습으로 소설은 시작된다.

5) 정지돈, 『모든 것은 영원했다』, 문학과지성사, 2020. 이하 인용할 경우 괄호 안에 쪽수만 표기.

정웰링턴은 꿈을 꿨고 꿈을 기억하는 것이 오랜만이라는 사실을 알았다. 그것은 아주 오래된 기억이었고 두 세계에 살고 있는 기분이었다. (…) 꿈속에서 정웰링턴은 두 번째 삶을 살았다. 또는 세 번째, 네 번째. 인간은 매일 꿈을 꾸지만, 그것을 기억하지 못할 뿐이다. 정웰링턴은 그 사실을 깨달은 이후 다시 잠들지 못했다. (7쪽)

인간은 매일 잠을 자고 꿈을 꾸지만 대부분 그 꿈을 기억하지 못한다. 허나 이날 그는 자신의 꿈을 기억해낸다. 이후 다시는 잠들지 못할 정도로 큰 충격을 준 "오래된 기억"으로서의 꿈을. 오랫동안 잊고 있었으나 떠올린 순간 "인생 전체가 쏟아져 내리는 기분"을 느끼게 하는 꿈을. 그 꿈은 무엇이었을까? 지금까지 그는 무엇을 망각해왔던 것일까?

근대는 위기의 시대라 할 수 있다. (…) 위기는 사실상 '위기'가 아니라 선택이라고. 고대 그리스에서 위기는 선택을 의미했다. 옳음과 그름, 구원 또는 심판, 삶 혹은 죽음을 선택해야 하는 순간, 양자택일을 요구하는 상황, 찬성이냐 반대냐를 요구하는 시대. 그게 바로 '위기'라네. (…) 재밌는 건 그럼에도 최근 지나온 10년을 프랑스혁명 이후 유일하게 위기가 없었던 시대라고 말할 수 있다는 거네. (97쪽)

근대 이후 빠르게 변모해가는 세계에서 위기는 '일상적'인 것이 된다. 그럼에도 2차 대전 이후 냉전의 대립이 서서히 자리를 잡아가던 지난 10년은 오히려 위기가 없었던 시대였다고 '이지'는 말한다. 정웰링턴은 그의 말을 이해할 수 없다. 그동안 죽음의 위기를 수시로 겪어온 자신과 가족, 동지들의 삶이 위기가 아니었다고? 그러나 어느 순간 그는 깨닫는다. 그들은 죽을 상황에 처하거나 심지어 죽었다고 하더라도 '위기'를 겪지는 않았다는 것을. 왜냐하면 그들에게는 애초에 무언가를 택한다는 선택권 자체가 없었으니까. 그들은 선택을 내릴 권리 자체를 박탈당한 사람들, 처음부터 "예외적인 존재"(100쪽)였던 것이다. 여기서 주목해야 할 것은 이들을 이렇게 배제한 것이 자본주의나 공산주의 둘 중의 하나가 아니라 두 체제 모두가 그렇게 했다는 것, 즉 두 체제 모두가 '근대의 쌍생아'로서 그들을 사회에 포섭하는 동시에 배제시켜온 공모자라는 것이다.

> 예전에는 그렇게 믿었다. 공산주의는 국경과 인종, 성별과 나이를 뛰어넘는다. 자본주의는 반대다. 자본주의는 상이한 욕망과 능력을 먹이로 성장하고 국경과 인종, 성별과 나이를 나누고 계급을 형성한다. 그러나 이제 모든 게 변했고 그는 이러한 변화를 설명할 수 없었다. (…) 정웰링턴은 생각했고 책에 불을 붙였다. 바삭하게 굳은 『레탕모데른』은 잘 타올랐다. (8-9쪽)

1963년의 잠에서 깨어난 뒤 그가 깨달은 것은, 자본주의와 공산주의가 실상은 그리 다르지 않다는 점, 둘 다 최종 목적지를 '발전된 미래'에 두고 '진보적 시간관'이라는 동일한 연료로 달리는 기차였다는 뼈아픈 진실이었다. 이제 겉무늬만 다를 뿐 같은 목적지로 향하는 근대의 두 기관차 모두에 "비상 브레이크"[6]를 걸기 위해, 그는 이들이 공

6) "마르크스는 혁명이 세계사의 기관차라고 말했다. 그러나 어쩌면 사정은 그와는 아주 다를지 모른다. 아마 혁명은 이 기차를 타고 여행하는 사람들이 잡아당기는 비상 브레

유한 시간관 자체와 맞서 싸워야 한다. 그가 『레탕모데른』(les temps modernes), 즉 '근대의 시간'이라는 잡지를 불태우는 것은 마땅한 수순으로 보인다. 1848년 7월 혁명 발발 당시 파리 곳곳의 여러 사람들이 "시계탑의 시계"를 향해 동시에 총을 쏘았던 것처럼[7], 근대 이후 '혁명'은 기존의 시간관과의 투쟁에서 시작되는 것이리라.

그러나 거대한 근대의 시간에 맞서, "지연된 순간들"을 좋아하고 "목적지가 없"는 이동과 "결과가 없는"(102쪽) 실험을 추구하는 정웰링턴은 무력하게만 보인다. 차차 그는 사람들로부터 이해받지 못한 채 혼자가 되어 간다. 그에게 남은 대화 상대는 과거뿐인 듯하다.

> 윌리(정웰링턴의 애칭-필자)는 과거가 떠올랐다. 꿈을 기억한 이후 처음 체코에 온 시절이 반복해서 재생됐다. 시간은 기억 속에서 거리를 상실했고 종이를 반으로 접어 펜으로 구멍을 뚫은 것처럼 의식의 지평 위에 14년 전과 14년 후가 겹쳐졌다. (29쪽)

과거를 떠올리는 그에게 처음 체코에 도착했던 14년 전과 14년 후인 지금 현재는 "겹쳐"진다. 시간의 흐름을 건너뛰어 먼 과거의 특정 시기와 현재가 연결된다. 과거의 어떤 선택에 따라 그 이후의 삶은 지금과는 완전히 달라질 것이었다. 체코 비밀경찰의 협조 요청을 단호히 거절했다면? 서둘러 미국으로 돌아갔다면? 북한으로 갔다면? 아니, 애초에 미국을 떠나지 않았다면? 꿈을 기억한 1963년의 그날, 그

이크일 것이다." (『역사의 개념에 대하여』, 356쪽.)

7) 위의 책, 346쪽.

가 꿈속에서 두 번째, 세 번째, 네 번째 삶을 살았다는 것은 이러한 맥락이었을 것이다. 그러나 그중 어떤 꿈도 그를 받아주지 않았다면. 아무리 많은 삶이 가능하였더라도 그것들이 모두 '진보의 꿈'으로 귀결될 뿐이었다면.

공간적으로도("체코와 북한 모두에 거절당한 그는 미국으로 돌아가길 원했지만 이미 늦은 뒤였다."(135쪽)), 시간적으로도("정웰링턴의 문제는 자신이 어느 시간대에 존재하는지 모른다는 데 있었다."(16쪽)) 그 어디에도 속하지 못한 그는 혼란스러움 속에서 하나의 장르를 발명해낸다. "침묵"(16쪽)이 바로 그것. 이는 소설 속의 그가 행하는 유일한 '선택'으로, 그는 더 이상 말을 하지 않기를 선택한다. 이는 자신에게 주어진 일에 대해 "하지 않는 게 좋겠습니다"[8]라고 '하지 않음'을 택하는 허먼 멜빌의 바틀비와, 극 중간 중간 긴 침묵에 골몰하는 사무엘 베케트의 인물들을 떠올리게 한다. 들뢰즈는 베케트의 텔레비전 단편극에 대한 글에서 "피로한 인간은 단지 실현을 소진했을 뿐이다. 반면 소진된 인간은 모든 가능한 것을 소진하는 자"라고 둘을 구분한다. 그러니까 '피로한 인간'은 오늘의 할 일을 마친 후 집에 돌아가며 피곤해하지만, 밤새 푹 자고 일어나면 내일 다시 일을 하며 무언가를 실현할 수 있다. 그러나 '소진된 인간'에게는 이 내일의 실현 가능성이 더 이상 없다. 그는 무언가를 할 수 있다는 가능성 그 자체를 남김없이 불태워버렸기에, 오늘이든 내일이든 먼 훗날이든 더 이상 어떤 것도 할 수 없다.[9] 하와이에서 미국으로, 미국에서 체코로, 끊임없이 어떤 가능성을 따라 살아온 정웰링턴에게 이제 남은 것은 '소진된 가능성'뿐이

8) 허먼 멜빌, 『허먼 멜빌』, 김훈 옮김, 현대문학, 2015, 22쪽.

9) 질 들뢰즈, 『소진된 인간』, 이정하 옮김, 문학과지성사, 2013, 23-24쪽 참조.

다. 가능성을 탕진해온 삶. 그의 "시계는 정지"(96쪽)한다.

> 윌리는 해야 할 일이 무엇인지 알고 있었다. 세계와 사람들은 혼란스럽다. 나는 가까운 시일 내에 죽을 것이고 사람들이 이를 자살이라고 부른다는 사실을 알고 있다. 그러나 그것은 단어에 불과하고 나의 선택은 단어가 아니다. 그것은 언어와 숫자, 개념 따위로 수렴되지 않는 것이다. (132쪽)

삶이 정지하는 죽음의 순간, 정웰링턴은 가능성 자체의 소진이 무엇인지, '모든 것이 가능하다'고 외치는 진보의 폭력성이 무엇인지 드러낸다. 그는 사람들이 자신의 죽음을 자살이라 부를 것임을 알지만, 그것은 "단어에 불과"하다고 말한다. 모든 가능한 것을 소진한 후 맞는 마지막 순간의 정지 속에서 그는 하나의 이미지를 그리는 중이다. 바로 "더 이상 가능한 것은 없다"는 이미지.[10] '진보적 시간'이 주장하는 모든 허황된 것들을 끝장낸 후에야 비로소 발생할 이미지. "죽음과 혼돈의 순간"이 "생성과 창조의 순간"과 동시에 존재하는 "카오스모스의 시간"[11], 그것은 결코 "언어와 숫자, 개념 따위로 수렴되지 않"을 것이다.

2. 끝나지 않는, 끝날 수 없는 산책 박솔뫼의 『미래 산책 연습』[12]

1982년 3월 18일, 부산 중구 대청동 부산 미문화원에 방화사건이 발

10) 위의 책, 44-45쪽 참조.

11) 위의 책, 119쪽.

12) 박솔뫼, 『미래 산책 연습』, 문학동네, 2021. 이하 인용할 경우 괄호 안에 쪽수만 표기.

생한다. 사건을 일으킨 것은 당시 고신대학교 학생이었던 문부식, 김은숙 등으로, 그들은 1980년 5월 광주항쟁 때 자행된 군부의 학살을 비판하고, 또 이를 묵인하고 방조한 미국은 즉각 이 땅에서 물러갈 것을 요구했다. 그로부터 40여년이 흐른 2021년, 박솔뫼는 이 사건을 소재로 한 『미래 산책 연습』을 발표한다. 그런데 작가는 같은 소재로 「매일 산책 연습」이라는 단편 소설을 이미 쓴 적이 있었다. 그렇다면 의문이 생긴다. 작가는 한 번 다루었던 소재를 왜 다시 써야만 했을까?

두 소설에서 소설을 쓰는 '나'의 서사는 거의 동일하다. 다만 차이점은 장편인 『미래 산책 연습』에는 '나'외에 '수미'의 서사가 추가된다는 점이다. 이때 두 서사가 지닌 시간축의 특징에 주목해야 한다. 즉, ①'나'의 서사가 지금 현재의 시점에서 80년대 과거를 돌아보는 회상의 형식이라면, ②'수미'의 서사는 80년대 과거로부터 현재로 다가오는 형식을 취하고 있음을 알 수 있다. 간단히 내용을 살펴보면 ①'나'는 부산의 목욕탕에서 우연히 만난 '최명환'과 친해지면서, 그녀가 과거에 김은숙을 알았으며, 방화사건 당일 우연히 '김은숙'을 목격했음을 듣게 된다. ②광주에 사는 학생인 '수미'는 감옥에서 출소한 친척 언니인 '조윤미'를 맞이하게 되는데, 서사가 진행되면서 밝혀지는 건 '조윤미'가 부산 미문화원에 불을 지른 인물 중 한 명이라는 것이다. 따라서 ①과 ②의 서사가 번갈아가며 진행되는 이 장편 소설에서 ①의 김은숙과 ②의 조윤미는 서서히 겹쳐지게 된다. 단편에서는 이름으로만 회상되었던 김은숙이, 장편에서는 1980년대 당시를 살아가고 있는 인물인 조윤미로서 소설 속에 등장하고 있는 셈이다.

총 12개의 장으로 이루어진 이 소설의 전체 구조도 주목을 요한다.

서사의 흐름을 따르자면 이 소설의 1장은 소설의 처음이 아니라 마지막에 놓여야 한다. 마지막인 12장은 어른이 된 수미가 아픈 윤미 언니를 배웅하며 끝나는데, 이를 이어받기라도 하듯 1장에서의 수미가 좀 전까지 같이 있었던 아픈 윤미 언니를 생각하고 있기 때문이다. 그러니까 12장 다음에 1장이 오는 것이 인과관계상 자연스럽다. 그러나 1장의 '수미'가 "그렇다면 어떻게 처음 언니와 만나게 되었는지를 써둬야겠다"(12쪽)고 마음먹은 뒤 써내려간 것이 바로 다음 장에서부터 전개되는 이 소설의 내용이기도 하다는 점에서, 1장은 분명 이 소설의 시작점이기도 하다. 이처럼 이 소설은 연속적인 시간의 흐름을 따르지 않고, 과거로부터 다가오는 현재(②)와 현재에서 뒤돌아보는 과거(①)가 서로 물고 물리는 것을 전체적인 구조로 형상화하고 있다.[13)]

이제 소설의 형식에서 보이는 이러한 시간적 특성이 내용의 측면에서는 어떻게 나타나는지 살펴보자. '김은숙-조윤미'는 82년 당시 88올림픽 준비를 중단하라고 비판한 적이 있는데, '나'는 그가 '82년도에 생각한 88년도'와, 지금 대부분의 사람들이 생각하는 88년도는 그 모습이 다를 것이라고 생각한다. 당시 겉으로는 '화합과 전진'이라는 올림픽 슬로건이 내세워졌지만, 실상 그 이면에서는 가난하고 힘없는 사람들은 집을 빼앗기고 사회에서 배제되어야만 했다. 국가는 이를 은폐한 채 "성공적인 88올림픽(97쪽)"을 홍보해왔을 뿐이다. 그리

---

13) 그리고 이는 『모든 것은 영원했다』에도 적용될 수 있다. 정웰링턴이 자신의 꿈을 기억하는 소설의 첫 페이지는 1963년으로, 서사의 흐름상 그의 유언이 등장하는 소설의 마지막 페이지와 연결된다. 또 작가로 추정되는 '나'가 등장하는 마지막 장의 시간대를 이 책의 출판년도인 2020년으로 생각해본다면, 1960년대의 과거(정웰링턴)와 2020년의 현재('나')가 마주보는 형식을 취하고 있음을 알 수 있다.

고 이러한 사회적 약자들에 대한 배제와 폭력은 그 후로도 좀처럼 사라지지 않은, 아니 오히려 더 강화된 현상일지도 모르겠다. "어떤 사람들은 나라에서 쓸어버려도 좋다"거나 "부족하고 모자라 보이는 사람들은 흐름에서 탈락되어 죽어버려도 좋다"는 말, "손이 없는 자가 빵을 가지지 못하는 것은 안타깝지만 당연한 것이고 그래야만 한다"(148~9쪽)와 같은 말들이 아무렇지도 않게 떠도는 것이 지금 이 사회의 모습 아닌가.

이러한 모습에 어떻게 대응할 수 있을까. 어쩌면 거듭되는 기득권의 지배와 '경쟁에서의 승리'만을 향해 달려가는 이 흐름에 맞서기 위해서는, 민주화 운동 인사들의 고문당하는 소리를 "시간이 흐르는 것처럼"(193쪽) 지워버리는 기차 소리에 맞서기 위해서는, 지금-현재에 하나의 "매듭을 지어버리는 일"이 필요한 것인지도 모른다.

> 그러나 나는 그들이 미국이 자신들의 책임을 인정하는 미래를 연습하였을지는 알 수 없었다. 불을 붙인 이후의 시간을 미래라 생각하였을지도 알 수 없었다. 아마도 그들은 그런 미래를 생각하지 않았을 것이다. 그들이 어땠을지는 알 수 없지만 끝을 내고 매듭을 지어버리는 일, 다음을 생각하지 않는 일이 필요할 때가 있을지 모른다. (91~2쪽)

'그런 미래'를 생각하지 않았음에도 불구하고 그들이 하나의 사건을 일으킬 수 있었던 힘은 어디서 온 것일까? 80년 광주에서 억울하게 죽어간 자들의 목소리, 그 외에 다른 원천을 찾을 수는 없을 것이다. 그렇다면 이 소설의 곳곳에서 수수께끼처럼 제시되는 대목들, "내가 갖고 싶은 미래가 이제는 돌아올 수 없는 아름다운 과거로 여겨"(18쪽)진다거나 "미래는 꼭 다음에 일어날 것이 아니고 과거는 꼭 지난 시간은 아니"(91쪽)라는 부분에 대한 해석도 가능하겠다. 즉, 이 소설에서 말하고자 하는 미래는 '발전된 미래'라는 진보적 시간관으로서의 미래가 아니라 과거의 사람들이 꿈꾸었던 미래, 그러나 실현되지 않은 것이기에 "슬픈 과거"(140쪽)인 미래, 그렇기에 지금 여기로 가져와야만 하는 미래-과거가 된다. 이때, 우리는 '미래 기억'을 할 수 있을 것이다.

> 내가 보았던 사쿠라이 다이조의 연극 중에는 '미래 기억'이라는 말이 들어가는 연극이 있었다. (…) 그러니까 다른 시간을 살 수 있었다. 미래를 살고 와야 할 것을 살아낸다면 미래를 기억이 되게 살 수 있다고 생각했다.(153쪽)

현재의 내가 과거의 사람들을 기억하며 그들과 함께 살아가는 미래를 꿈꿀 때, 미래는 꼭 다음에 오는 일이 아니고 과거 역시 그저 지나간 일이 아니게 된다. 이렇게 시간은 "뭉쳐지고 합해지고 늘어나고 누워 있"을 수도 있는 것이다. 과거의 사람들이 꿈꾼 미래를 지금 여기서 기억하며 살아간다면. 따라서 '미래 기억'은 바라는 일이 아직 일어나지는 않았지만, 그 일이 실현될 오늘을 살아가는, 일종의 수행적인 행위가 된다. 1980년에 기억하는 2000년처럼.

1980년 겨울, 광주 전남 지역의 미술인들은 '2000년을 위한 파티'를 연다. '2000년'은 광주의 진실이 알려진 미래로, 당시에는 (그리고 지금도) 아직 오지 않은 "민주적인 미래"(193쪽)다. 그들은 미래에 대한 확실한 약속이 아니라 "과거의 완결되지 않은 사실"에 발을 딛고서 다른 "미래로의 문"[14]이 열리기를 바라고 있다. 그리고 이 문 너머의 세계는 우리에게 예상 가능한 미래가 아니라 "새로운 미래"(153쪽)라는 점에도 주목해야 할 것이다. 흔히 과거를 기억해야 한다고 말할 때, 우리는 당시 그대로의 완벽한 복원을 바랄지도 모른다. 그러나 과거 그 자체의 완벽한 복원은 불가능함을, 과거를 예상하고 짐작하는 나의 생각이 "착각일 수 있음"(193쪽)을 인정할 수 있는 태도가 필요하지 않을까. 나는 1980년 5월 27일 아침, 피가 강물처럼 흘렀다는 도청 앞의 "그 냄새와 공기와 광경을 모르고 모르고 모"(192쪽)르기에.

과거에 대한 '살아있는 기억'을 지닌 역사적 사건의 당사자로부터, 그러한 기억을 지니지 않은 다음 세대를 위한 '역사적 기억'으로의 전환[15]은 가능할까? 최명환은 '나'에게 "우리는 어떻게 살아왔고 앞으로 어떻게 살게 된 것인가"(14쪽)라고 묻는다. 과거와 미래를 동시에 묻는, 그래서 '미래 기억'적인 이 질문은 지금 우리 사회에 얼마나 유효할까. 과거를 현재로부터 가차없이 떼어내 버리는 '기억의 위기'인 이 시대에 대응하여, 예술은 기억을 위한 어떤 "새로운 형식을 창안"[16]해낼 수 있을까?

『미래 산책 연습』은 이에 대한 하나의 응답처럼 보인다. 소설에는 평범한 인물들의 일상적인 생활의 모습이 자주, 지나치다 싶을 정도로 세세하게 묘사된다. 그리고 소설을 읽으며 독자는 자신도 모르는 새에 이 인물들을 따라 먹고 마시고 걷게 된다. 그 식당과 목욕탕과 빵집

14) 에밀 앙게른, 『역사철학』, 유헌식 옮김, 민음사, 1997, 242쪽.
15) 박순석, 〈5.18과 도청〉 토론문, 「5.18 41주년 기념 학술대회」, 5.18기념재단, 2021, 95-7쪽 참조.
16) 알라이다 아스만, 『기억의 공간』, 변학수 · 채연숙 옮김, 그린비, 2011, 16-26쪽 참조.

과 카페와 골목의 어디쯤에서, 소설 밖의 독자와 소설 안의 인물이 만난다. 그리하여 현재의 시점에서 과거를 기억하는 ①과, 과거의 시점에서 미래를 기억이 되게 살아가는 ②가 하루하루 서로 교차될 때, 독자는 소설 속 인물들과 함께 과거와 현재를 오가게 된다. 물론 역사적 사건의 당사자가 아닌 우리가 나 스스로를 사건 당사자의 자리에 놓아보는 것, 자신을 "한 사람의 시민"이나 "인류의 일원"으로 생각해보는 것은 "드문 상태"(14~5쪽)에 불과할지도 모른다. 그러나 적어도 이 소설을 읽고 있을 때, 우리는 그 상태가 된다. 과거와 현재의 사람들이 만났을 때 서로에게 할 수 있는 말이 아무것도 없을까? "그럴 수는 없"(112쪽)는 것이다. 과거 사람들이 바랐던 '미래'를, 그들에 대한 '생각하기'와 '쓰기'를 포기하지 않는 한, '미래 산책 연습'은 끝나지 않을 것이다. 아니, 끝날 수 없을 것이다.

3. 눈사람을 만드는 일 - 윤해서의 『0인칭의 자리』[17)]

앞의 두 소설에는 각각 '1960년대 체코의 정웰링턴', '1980년대 부산의 김은숙'이라는 역사적 시 · 공간의 인물이 제시되어 있었다. 그리고 그 맞은편에는 그 인물을 바라보는 현재 작가로서의 '나'가 있었다. 반면, 이제 살펴보게 될 윤해서의 『0인칭의 자리』에는 이와 같은 역사적 배경이나 인물, 그리고 작가로서의 '나'가 등장하지 않는다. 그럼에도 이 소설을 앞의 두 소설에 이어 놓아보는 이유는, 이 소설이 동시대를 역사적으로 사유하고 있기 때문이다. 앞의 두 소설이 과거와의 대화를 통해 동시대를 사유하고자 했다면, 이 소설은 동시대를 사유

17) 윤해서, 『0인칭의 자리』, 문학과지성사, 2019. 이하 인용할 경우 괄호 안에 쪽수만 표기.

하기 위해 동시대와의 대화를 시도하는 듯 보인다.

특정한 플롯이나 줄거리가 없어 보이는 이 소설은 그야말로 실험적이다. 소설 전체에 걸쳐 주인공이라 할 만한 인물이 등장하지 않으며 여러 인물들(혹은 공간들)은 *을 사이에 두고 매번 달라진다. 행갈이가 되어 마치 시처럼 보이는 이탤릭체의 대목들이(대체로 현재형), 정서체로 쓰인 인물들에 대한 객관적 묘사(대체로 과거형) 사이사이에 흩뿌려져 있다. 예컨대 소설의 첫 문장부터 15쪽까지가 이렇다.

*

언제나 사람들은 어딘가에 앉아 있었을 것이고,
어쩌다 일어나 서둘러 걷거나 뛰었을 것이고, (…)

*

사는 게 재밌네, 재미있어 사는 게. 그는 혼잣말을 했다. (…)

*

화병의 목록은 꽃 이름만큼 많다.
현무암, 화강암, 석회암은 아니다.

*

그녀는 6번 출구로 나왔다. 출구 앞에는 영종도에 들어설 오피스텔 분양 (…)

*

큰눈물버섯이라는 버섯이 있다.
큰눈물버섯은 눈물버섯속이다. (…)

*

그가 후원 입구에 도착했을 때 문화재해설사는 궁에 대한 소개를 하고 있었다. (…)

작가는 왜 이런 형식으로 글을 쓴 것일까? 만약 작가가 "어떤 한계"에 의해 그렇게 쓸 수밖에 없는 것이라면[18], 이런 기법으로 소설을 쓰도록 만든 그 한계는 무엇이었을까? 계속 변화하고 움직이는 현재, 좀처럼 파악되지 않는 그 현재의 수많은 삶들, 바로 이를 포착하여 드러내야 한다는 것, 이것이 윤해서가 직면한 어떤 한계가 아니었을까. 마치 한글 문서창의 커서가 깜빡이며 "살았다, 죽었다, 살았다, 사라졌다"를(85쪽), 어둠 속의 반딧불이가 날아다니며 "반짝, 어둠"을(67쪽) 반복하듯, 매순간 '있다-없다'를 반복하는 이 현재를 도대체 어떻게 붙잡아 그려낼 것인가. 이 한계를 돌파하기 위해, 소설은 위와 같은 형식을 취할 수밖에 없었을 것이다. 즉, 논리적인 시간의 흐름에 따라 전개되는 정서체(과거형)의 대목 사이사이로, 갑자기 등장하여 서사-시간의 흐름을 끊어버리는 이탤릭체(현재형)의 대목을 등장시켜, 끊임없이 교차되는 시간의 움직임을 매순간 형상화해내고 있는 것이다.

한편, 내용적으로 『미래 산책 연습』에서 얼핏 보였던 동시대 사회의 모습은 이 소설에서 더욱 전면적으로 제시되고 있다. 사람을 넘어뜨려 죽이고도 태연해하고(18쪽), '만남의 광장'이라는 식당에서 마주앉아 밥을 먹지만 상대가 누구인지는 아무도 모른 채 자기식사에만 골몰하고(157쪽), PC방에 앉아 무기를 고른 후 각자의 전장에서 끊임없이 무언가를 죽인다(169쪽). 사람들은 하루하루가 피곤하고, 오직 돈과 휴식만을 원할 뿐 어떤 것도 바라지 않는다(61~3쪽). 이러한 사

18) 『모든 것은 영원했다』, 150쪽.

회의 모습은 이제 돌이킬 수 없는 현상인 것만 같고, 우리에게 자연스럽게 여겨질지도 모른다.

그러나 동시대의 사회적 사건을 떠올리게 하는 이 소설의 또 다른 몇몇 대목은, 그 자연스러워 보이는 모습들이 실은 자연스럽지 않다는 것을, 이 사회가 얼마나 폭력적일 수 있는지를 암시한다. 한 공장에서 비슷한 시기에 집단적으로 백혈병 진단을 받았음에도, 어떠한 진상규명이나 보상도 없이 해고되는 사람들이 있다. 이를 지켜보며 45일째 단식 투쟁을 하다 공장 옥상에서 투신하는 사람이 있다(52-3쪽). 과거에 자신들이 행한 잘못이 명백함에도, 죽어도 미안하다고 말하지 않는 일본 대사관 앞에는 지금도 소녀상이 있다(117-8쪽). 자신들이 타고 있는 배가 어디로 가는 중인지 아무도 모른다는 사실을 깨달은 뒤 두려움에 떨면서도, 믿고 의지할 것이 없어 서로의 작은 손만을 잡고 있는 아이들이 있다(132-5쪽). 단지 소설 속 이야기로만 읽기 어려운 이 대목들은, 결코 자연스러워지지 않는다.

*

어떤 시간도 공평하게 간다.
시간이 흐른다는 것을 무엇으로 증명할 수 있을까.
(…)
시간이 무섭다고 생각한 적이 있다.
가만히 있는 것들을 자라게 하고, 썩게 하고,
기어이 사라지게 하는.
황홀한 삶을. (199-200쪽)

소설의 마지막 페이지의 한 화자는 "감자에 싹이 나고, 물 밖의 고기가 썩고, 방충망에 뿌옇게 먼지가 낀다"는 일상적인 생활의 모습에, "비는 내리다 그치고 / 더위가 가고 추위가 온다"는 자연적 흐름을 더해가며, 섭리같은 시간을 말한다. 그저 가만히 있는 존재들을 "자라게 하고, 썩게 하고, / 기어이 사라지게 하는" 공평무사한 자연의 시간을. 그런데 화자는 이 시간을 무섭다고 여긴 "적이 있다"고, 마치 지나간 일처럼 얘기하고 있다. 그렇다면 지금의 화자는 시간의 또 다른 면을 바라보고 있는 것일까. 무언가를 사라지게 할 수도 있지만, 또한 무언가를 탄생시킬 수도 있는, "가능한 것이 사라지게 하는 바로 그 순간에 가능한 것을 창조"(54쪽)할 수도 있는 시간. 이제 200쪽에 이르는 이 소설에서 무심히 세 번 내리는 눈(雪)을 살펴볼 때가 된 것 같다.

*

눈이 내린다.
눈이 내려 쌓인다.
쉼 없이 쏟아지는 눈송이들.
골목, 골목에.
모든 기억의 눈꺼풀 위에.
잠잠하라. 잠잠하라. (20쪽)

*

눈은 내려 쌓이고,
아무도 밟는 사람이 없어서 발자국 하나 없이
끝내 하얗고. (88쪽)

*

죽을 때 죽더라도.

어느 때나 눈사람을 보면 그런 생각이 든다.

눈은 그저 내리고, 어디에나 똑같이 내려 쌓이는데.

눈을 뭉쳐 눈사람을 만드는 건 사람의 일.

눈사람은 누군가의 기억 같아. (…) (174-5쪽)

시간이 공평히 흘러가 모든 존재하는 것들을 사라지게 하듯, 눈(雪) 역시 "그저 내리고, 어디에나 똑같이 내려 쌓"이면서 땅 위의 존재들을 하얗게 지울 수 있다. 시간은 흐르면서, 눈은 쌓이면서 여기 존재하던 무언가가 더 이상 여기 있을 수 없게 한다. 그곳은 새하얀 무(無)가 된다. 그러나 시간이 무언가를 사라지게 하면서 동시에 무언가를 태어나게도 하듯, 눈 역시 그럴 수 있다. 단, 하나의 조건이 충족되었을 때. 즉, 우리가 "눈을 뭉쳐 눈사람을 만"드는, 다른 누구도 아닌 바로 "사람의 일"을 수행할 때. 한 사람을 기억하며 만들어가는 눈사람은, "모든 눈꺼풀의 기억 위에" 쏟아지면서 "잠잠하라"고, 이제 그만 잊으라고 명령하는 '눈-시간'에 저항하는 일이 된다. 어쩌면 이때, "기둥도 뿌리도 없이, 잎도 열매도 없이"(200쪽) 이 지상 위를 떠도는 이들도 저 눈사람 위에서 잠시 쉬어갈 수 있지 않을까.

그리고 "계절의 끝에, 아이들의 침대 맡에, 깊은 꿈속"(175쪽) 곳곳에 눈사람이 놓여있듯, 이 소설의 곳곳에는 누군가를 간절히 기억하고 기다리는 사람들이 있다. 지금은 이 땅에 없는 사람을 향해 "하늘에도 지도가 있습니까?"라고 묻는 사람(118~9쪽), 낚시터에 나란히 앉아

주말마다 이곳에 앉아있던 한 남자를 기다리는 엄마와 딸(179쪽), 멍하니 수평선을 바라보다 문득 바다 위에 앉아있는 한 사람을 보게 되는 그녀(20~1쪽) 등. 이들은 사랑하는 누군가를 잃고 깊은 고통과 상심을 겪고 있으면서도, 그럼에도 그 한 사람을 끈질기게 기억하고 바라보고 있다. 문득 떠오르는 소설 앞부분의 한 대목.

화병의 목록은 꽃 이름만큼 많다.
현무암, 화강암, 석회암은 아니다. (9쪽)

화병의 목록이 꽃 이름만큼 많다는 것은 어떤 뜻일까. 국화꽃, 진달래꽃, 봉숭아꽃, 목련꽃, 벚꽃 등 각각의 꽃에는 저마다 그에 맞춤한 꽃병이 있다는 말일까. 그래서 화병이 저마다의 이름을 가진다는 것일까. 그렇다면 그들은 더 이상 "현무암, 화강암, 석회암" 같은 보편적인 명사에 속하지 않을 것이다. 그저 현무암일 뿐인 평범한 돌이 어떤 특정한 꽃을 담아내는 순간 고유한 이름을 가진 화병이 된다. 여기서 '화병'을 기억되는 사람으로, '꽃'을 기억하는 사람으로 생각해볼 수도 있겠다. 이때 기억되는 사람은 기억하는 사람만큼 생겨나게 된다. 과거 속에서 이름을 잃은 채 무명(無名)의 상태로 떠돌던 이들을 누군가 기억하는 순간, 그들은 자신의 고유한 이름을 회복할 수 있지 않을까. 또한 과거의 누군가를 기억하는 사람은 그를 기억하는 동시에 그 자신 또한 상대방에 의해 고유한 존재로, '이 화병'에 담긴 '이 꽃'이 된다. 이처럼 이 둘은 따로 떨어져 홀로 존재하는 것이 아니라 상대방이 있을 때 자신 역시 존재할 수 있는, 서로가 서로를 구성하는 관계가 된다. 마치 한국어에서 "자음과 모음"이 합해져야 하나의 글자가 되는 것처럼. 아이와 부모가 서로를 존재케 하는 것처럼(186쪽).

『0인칭의 자리』는 더 이상 과거를 기억하지 않고 어떤 미래도 떠올리지 않는, 단절된 현재만을 살아가는 동시대를 어두운 시선으로 바라본다. 그러나 또한 이 소설은 공허하게 흐르는 시간과 무심히 내리는 눈에 거슬러, 그것을 뭉쳐 눈사람을 만들 수도 있다고, 지금도 어딘가에는 눈사람이 놓여 있지 않느냐고 우리를 조용히 일깨운다. 그러므로 폐허 속 잔해들을 그러모아 새로운 무언가를 (재)구성하는 것은 '역사의 천사'뿐 아니라 "미약한 메시아적 힘"[19]을 지닌 바로 우리, 인간의 몫이기도 할 것이라고.

*

『0인칭의 자리』에는 한 아들이 돌아가신 아버지의 책장을 정리하다 『수학』이라는 책을 펼쳐보는 대목이 있다. "378쪽. 거기에 유일한 밑줄. 존재성 증명은 정의되는 성질을 가진 물체가 실제로 존재한다는 것을 밝히는 과정이다." 이어지는 설명에 따르면 이렇다. 존재성 증명에는 '구성적 증명'과 '비구성적 증명' 두 가지가 있는데, '구성적 증명'은 명확한 숫자로 답이 존재한다. 1+1=2처럼. 그런데 방정식의 답을 찾지 못하더라도 답이 존재하기는 한다는 것, 바로 그 사실을 밝히는 증명도 있다. 명확한 숫자로서의 답은 제시하지 못하지만 어쨌든 무언가 "존재하기는 한다"고, 답으로서의 무언가가 "있기는 하다"(109~110쪽)고 증명하는 것이 바로 '비구성적 증명'이다. 아들은 궁금하다. 아버지가 밝히고 싶었던 것은 과연 무엇이었을까.

19) 『역사의 개념에 대하여』, 332쪽.

어쩌면 앞에서 살펴본 세 편의 소설은 저마다의 방식으로 시간을 다루는 와중에 이 '비구성적 증명'을 해온 것인지도 모르겠다. 정웰링턴을 기억하냐는 '나'의 물음에 야넥은 그의 죽음이 자살인 건지, 그의 목소리나 성격이 어떠했는지, 아무것도 기억나지 않는다고, 그렇지만 당신이 물으니까 병원 담벼락 안쪽 "그곳에 남자가 있었다"[20]는 것만은 기억이 난다고 말한다. 80년 5월 광주의 이야기를 전해들은 부산의 김은숙과 동지들은 어떤 생각을 했을까를 고민하던 '나'는 그들이 생각한 것은 "그들 자신이 광주에 있었다면"이라는 가정이 아니라 "그때 그곳에 누군가 있었다"[21]는 과거의 사실 그 자체였을 것이라고 생각한다. 어릴 적 카메라 렌즈로 바라본 어머니의 눈빛, 그때까지 자신이 알던 어머니의 눈빛과는 전혀 다른 그 눈빛은 카메라도 아니고 카메라 너머의 자신도 아닌 어떤 것을 보고 있었는데, 그것이 무엇인지 알고 싶어 이후 수많은 사람들의 눈빛을 찍어왔다는 한 사진가. 그러나 그 어머니의 눈빛은 "그날 그 자리, 거기 없던 어떤 것"[22]이었음을 이제는 안다는 그의 고백은 이렇게 바꿔 말할 수도 있을 것이다. "당신이 없는 모든 곳에 당신이 있어."[23]

그러므로 위 소설들의 끝에서, 우리는 뜻하지 않은 하나의 초상(肖像)과 마주하게 된다. 깊은 밤, 책상 앞에 앉아 잊혀진 존재에 대한 자료를 읽고 그를 상상하며 글을 썼다 지웠다 썼다 지웠다를 반복하는 어떤 사람의 수그러진 뒷모습을. 여기서 우리는 80년대에 태어난 이 젊은 세 작가가 왜 2020년을 전후로 이 작품들을 써야만 했는지 짐작

20) 『모든 것은 영원했다』, 200쪽.
21) 『미래 산책 연습』, 92쪽.
22) 『0인칭의 자리』, 30쪽.
23) 위의 책, 150쪽.

해볼 수 있을 것이다. 이들의 글쓰기는 지금 이 시대의 시간관-과거는 하루 빨리 잊을수록 좋고, 미래는 상상하지 않는 편이 현명하며, 그저 하루하루의 현재만 생존하라고 명하는-에 대한 하나의 투쟁이자 경고 신호로서, 지금 여기에 도착해야만 했던 것이다. 그리고 이때, 작가 개인의 글쓰기는 그를 뛰어넘어 이 시대의 공동체를 위한 글쓰기가 된다.

과거와 현재와 미래가 서로 교차하는 곳에, 희미하게 명멸(明滅)하고 있는 한 존재가 있다. 지금-여기에는 없지만, 그때-그곳에는 있었던 누군가를 증명해내는 일은, 내일-저곳을 이미 기억해내어 그들과 함께 살아가는 일과 같다. 그리하여 만약 소설이 지금-여기에 그들을, 그때-그곳에 우리를 데려다 놓을 수 있는 것이라면, '그림자 개'의 특성을 하나 더 추가해 볼 수도 있겠다. 넷. 그림자 개는 그림자 개가 되기 전의 개가 지금도 여전히 존재할 수 있음을 증명하는 개다. '그림자 개'의 다른 이름이 '믿음의 개'인 이유도 여기에 있을 터. 비록 그것이 한낱 그림자에 그친다고 하더라도 '그림자 개'-소설은 끝내 시간을, 그 속의 한 존재를 저버리지 않을 것이므로.

당선소감 | 이근희

"아름다운 비평, 그 뿌리는 정확한 해석 · 삶과의 연결입니다."

부족한 글에서 가능성을 보아주신 두 심사위원님들께 감사드립니다.

지금도 그렇지만 예전의 저는 더 못나고 약한 사람이었습니다. 곁에 있어준 이들 덕에 힘든 시절을 지나올 수 있었습니다. 그때 그곳에서 온기를 나누어준 사람들, 얼굴을 떠올리기만 해도 든든한 친구들, 함께 읽고 썼던 학우들과 동인들, 가르침을 주신 교수님들, '당근과 채찍'을 아끼지 않는 챈시스트들, 옆에서 먹고 자는 여름이와 애기, 밍밍이에게, 고마움과 미안함을 전합니다(챈시스트 일원인 M의 소개로 『0인칭의 자리』를 읽었으니 특별한 빚을 진 셈인데, 왠지 그 빚은 늘 듯만 합니다. 미리 양해를!).

비평이 이렇게 아름다울 수 있음을, 그 아름다움은 해석의 정확함에서 나옴을, 삶이 이와 다른 게 아님을, 가르치고 보여주신 신형철 선생님. 수업 중 딴죽을 거는 저에게 "근희는 유물론자 되기는 어렵겠다" 농반진반 말하셨다가도(어쩌면 100% 진이었을까요..) 어느 날엔 "믿는다" 툭 한 마디 해주신 김형중 선생님. 두 분께 비평을 사사하여 행복합니다.

김희숙님과 이상익님, 이소희님의 가족으로 태어난 것은 제가 이 세상에서 받은 가장 큰 축복입니다. 제가 삶을 스스로 선택할 수 있게 해주었고, 묵묵히 지켜봐주었습니다. 제 안에 사랑이 있다면, 그것은 이들이 내어준 땅과 햇빛과 물에 뿌리를 두고 있을 겁니다.

사람이 거듭나지 아니하면 하나님 나라를 볼 수 없다는 예수님의 말에, 태어난 후로는 늙어가기만 하는 사람이 어떻게 거듭날 수 있느냐고 니고데모는 묻습니다. 멋대로 이 대목을 오래 간직해왔습니다. 거듭난다는 것을 몸과 마음으로 느끼게 한 S에게, 사랑을 전합니다.

평론 심사평

이근희 (소설, 시간을 저버리지 않는)
-정지돈, 박솔뫼, 윤해서의 작품에 나타나는 시간관을 중심으로

"뚝심 있게, 날카롭게…
소설에 던지는 질문, 그 단단함의 힘"

예년에 비해 평론 부문 응모작이 다소 늘어 반가웠다. 대상 작가나 시인이 전반적으로 젊어졌고 이론에 대한 의존도가 높아졌다는 점도 눈여겨볼 만한 현상이다. 다만 작품을 새로운 시각으로 읽어 내면서도 이 시대 문학에 대해 도전적인 질문을 던지는 글은 좀처럼 눈에 띄지 않았다.

작품을 설득력 있게 읽어 내는 것은 물론 의미 있는 질문을 던지고 새로운 길을 내는 것도 평론의 역할임을 되새기면서 심사위원들은 작품에 대한 탄탄한 해석을 토대로 자신의 사유를 펼쳐 나가는 글에 특히 주목했다.

최종적으로 세 편의 글을 앞에 두고 숙의를 거친 끝에 이근희의 '소설, 시간을 저버리지 않는'을 당선작으로 선정했다. 정지돈, 박솔뫼, 윤해서의 소설이 시간을 어떻게 활용하는지 정치하게 분석하면서 각 소설의 차이를 짚어 주는 이 글은 오늘의 소설이 시간을 다루는 방식을 통해 소설이라는 장르에 대한 자신의 사유를 펼쳐놓은 점이 인상적이었다.

단단한 문장과 구성력을 바탕으로 소설이라는 글쓰기에 대한 질문을 뚝심 있게 끌고 가는 힘이 느껴졌다. 앞으로가 더 기대되는 신진 비평가의 등장을 축하한다.

임희선의 '섬광처럼 들어오는 '선명한 망각'과 울긋불긋 양산되는 '불의 기억''은 색채 이미지가 두드러진 진은영 시의 특징을 섬세하게 포착한 미덕을 지니고 있었지만 최근 시집에 대한 해석과 평가가 미진해 아쉬움이 남았다. 이경인의 '미안한 것은 미안해하기로, 고마운 일은 고마워하기로'는 분노의 시대에 이주란의 작품 세계가 보여 주는 의미를 해석하는 따뜻한 시선이 돋보였으나 글의 구성에 대한 고민이 다소 부족해 보였다.

당선의 연이 닿지는 않았지만 작품의 장점을 찾아 읽으려 애쓴 글들이 여럿 있었다. 좀더 무르익은 묵직한 문제의식을 지닌 글로 머지않아 지면에서 반갑게 만날 수 있기를 기대한다.

심사위원-유성호 · 이경수(문학평론가)

2023 세계일보 신춘문예 당선 문학평론

황사랑

1988년 경기 출생.
아주대학교 국어국문학과 졸업,
동 대학원 국어국문학과 박사과정 재학,
2023년 〈세계일보〉 신춘문예 문학평론 부문 당선

행동하는 비인간들의 힘 : 임승유론

이 세계의 거주자들, 온갖 종류의 창조물들, 인간과 비인간은 모두 나그네이다.[1)]

황사랑

1. 재난 속에 있는 지구를 어떻게 구할 것인가

데이비드 월러스 웰즈는 수십 년 내에 인간이 상상할 수 있는 모든 재난이 일상이 될 것임을 예고했다.[2)] 지구의 기온 상승은 곡물의 성장을 방해하여 곡물 수확량의 감소와 그로 인한 빈곤을 불러올 것이고 전염병을 퍼뜨리는 열대 지방 모기의 영역 확장은 유해 바이러스의 전파로 이어지게 된다. 기후변화가 불러올 농업과 경제의 불안정함은 사회 불안정으로 이어지며 국가 간의 분쟁 가능성을 높일 것이다.

그러나 이러한 예고에 앞서, 이미 우리는 재난 속에 있다. 산업혁명이 불러온 탄소배출은 산업혁명 이전보다 최소 100배나 빠른 탄소 배출 속도를 보이며 온난화를 가속화시켰다.[3)] 20만년 전 처음으로 호모

1) Ingold, Tim, *Lines: A Brief History*, Routledge, 2007, 119쪽.
2) 데이비드 월러스 웰즈, 김재경 역, 『2050 거주불능 지구』, 추수밭, 2020.
3) 위의 책, 17쪽.

사피엔스가 출현한 이후 고작 200년간의 짧은 시간 만에 인간은 지구의 환경을 파괴하는 주범이 되었다. 인간 행위의 종류와 규모가 지구의 변화에 결정적인 영향을 미친다는 '인류세(anthropocene)'[4]라는 지질학적 시대의 구분은 이러한 배경을 바탕으로 전개되었다. 파울 크뤼천은 인간의 행위가 지구 전체의 생태계를 변화시키고 파괴할 정도로 강력해졌음을 경고하며, 지난 세기 중반 이후 인간은 '인류세'라는 새로운 시기로 접어들었다고 주장한다.

지구 절멸의 위기에 다다른 인류세의 문제를 해결하기 위한 방법은, 인간의 힘을 보다 더 강화하여 문제를 해결하거나 반대로 인간의 위상을 축소시킴으로써 지구를 보존하는 방식으로 구분할 수 있다. 클라이브 해밀턴은 이를 에코모더니즘과 포스트휴머니즘의 대비로 설명한다.[5]

에코모더니스트들은 인류세의 도입이 인류의 무한한 가능성과 능력의 결과라고 본다. 그들은 환경문제 역시 과학기술을 활용하여 해결할 수 있다는 낙관론을 펼치며 자연을 인간이 제어할 수 있는 수동적 존재로 이해한다. 하지만 그들이 주장하는 태양복사조절이나 탄소포집 기술의 불확실성은 환경에 어떤 부작용을 낳을지 모르는 실정이며 생태계가 교란되어도 자연은 회복될 수 있다는 막연한 믿음은 에코모더니즘의 한계를 나타낸다.

---

4) 이 용어는 1980년대에 미국의 생태학자 유진 스토머가 처음 사용한 것으로 그는 인간의 행위가 지구 변화에 미치는 변경 효과가 증대하고 있다는 증거를 대기 위해 이 용어를 도입했다. 이후 2000년에 들어서 네덜란드의 대기화학자 파울 크뤼천이 스토머의 생각에 동의하며 '홀로세' 대신 '인류세'라는 새로운 지질학 용어를 사용할 것을 제안하였다. 도나 해러웨이, 최유미 역, 『트러블과 함께하기』, 마농지, 2021, 82쪽.
5) 클라이브 해밀턴, 정서진 역, 『인류세』, 이상북스, 2018, 140-141쪽.

반면 에코모더니즘의 대척점에 있는 포스트 휴머니즘은 지구상의 다른 종과의 공존을 말하는 신유물론적 사고를 기반으로 인간과 자연의 분리라는 오랜 전통을 끝내고자 한다. 포스트 휴머니즘은 인간이 자연 동물 기계와 같은 비인간(inhuman)들과 함께 살아가야 한다고 주장하며 인류가 지켜오던 인간중심주의를 버림으로써 재난 상황을 극복하고자 한다.

인간중심주의를 버려야 한다는 주장은 90년대부터 시작된 생태시의 중요한 주제이기도 했다. 생태시는 인간과 자연의 관계를 주제로 삼으며 환경오염으로 인한 자연의 변화와 인간의 태도에 대한 비판적 성찰을 담는다.[6] 그 결과 생태시는 환경오염의 실상을 고발하고 인간을 위한 도구로 생각되어온 자연에 대한 생각을 전환하는 계기를 마련했다. 그러나 여기서 동식물과 같은 비인간은 여전히 인간보다 열등한 위치에 있는 것으로서 취급되었다. 생태시의 비인간은 인간의 보호와 실천을 필요로 한다는 점에서 인간 의존적이며, 인간과 자연 사이의 위계를 통해 인간과 비인간의 구분을 더욱 뚜렷하게 만든다.

반면 포스트 휴머니즘의 비인간은 인간과 동등한 위치에서 인간과 동등한, 혹은 인간보다 더 큰 영향력을 행사하며 종족간의 경계를 허문다. 단순히 타자가 아닌 모두가 동등한 객체의 자리에 있다는 포스트 휴머니즘적 인식은 다양한 생명체, 비-생명체들과 인간을 동등하게 바라본다. 이 관점에서 '비인간'은 자연이나 자연물과 같은 유기체뿐만 아니라 기계, 기호, 관계망 등 지구상의 모든 것을 지칭한다. 해러웨이가 인간과 동물, 흙이 모두 퇴비에서 혼합되어 있다는 입장이

6) 유성호, 「생태 시학의 형상과 논리」, 『문학과 환경』 6(1), 문학과 환경학회, 2007, 102-103쪽.

나 베넷이 주장하는 비인간(쓰레기, 전기, 음식, 금속 등)의 사물-권력은 더 이상 인간과 비인간의 구분이 무의미함을 말한다. 레비 브라이언트는 더 나아가 존재의 기본 단위체를 '기계'라고 말하며 비인간과의 격차를 줄인다. 그는 기계(객체)를 유형 기계와 무형 기계로 나누며 객체들의 범위를 더욱 넓히고 있다.[7)]

최근 젊은 시인들의 시에서 비인간에 대한 관심은 인간과 가장 가까운 곳에 있는 비인간-동물에서부터 시작된다. 젊은 작가들이 모여 펴낸 『나 개 있음에 감사하오』(아침달, 2019)나 『그대 고양이는 다정할게요』(아침달, 2020)와 같은 반려 동물에 관한 작품들은 인간과 비인간의 공존, 비인간과의 동등한 관계, 동물 윤리에 관한 관심을 이끌어냈다. 유계영은 반려견의 감정을 섬세하게 들여다보며 화자와 반려견의 마음이 같음을 확인하고, 정다연은 반려견과의 산책 속에서 겪는 차별을 반려견과 하나가 되어 넘어서고자 한다. 이장욱은 동물원의 원숭이가 된 화자를 등장시켜 원숭이의 시에 인간이 소재로 등장한다는 전복적 상상력을 펼친다. 김복희는 새인간이라는 혼종 생명체를 만들어내는데, 생명을 구입하러 가면서도 새인간을 인격체로 대하는 이중적 태도의 화자와 인간을 위해 날지 않기로 결심한 비인간의 관계는 인간과 비인간의 이상하면서도 원활한 교류를 보여준다.[8)]

7) 시간과 공간을 점유하며 일정 시간 존속하는 기계는 유형기계로 바위, 풀, 인체, 시설, 냉장고 등이 있다. 대조적으로 무형 기계는 반복 가능성, 잠재적인 영원석, 동일성을 유지하며 다양한 공간과 시간에 동시에 나타나는 요리법, 악곡, 숫자, 방정식, 과학 및 철학 이론, 문화 정체성, 소설 등을 말한다. 레비 R. 브라이언트, 김효진 역, 『존재의 지도』, 갈무리, 2020, 52쪽.

8) 이상 인용한 작품들의 목록은 다음과 같다. 유계영, 『이런 얘기는 좀 어지러운가』, 문학동네, 2019; 정다연, 『서로에게 기대서 끝까지』, 창비, 2021;이장욱, 『동물입니다 무엇일까요』,현대문학, 2018; 김복희, 『내가 사랑하는 나의 새 인간』, 민음사, 2018.

이에 비하면 임승유의 시는 비인간-동물 외에 식물과 사물이라는 비인간을 등장시킨다는 점에서 흥미롭다. 앞서 살핀 시들이 비인간-동물들과 인간의 동등한 관계를 강조하는 것이라면, 임승유 시에서 비인간은 인간과 동등한 힘을 가지거나 인간보다 더 큰 힘을 가지며 인간과 관계 맺는다. 인간이 가진 힘을 내려놓으며 지구에 묶인 자들(the Earthbound)[9]로서 비인간들과 동등하게 살아가고자 하는 자세를 통해 시인은 자신과 접촉하는 비인간들의 범주를 계속해서 확장해나간다. 임승유 시에서 인간과 비인간은 모두 평평하게 존재하며, 인간인 화자는 서로 다른 비인간들 사이를 부드럽게 유영한다.

2. 나의 작은 비인간 친구들

임승유의 첫 번째 시집[10]을 마주하면 마치 동화 속에 들어간 기분이 든다. 노파와 소녀, 모자와 아이, 스피어민트나 글라디올러스의 향기가 진동하는 시들 사이에서 소녀들의 이야기가 시작된다. 그러나 그 이야기는 마냥 몽환적이거나 아름답지만은 않다. 소녀들은 언제나 약자로 존재하며, 소녀들이 겪은 사건은 밖으로 꺼낼 수 없도록 모자 속에서 벌어지고(「모자의 효과」), 꿈속에서 일어나며(「꿈속에 선생님이 나왔어요」), 물항아리(「투명한 인사」) 안을 들여다봐야만 알 수 있다.

9) Bruno Latour, *Facing Gaia : Six lectures on the political theology of nature* Being the Gifford Lectures on Natural Religion Edinburgh, 18th-28th of February 2013.

10) 이 글에서 대상으로 삼는 임승유의 시집은 1시집 『아이를 낳았지 나 갖고는 부족할까 봐』(문학과 지성사, 2015), 2시집 『그 밖의 어떤 것』(현대문학, 2018), 3시집 『나는 겨울로 왔고 너는 여름에 있었다』(문학과 지성사, 2020)이다.

친척 집에 다녀와라/가족 중 하나가 그렇게 말해서 여자아이는 집을 나섰다//친척집에 간다는 건/페도라, 클로슈, 보닛, 그런 모자를 골라쓰는 일 모자를 쓰고 걸어갈 때 모자 속은 아무도 모르고 모자 속을 생각하면 모자 속이 있는 것만 같다 긁적이며 생쥐가 태어나는 것만 같다 고모와 당고모와 대고모의 발바닥으로 가득한/그런 친척 집이 있는 것만 같다//(…)사촌이 몸 안으로 들어오면 여긴 모르는 곳 구름과 이불 이불과 구름 잘못된 발음을 할 때처럼 죄책감이 들어 풀잎과 꽃잎 꽃잎과 풀잎 우린 그만큼 가까운가요? 풀숲의 기분으로 달려도 도착하게 되지 않는다 모자 속에서는 나쁜 냄새가 나는 것만 같다//짓이겨지는 풀잎과 짓이겨지는 꽃잎 중에 뭐가 더 진할까? 피는 물보다 진할까? 친척이 물 한 컵을 줄 때는 숨을 참으면 된다 맛도 안 나고 냄새도 안 난다//(…)친척 집에 간다는 건/페도라, 클로슈, 보닛, 그런 모자를 골라 쓰는 일 그런 모자 속으로 사라지는 일 모자는 아무것도 모르지만 그건 또 모자만 아는 일

-「모자의 효과」 부분 (1시집)

소녀는 가족의 심부름으로 모자를 쓰고 낯선 길을 걷는다. 그러나 홀로 친척 집으로 가는 소녀를 지켜줄 것은 아무것도 없다. 장신구의 역할만 가능한 모자만이 소녀와 함께 있지만, 모자를 쓴다는 것은 소녀가 가족에게서 떠나야 한다는 것을 의미하기에 소녀는 모자를 불쾌한 것으로 여긴다. 심부름의 과정에서 소녀는 여러 가지 폭력들과 마주한다. 소녀의 등 뒤에서 나타나는 삼촌은 어른만이 소녀를 볼 수 있고, 소녀는 어른을 보지 못하는 위치에 있어 가족 내의 소녀가 어른의

감시 아래 있음을 나타낸다. '사촌이 몸 안으로 들어오'는 성적 폭력이 가득한 상황에서도 소녀를 구해줄 사람은 아무도 없고, 가족의 심부름을 거부하지 못한 것처럼 소녀는 어떠한 반항도 할 수 없다.

가족과 친척이 만들어낸 억압과 겹핍은 소녀를 상상의 공간으로 향하게 만든다. 처음 소녀의 상상은 대부분 기분 나쁜 움직임으로 채워져 있다. 상상의 공간은 모자 속과 모자 속이 계속해서 이어지는 어지러움을 만들어낸다. 모자 속에 등장하는 '고모와 당고모와 대고모' 역시 소녀와 직접적으로 이어지는 계보가 아닌 소녀와 멀어지는 관계이다. 관계없는 친척들의 발바닥이 가득한 공간은 상상 속 공간에서조차 소녀가 가족에서 벗어날 수 없음을 말한다.

그러나 그 상상 속 공간에서 소녀는 친구를 발견하게 된다. 소녀의 친구는 인간이 아닌 '비인간' 친구들이다. 소녀는 작은 친구들을 상상 속에서 만남으로써 현실의 위협과 억압에서 탈출하고자 한다. 모자를 멋진 잠자리로 생각하게 만드는 작은 고양이는 모자를 쓴 소녀의 상황을 벗어나게 만들고, 모자 속에서 태어나는 생쥐는 상상 속 공간을 인간이 아닌 비인간들로 채워버린다. 사촌이 몸 안에 침범하거나, 친척이 주는 물을 받아 마셔야 할 때에도 식물이 등장하여 소녀를 돕는다. '풀잎과 꽃잎'을 되뇌며 불쾌한 사촌에게 의문을 던질 수 있게 하는 것, '짓이겨지는 풀잎과 짓이겨지는 꽃잎'을 생각하며 친척이 주는 물을 마실 수 있게 하는 것은 풀잎과 꽃잎의 일이다. 소녀가 불쾌하게 생각하던 모자 역시 소녀의 비밀을 담아내는 비인간-친구가 되어 소녀의 상상을 모자 속에 기록하고 수많은 비인간 친구를 만날 수 있게 한다. 이렇게 작은 비인간들은 어느 곳으로도 탈출할 수 없는 소녀를 위로하며 소녀에게 힘을 불어넣는다.

소풍이라도 가자는 것처럼 말하니까//호루라기가 생각났다 호루라기를 부니까 노을이 번지기 시작했다 피가 돌기 시작했다 손끝까지 가서 불끈 쥔 주먹이 될 거야 숨이 턱까지 차오를 거야 핀셋으로 아스파라거스를 뽑아냈다 목에 걸린 달리아가 호루라기는 고여 있다고 말한다 하늘이 텅 비었다고 말한다//지렁이도 질병사를 할까 귀뚜라미는 구름은/더 작아지고 싶다면 약국에 가는 거다 약국은 알약들의 세계 분말들의 세계 목구멍의 세계//의자처럼 창백하다는 건 뭘까//에 대답하기 위해 우린 약국에 가고 있었던 거잖아//(…)오렌지가 먹고 싶었다면//우리 소풍 갈까/그렇게 말하지 그랬니

-「우리 약국 갈까」 부분(1시집)

다른 이와의 대화중에도 소녀는 상상의 공간으로 빠져든다. 소녀의 상상 속 공간은 호루라기라는 작은 사물에서 시작된다. 호루라기에 숨을 불어넣으면, 호루라기에서 뻗어 나온 소리가 노을을 번지게 하고 노을이 번지는 것처럼 피를 돌게 한다. 조물주가 세계를 빚는 것처럼 영향력을 뻗는 작은 호루라기는 심장에서 먼 손끝까지 피를 돌게 하는 것이다. 손끝까지 이른 비인간의 영향력은 소녀가 주먹을 쥐게 하고 소녀를 숨이 턱까지 차오를 정도로 움직이게 만든다.

호루라기로부터 생명을 받고 달리아의 목소리를 들으며 소녀의 관심은 지렁이와 귀뚜라미, 구름과 같은 비인간으로 옮겨간다. 지렁이와 귀뚜라미, 구름이 태어나고 사라지는 것이 자연적 흐름이 아닌 '질병사'와 같은 개별적인 역사를 가지고 있다고 보는 것이다. 소녀는 자신을 점점 더 입자로 만들어버리는 목적지인 약국을 떠올리며 다시, 대

화를 나누던 현실로 돌아가게 된다. 그렇지만 소녀가 약국을 향하면서도 소풍을 가자는 것처럼 말하는 상대방의 말을 짚어내며, 솔직해질 것을 권유할 수 있는 것은 소녀를 움직이게 하고 소녀에게 용기를 주는 비인간 친구들 덕분이다.

이렇듯 소녀는 식물, 동물, 과일, 음식이나 사물 등 여러 종류의 비인간들을 거치게 된다. 소녀가 꿈꾸고 만난 작은 비인간 친구들, 이 비인간 사이를 횡단하는 과정에서 소녀 주위의 인간이 만들어냈던 결핍은 점차 해소된다. 첫 시집에서 나타나는 여러 비인간과의 만남은 단지 상상으로만 끝나지 않는다. 상상에서 이뤄진 수많은 비인간들과의 만남은 이후 소녀가 어른이 되었을 때, 현실에서 만난 비인간들의 목소리를 듣게 하고 그들과 직접적으로 관계 맺는 단초가 된다. 머그잔에서 코끼리 한 마리가 빠져나(「오래 사귀었으니까요」)가는 것처럼 소녀는 비인간과 함께 어른들의 세계로 발을 내딛는다.

3. 걸어 나가는 식물들

한편, 온갖 비인간들의 범람 속에서 소녀는 자신을 지탱해줄 비인간 친구를 찾아낸다. 작은 식물과 작은 사물들의 목소리는 소녀에게 가 닿았고, 소녀의 행동을 이끌어냈다. 때문에 소녀의 본격적인 움직임은 식물과 사물이라는 비인간들과 함께 시작된다.

시에서 나타나는 식물들은 한 자리에 고정되어 있지 않으며 바람이나 비, 햇빛, 또는 인간의 손길에 의해서만 성장하지 않고 독립적으로 존재한다. 이제 식물은 웅크렸던 몸을 펴고(밖에서 자라는 것들은 웅크리고 그러다 때를 만나면 있는 힘껏 갈 데까지 가버린다. –「중앙교

육연수원」) 인간을 덮치는 등(내가 물을 주지 않았는데도 길게 자라는 풀숲이 있고//어느날/풀숲이 나를 덮친다는 장면에서는 도망치는 사람도 있었다 -「산소」) 비인간의 적극적인 행동을 보여준다. 식물이 정적이라고 생각되던 고정관념은 임승유 시에서 통용되지 않는다. 비인간-식물은 항상 자라나고(나무는 자라고 자라서 길 끝에 서 있는 나무가 되고「표현」) 인간의 바깥으로 걸어 나간다.

비인간-식물의 적극적인 개입은 소녀가 상상으로만 꿈꿔온 세계의 탈출을 가능하게 만든다. 소녀는 가족의 그늘에 갇혀있던 어린 아이가 아닌, 비인간과의 소통이 가능한 성인이 되어 현실에서도 자신의 신체를 식물처럼 바꾸며(울타리를 지날 때 나도 모르게 쥐었던 손을 놓았다. 나팔꽃의 형태를 따라 한 것이다. -「근무」) 비인간과 닮아가고, 비인간이 보여주는 새로운 세계로 시선을 돌린다.

> 화원이 들어섰다. 화원에는 화초가 있고 사람도 있다. 화초는 많고 사람은 둘이다. 둘은 번갈아가며 일한다//일하지 않는 날 화초를 사러 가면 일하는 한 사람이 있다. 일하지 않는 사람은 없다.//화원에 다녀오면 화초가 는다. 키 크는 화초와 옆으로 버는 화초와 아래로 늘어지는 화초와 일을 하려고 하는 내가 일정한 방향으로 조금씩 이동한다.//죽이지만 않는다면 살아 있다.
>
> -「새로운 현실」 전문 (2시집)

성인이 된 화자는 식물과 인간이 함께 일하는 모습을 보게 된다. 비인간을 통해 마주한 화원은 더 이상 인간이 주인이 아니다. 화원은 우선 화초가 있고, 그 뒤에 '사람도' 존재하는 곳으로 화원의 주인을 인간이라고 단정 지을 수 없게 된다. 많은 화초와 대비되는 소수의 인간들을 통해 인간의 존재보다 식물의 존재감은 더 크게 다가온다.

화원의 구성은 화자가 원하던 세계에 가깝다. 화원은 인간들로 빽빽하게 채워지고 비인간들이 밖으로 밀려나는 것이 아닌, 비인간들이 더 많은 공간을 채우며 인간과의 공존이 이루어지는 곳이기 때문이다. 그래서 화자는 화원에서 화초를 계속 데려오며 자신의 집을 인간이 아닌 비인간으로 채우고자 한다.

화원에서 화자의 집으로 자리를 옮긴 식물들은 정적인 모습으로 존재하지 않는다. 곧게 위로 자라나든, 수평적으로 넓게 퍼지든, 잎사귀가 계속 아래로 길어지든 모습은 다르지만 식물들은 화자와 같은 방향으로 움직인다. '일정한 방향으로 조금씩 이동'하는 화초와 '나'는 같은 공간에서 같은 생활방식을 가지는 동등한 관계가 된다. 자신과 함께 움직이는 화초들을 보며 화자는 비인간 역시 능동적으로 살아있음을 느낀다. '죽이지만 않는다면'에서 나타나는 비인간들을 향한 애정은 정적으로 보이는 비인간이라 하더라도 움직일 수 있는 힘이 있음을 말하는 것이다. 이렇게 비인간으로 채워진 삶은 어느 때보다 비인간들의 생명을 소중히 여기는 자세를 일으키며 화자는 세계가 인간만이 아닌 인간과 비인간으로 구성되어 있음을 각인시킨다.

> 자작나무를 심었다. 자작나무 옆에 자작나무를 심고 하루 종일 심다가 해가 넘어가면 다음 날 와서 심었다. 때리는 것 같았다. 맞아서 일어나지 못하는 것 같았다. 이러면 안 된다고 그만 집으로 갔으면

좋겠다고 앉아서 울다가/자작나무를 심기 시작한 후에는 자작나무 밖에는 아무도 없어서 누운 자작나무를 일으켜 세워가며 자작나무를 더 심었다. 자작나무를 다 심을 수 있을 때까지는 세상이 지속되었으면 좋겠다고 자꾸 누우려는 언덕을 일으켜 세우다 보면 자작나무가 자작나무를 앞서가는데/그때부터 먼 곳을 보는 버릇이 생겼다.

-「새」 전문 (3시집)

비인간들이 살아있는 세계에서 화자는 비인간에게 의지하게 된다. 자작나무를 반복해서 심는 행위는 소녀가 상상 속에서 비인간을 통해 위로받던 것을 현실로 옮겨온 것이다. '때리는 것', '맞아서 일어나지 못하는 것' 등 화자의 울음을 유발하는 사건들은 자작나무 심기를 통해 해소된다. 자작나무를 심기 시작한 후로 '자작나무 밖에는 아무도 없다'는 것은 화자의 세계를 지속시키고 삶을 지탱해주는 것은 비인간이라는 고백이다.

비인간 늘려가기는 이제 화자의 삶의 목적이 되어 자작나무를 다 심을 때까지 세상이 지속되기를 바라는 마음을 이끌어낸다. 그렇게 점점 더 비인간에 의지하는 화자의 앞에서 비인간은 한 번 더, 움직인다. '자작나무가 자작나무를 앞서가는' 움직임은 비인간이 인간의 손에 의해 길러져야만 하는 것이 아니라 비인간 스스로 뻗어 나갈 수 있는 능력을 보여주는 것이다. 이는 1시집에서 예고되었던 나무의 일(나는 거기 남겨놓고//나무는 천천히 걸어 나왔다//아래로 더 아래로 -「나무가 하는 일」)의 연장으로 식물의 능동적인 모습을 보여주는 일이다. 끝없이 뻗어 나가는 자작나무는 인간을 '앞서나가며' 인간의 테두리를 벗어나, 먼 곳으로 향하며 비인간 늘리기에만 매달려 있던 화자에게 멀리 볼 수 있는 길을 열어준다.

독립적인 비인간은 독립적인 인간을 만들어낸다. 비인간은 어느 한 생명에게 의존하거나 기생하지 않고 그 자체로도 설 수 있음을 스스로의 행동으로 보여주고 있다. 비인간의 행동을 통해 화자는 비인간을 의존하는 것에서 벗어나 비인간과 동등하게 관계 맺고 먼 곳으로 가는 비인간을, 확장되어가는 세계를 바라볼 수 있게 된다. 그것은 소녀가 그토록 바라던 평평한 관계만이 할 수 있는 일이다.

4. 감싸 안는 사물들

소녀가 기대던 비인간 중 하나인 식물이 운동성을 가지고 소녀의 곁에서 움직이고, 멀리 길을 뻗어 보여준다면 사물이 소녀를 위로하는 방식은 그와 다르다. 항상 그 자리에 '있는' 비인간-사물들은 인간과 함께일 때 망가지고 사라지는 소녀를(「투명한 인사」) 제자리로 돌려놓음으로써(라이터를 살 때마다/어딘가에 두고 온 내가 생각났다 -「라이터들은 다 어디로 갔을까」) 소녀를 소녀답게 만드는 데 일조했다. 사물은 항상 그 자리에 '있음'으로서 자신을 잃어버린 소녀를 되찾아주는 기준점이 되었다. 이제 성인이 된 화자 앞의 사물은 화자의 시야가 닿는 곳에서 화자와 시선을 교환하고 일어서는 자세를 갖으며(「네가 이야기를 마치고 나간 후」) 적극적으로 행동한다.

> 오래되었다.//노출되었고 옮기려면 나 혼자는 안 되지만 여럿이 달라붙으면 한꺼번에 치울 수 있는//그것은//내가 뭔가를 하고 있을 때

있었다. 가만히 두면 감자에 싹이 나는 물건이 아니라서 뭘 하는지 몰랐지만 한 번도 없었던 적이 없던//그것은//더는 사용할 수 없는 크기로 있었다. 이제 나는 그것이 옆에 있으면 뭐든지 할 수 있다는 느낌이 드는데//옆에 두는 방법이 생각나지 않았다.

-「물건」 전문 (2시집)

언제나 같은 자리에 있는 사물들은 화자에게 안정감을 준다. "나와 있는 그 사람이 보였다. 그 보다 먼저 나와 있는 의자가 보였다. 날마다 앉아야 할 타이밍을 놓치게 되는 건//좋아서다"(「미래가 무섭다」)와 같은 고백은 화자가 인간에게서 안정을 찾는 것이 아니라 고정되어 있는 사물에서 안정감을 찾는다는 것을 알 수 있다. 그런데 「물건」의 사물은 화자가 자신을 보며 그저 안정된 상태로 있도록 하지 않는다. 물건은 부피를 팽창시키고 인간을 혼란스럽게 하는 사물-권력[11]의 힘을 발휘하며 화자가 자신과 소통할 수 있는 인간으로, 기존의 생각에서 벗어나는 새로운 인간으로 발돋움하게 한다.

현실에 존재하는 사물은 오랫동안 한 자리를 지켜왔다. 화자는 그런 사물을 보며 인간의 힘을 합치면 옮길 수 있는 것으로 생각한다. 오래 노출되어 있다는 것은 화자는 물건의 겉모습을 오랫동안 보아왔다는 것이지만, 그럼에도 불구하고 화자는 '뭘 하는지' 모를 정도로 물건의 실제 쓰임새를 알지 못한다. 사물의 능력을 모르는 화자 앞에서 사물은 '사용할 수 없는 크기'가 되어 화자의 생활에 직접적으로 관계한다. 부피를 변화시킨 물건 앞에서 화자는 비인간-사물을 더 이상 전과 같

11) 제인 베넷, 문성재 역, 『생동하는 물질』, 현실문화, 2020, 38쪽.

은 오래된 물건으로 볼 수 없게 된다. 이제 화자에게 비인간은 없어서는 안 되는 존재가 되어 세계는 인간으로만은 구성될 수 없음을, 인간과 비인간은 함께 살아가야함을 상기시킨다.

행동하는 사물들은 점점 더 화자와 가까이 맞닿게 된다. 그중에서도 옷은 사물이 인간 화자와 직접적으로 접촉했을 때 어떤 변화를 일으킬 수 있는지를 보여준다.

> 두 팔을 감싸 안으며//카디건을 걸치면 더 있을 수 있을 텐데. 말해 보는 여기. 여기는 마음에 든다. 없어지지 않으면 좋겠다. 물이 없어서 물을 따라왔다. 물은//살아가는 데 없어서는 안 될 중요한 물질이고//카디건의 성질은 따뜻하다. 알맞게 높은 온도는 마음이 놓인다. 마음을 놓자 뭔가 달라진다. 변한다. 여기서 여기를 놓친다. 여기를 돌려놓으려고//아무 데도 가지 않는다.
>
> -「여기」 부분 (3시집)

옷은 개별적인 사물이면서도 화자의 몸에 입혀질 때 화자에게 새로운 의식의 흐름을 선사한다. 슬림 브이넥 리넨 원피스는 블랙 원피스를 입은 화자를 '편하고 안전한 세계에 빠져'(「어두운 구석」)들게 하고 원피스와 양말과 운동화의 조합은 화자에게 웃음을 주며(「생활 윤리」) 화자의 삶을 지속시킨다.

「여기」의 화자가 있는 곳은 차가운 온도를 가진 공간이다. 화자는 이 공간에 더 오래 있기 위해 카디건을 걸친다. 카디건은 화자를 공간에 더 머무르게 하기 위한 사물이었으나, 카디건을 걸친 후 공간에 집중하던 화자의 마음은 카디건으로 옮겨간다. 카디건이 주는 온도는 공간이 주는 온도와 다르다. 따뜻하고 '알맞게 높은 온도'는 화자의 체온을 변화시키며 화자가 있던 공간을 다른 곳으로 만든다. 차가운 온도의 공간은 화자가 계속 머무르기엔 춥고, 마음이 놓이지 않는 곳이었으나 옷이 화자를 감싸는 순간 화자의 '마음이 놓이'는 효과가 나타난다. 비인간-사물과 화자의 접촉은 현실의 공간에 화자를 계속 머무르게 하며 화자의 심경을 변화시키는 힘을 보여준다.

물을 따라오는 화자의 모습에서 카디건으로 화자의 관심이 이동하는 것 또한 화자에게 사물이 어떤 위치인가를 나타내는 대목이다. '살아가는 데 없어서는 안 될 중요한 물질'인 물에서 카디건으로의 시선 전환은 물은 신체활동을 유지하는 데 필요한 물질이지만, 카디건이라는 비인간은 인간에게 체온을 전하며 마음을 놓이게 하는, 물과 마찬가지로 필수적인 사물임을 보여준다. 이처럼 화자에게 옷은 나와 떨어져 있는 비인간이 아닌, 나를 감싸 안으며 같은 삶을 살아가는 비인간이다.

패딩을 걸치며 '어떻게든 걸치면 세상 따뜻하다. 세상도 그랬으면 좋겠는데'(「피아노」)라고 말하는 화자에게서 우리는 비인간을 통해 비인간처럼 따뜻한 세상을 바라는, 자신만 비인간과 함께하는 것이 아닌 더 많은 이들이 비인간과 함께할 세상을 바라게 되는 인간을 만나게 된다.

5. 객체들의 세상을 향해

인간보다 앞서 걸어 나가고, 인간을 감싸 안는 비인간들의 적극적인 행동을 발견하는 일은 비인간들의 능동성을 통해 인간의 축소된 위치를 마주하는 일이기도 하다. 비인간들이 상상의 세계에 갇혀 있던 소녀를 현실로 꺼내고, 화자를 일으켜 세우는 것과 달리 인간은 비인간에게 의지하여 삶을 지속시키고, 무너져가는 자신을 회복시킨다. 이렇게 작아진 인간의 자리에서 비로소 인간은 비인간과의 평평한 관계가 가능한, 비인간들과 함께할 수 있는 새로운 위치를 갖게 된다.

임승유는 비인간의 도움으로 어른이 된 화자를 통해 인간과 비인간의 경계를 지우고자 한다. 인간과 비인간의 구분을 지우는 것은 화자가 꿈꾸었던, 더 많은 비인간과 인간들이 지구에서 함께 살아가는 방법이기 때문이다. '계속 보고 있으니까//가까워졌다.(…)비가 많이 온 어느 날은 문을 열고 들어'(「경찰서」)가는 화자의 모습에서 우리는 인간과 비인간을 구분하지 않는 객체의 영역으로 들어가는 인간을 볼 수 있다. 이는 식물, 사물과 같은 비인간들의 만남에서 그치지 않고 건물이나 장소와 같은 지리적 특성을 가진 거대한 객체와도 관계 맺고자 하는 노력이자 인간의 이름을 내려놓고 기꺼이 객체에 속하려는 시도이다. 행동하는 비인간들과 함께 나아가고자 하는 임승유의 시는 이제 객체로 섞이며 시작될 것이다.

당선소감 | 황사랑

글을 쓸 때마다 투명함의 의미를 배워갑니다. 가려진 존재를 발견해 나가는 언어와 투명해지는 세계를 마주하면서 저도 투명에 가까워진 기분이었습니다.

왜 글을 쓰냐는 물음에 이제는 답할 준비가 된 것 같습니다. 저는 유년 시절부터 지금까지 제 곁에 있어 왔던, 시라고 부르는 불완전한 것을 사랑합니다. 여리고 부서질 것 같으면서도 끝내 견뎌내는 아름다운 것들을 말입니다. 시의 곁에서 동행할 수 있는 기회를 주셔서 감사합니다.

지난한 시간을 지켜봐주신 문혜원 선생님, 오래도록 선생님의 제자이고 싶습니다. 선생님께서 가르쳐주신 비평에 대한 자세와 다정한 조언들을 기억하며 살겠습니다. 언제나 따뜻한 격려를 건네주신 국문과 선생님들과 부족한 글의 가능성을 믿어주신 심사위원 선생님께도 감사드립니다. 성실하고 끈질기게 써나가겠습니다.

글을 쓰는 동안 웃음을 짓게 해준 남편, 우리가 함께 건너온 시간들을 잊지 않을 겁니다. 나의 기쁨과 슬픔을 안아주는 다현과 찬율에게도 깊은 고마움을 전합니다. 기꺼이 도움을 주시는 가족들과 온기를 나눠준 오랜 친구들에게도, 함께 공부했던 동료들과 위로와 기도를 보내주는 많은 분들께도 감사하다고 말하고 싶습니다. 그리고 주님, 영원한 감사를 드립니다.

문학평론 심사평

황사랑 (행동하는 비인간들의 힘 : 임승유론)

재난의 세계 구원하는 대안적 관점 제시 새로워

29편의 응모작 가운데 끝까지 선자를 고민케 한, 도전적인 작품은 세 편이었다. '행동하는 비인간들의 힘: 임승유론'(황사랑), '어느 윤리주의자의 우이의 시학: 전동균론'(김석포), 그리고 '동시성과 잠재성의 라니아케아: 김보영론'(황지)이었는데, 이들은 각각 다른 방향에서 독특한 비평 장면을 보여주었다.

임승유론은 인간 중심의 역사를 비판하면서 식물과 사물들, 비인간들의 독자적인 세계를 차분하게 그려내고 있고, 전동균론은 순수 자유의 현상학적 철학의 세계를, 김보영론은 SF소설의 문학적 당위성의 세계를 묘파하거나 역설하고 있어 우열을 가르기 힘들었다.

당선작으로 선정된 임승유론은 그중 가장 조용한 논리를 펼쳤는데, 다른 두 편의 역동성과 치밀함에 비해 다소 유약한 느낌이 들지만 인간성의 과잉에서 유래하고 있는 재앙의 시기에 재난의 세계를 구원하는 대안적 관점의 제시가 새롭고 신선하다. 김보영론은 문학과 과학의 관계에 대한 해박한 지식으로 힘 있는 구성을 보여주지만, 그런 만큼 곳곳에 다소 무리한 논리와 난해성이 없지 않았다. 전동균론은 철학적 인식의 깊이가 전동균 시세계 분석이라는 실제 현장과의 어울림을 덮어버리는 큰 모자가 된 감이 있다.

당선자에게 축하를, 다른 분들에게 격려를 보낸다.

심사위원-김주연(문학평론가)

2023 조선일보 신춘문예 당선 문학평론

김다솔

1995년 경기도 안산 출생
이화여자대학교 사학과 · 국어국문학과 졸업
이화여자대학교 국어국문학과 석사 수료
2023년 〈조선일보〉 신춘문예 문학평론 부문 당선
이메일: solmeng2@naver.com

가장 밝은 세계를 등지는 힘 – 임솔아론[1)]

김다솔

1. '어떤 어둠' 속의 얼굴들

불가능하다는 사실을 알면서도 계속해서 실패해나가는 사람은 어떤 마음을 가지고 있을까. 임솔아의 소설 속 인물들은 그런 마음들을 짐작해볼 수 있게 한다. 이들은 보이지 않는 어둠 속에서 무언가를 눈여겨본다. 더 정확하게 말하자면, 어둠 속에 숨겨져 있는 얼굴들을 보기 위해 온 힘을 다한다. 암흑 속에서 천천히 눈을 뜨면, 이전에는 보이지 않던 무언가가 희미하게 다가오는 때가 있다. 그런 순간들을 만나기 위해 이들은 어둠에서 도망치지 않는다. 오히려 어둠을 찾아 나선다.

> 바닥에 쪼그려앉아 검은 종이를 한참 들여다봤더니, 검은 종이 속에 숨어 있던 얼굴이 그제야 보이더라고요. 검은 종이에 그려져 있는

1) 이 글에서는 임솔아의 소설 작품만을 다룬다. 구체적으로는 다음과 같다. 『최선의 삶』(문학동네, 2015), 『눈과 사람과 눈사람』(문학동네, 2019), 『아무것도 아니라고 잘라 말하기』(문학과지성사, 2021), 『짐승처럼』(『현대문학』, 2022년 9월호). 이하 인용 시 제목과 쪽수만 밝힌다.

> 얼굴이 잘 보이지 않는다는 사실에 대해서가 아니라, 쪼그려앉아 검은 종이를 들여다보는 사람들이 발견해낼 얼굴에 대해 생각을 하게 되었어요.[2)]

임솔아는 빛과 어둠을 극명하게 대립시키면서, 후자에 남겠다는 의지를 명백히 보여준다. "끝이 없는 빛보다 끝이 없는 어둠이 차라리 나았"(「그만두는 사람들」, 29쪽)기 때문이다. 그렇다면 벗어나야 할 빛의 영역, '가장 밝은 세계'는 과연 어디인가? 그곳은 대다수가 도달하려 노력하는 세계의 중심에 가깝다. 정상과 비정상을 나누는 일은 곧 "계급이고 권력"이기에 사람들은 "정상이라 여겨지는 그 영역 안에 종속되어야 안심"한다.(「뻔한 세상의 아주 평범한 말투」, 118쪽) 그래서 개인들은 어둠 속에 가려진 비존재가 되지 않기 위해 자발적으로 국가의 호명에 응답하고 질서를 양심으로 내면화하면서 예속적으로 변해간다.[3)] 잘 가꿔진 사회를 위해 추방당한 사람들은 영원히 어둠 속의 얼굴들로 남을 것을 명령받는다. 이들은 살아있음에도 죽은 사람으로 취급되고, 죽어서는 애도 받지 못하도록 내몰리면서 생명 가치와 애도 가치를 박탈당하게 된다. 이렇듯 배제적으로 구축된 신자유주의적인 질서 안에서는 오직 일부만이 생존할 권리와 인간다운 삶을 살아갈 자격을 인정받는다는 게 바로 「내가 아는 가장 밝은 세계」의 진실이다.

소설을 통과하며 우리에게 떠오르는 얼굴들은 단일하지 않다. "유난

---

2) 임솔아 강화길, 「미래의 나에게 전해질 문장들」, 『Axt』 2020년 11/12월호, 64쪽.
3) 프리드리히 니체, 『도덕의 계보』, 박찬국 옮김, 아카넷, 2022, 151-159쪽.

히 밝은 어둠과 유난히 어두운 어둠", 그리고 "유난히 흔들리는 어둠. 유난히 시끄러운 어둠. 가장 짙고 지나치게 적막해서 오히려 마음이 다 개운해지는 어둠"처럼 다양하다.(「단영」, 262쪽) 오래 공들여 바라보아야 할 만큼 쉽게 감각되지도 않는다. 그래서 이들은 하나로 정의내릴 수 없는 '어떤 어둠' 속의 얼굴들을 하고 있다. 이 지점에서 이제는 희미해진 레비나스의 목소리가 들려오는 것 같다. 어둠 속에서 불쑥 나타난 타자의 얼굴에서 현현하는 '살해하지 말라'는 명령. 인간의 시야에 상대를 온전히 볼 수 없는 맹점이 존재하듯이, 타자의 얼굴은 불가해하고 재현 불가능한 미지의 영역에 속한다. (「희고 둥근 부분」) 주체의 자기동일성에 완전히 포섭되지 않는 타자의 고유한 얼굴을 인정하려는 임솔아의 자세는 어떤 윤리를 품고 있다.

그러나 상대와 나 사이에 일정한 거리를 상정하는 일은 상대를 있는 그대로 존중하는 동시에 모종의 단절을 만들어낼 수도 있다. 이를 향해 대상과의 간극을 염두에 둔 채 '올바른' 재현의 향방을 모색하려는 주체의 윤리[4]를 보여준다는 의견과, '부대낌 없는 연결감'[5]일 뿐이라는 평가가 동시에 이루어지는 것은 그 때문이다. 이러한 논의들이 임솔아 소설의 윤리적 가능성을 진지하게 고찰해보려는 시도였다면, 자신을 지키기 위해 여백을 확보하고 질서에서 '절반은 은둔하는 삶'을 사는 인물들의 행위를 저항으로서의 실격[6]으로 보는 노력은 윤리의 정치적 확장과 맞닿아 있다.

그렇다면 여기서 더 나아가 임솔아의 인물들이 지닌 거리와 연대의

4) 전청림, 「사생아 엘렉트라-임솔아론」, 『문학들』 2022년 가을호, 268-278쪽.
5) 소영현, 「미래와 희망: '예술하는' 청년들」, 『문학인』 2022년 가을호, 36-41쪽.
6) 김은하, 「능력주의 사회와 인간 실격: 임솔아 소설에서 청년 여성의 이야기를 중심으로」, 『인문학연구』 36, 인천대학교 인문학연구소, 2021, 133-136쪽.

균열성을 새로운 세계를 열어젖히는 상상력의 힘에 겹쳐보는 것은 어떨까. 질서에서 자발적으로 멀어지는 일만으로는 어둠 속 얼굴들을 해방시킬 수 없다. 어떤 얼굴들을 보이지 않게 만드는 폭력의 구조 자체가 무너지지 않는 한 비극은 계속 반복될 것이기 때문이다. 그렇다면 타자와의 거리를 벌리는 일은 나로부터 타자를 지킴으로써 기존의 폭력적 질서를 정지시키기 위해 전력을 다한 결과일 수 있다. 또한 모든 공동체와 연대는 결국 동일성을 강조하는 또 다른 빛의 영역이 될 수 있기에 꾸준히 파열되고 쇄신되어야 한다. 이렇게 본다면 비폭력적인 관계의 거리를 새로운 공존의 양식으로 밀어붙이면서 낯선 세계를 현실로 끌어당기는 공력이야말로 그의 소설이 지닌 윤리적이고 정치적인 가치가 아닐까.

그래서 임솔아는 다양한 어둠 곁에 머무른다. 계속해서 바라본다면 희미하게나마 그들의 흔적을 볼 수 있을지도 모른다는 희망과 함께, 기꺼이 무릎을 굽힌다. '깨진 얼굴'(「최선의 삶」, 99쪽)일지라도 여전히 살아남은 얼굴들이 어둠 속에서 빛나는 곳. 그래서 그들을 삭제하려 한 질서의 폭력과, 그럼에도 불구하고 결코 그들을 완전히 없앨 수 없었던 질서의 한계가 동시에 노출되는 곳. 바로 그곳에서 새로운 세계에 대한 상상은 시작된다.

2. 인간 짐승, 투어(鬪魚)와 개의 사이

인간사회의 질서는 왜 이토록 폭력적인가? 이 질문에 답하기 위해서 인간이 모든 타자들과의 관계에서 양가감정을 가진다는 사실을 살펴보자. 양가감정의 뿌리는 인간의 몸이 다른 이들에게 의존해야 할 만큼 취약하다는 사실에 있다. 타인에 대한 의존적 관계가 선택이 아닌 필수가 될 때, 취약성과 상호의존성은 극복 불가능한 속성이 된다. 혼자서는 설 수도, 먹을 수도, 잘 수도 없는 갓난아이의 모습이 바로 우리의 태곳적 형상이다. 따라서 우리는 타자에게 의존할 수밖에 없으면서도 자신의 삶을 통제할 수 없다는 불안 때문에 타자를 공격하려 한다.

신자유주의적 질서는 이 양가감정을 교묘하게 이용한다. 오직 자본의 생산만이 가치의 척도가 될 때, 내가 지켜야 할 '자기'의 범주는 축소되고 인간이 의존적이라는 사실은 은폐된다. 이에 따라 인정의 구조에서 정치적으로 배척된 존재들의 삶은 더 취약해지고 위태로워진다. 살아남기 위해 타자를 어둠 속에 몰아넣으라고 속삭이는 질서를 따를 때, 인간의 폭력성은 극대화된다. 타자의 절대적인 우위를 말한 레비나스가 미처 알지 못했던 사실이 여기서 드러난다.[7] 타자는 우리에게 약자의 얼굴로만 다가오지 않는다. 오히려 그들은 적(敵)의 얼굴로 더 자주 등장한다. 이제 다시 물어야 하겠다. "나를 위해서 자기보존의 권리를 환기할 수 없을 때에도 타자의 목숨을 보존하라는 명령을 환기할 수 있는가?"[8]

『최선의 삶』에서 식칼을 품고 다니는 여중생 강이는 타자와 적대하도록 종용하는 사회야말로 폭력의 진정한 기원임을 삶을 통해 고발하는 인물이다. 강이는 구시가지인 읍내동에서 '가장 부유한 건물에 사는 아이'였으나, 재개발을 통해 신시가지가 된 전민동의 중학교로 위장전입을 하면서부터 '가장 가난한 동네에 사는 아이'로 전락한다. 이

7) 에마뉘엘 레비나스, 『전체성과 무한』, 김도형 · 문성원 · 손영창 옮김, 그린비, 2018, 300쪽.
8) 주디스 버틀러, 『위태로운 삶』, 윤조원 옮김, 필로소픽, 2018, 201쪽.

때 학교는 아이들이 자본 질서의 폭력을 처절하게 경험하는 장소다.

소영은 강이에게 선망의 대상인 '전민동 아이'였다. 그러나 강이는 서울로 가출했을 당시 전민동 아이도 서울에 오면 충청도 아이일 뿐이며, "우리는 모두 변방의 사람들"(38쪽)이라는 사실을 깨닫게 된다. 다른 이를 밟고 올라서야 하는 자립의 강요는 나 아닌 모든 타인의 얼굴을 적의 얼굴로 치환한다. 그래서 "임씨가 유씨를 죽이는 일도, 혀를 차는 일도, 뻥튀기를 먹는 일도 반복되는 일상의 작은 부분"(159쪽)이 되어버린다. 아이들에게도 폭력은 자신을 지킬 수 있는 유일한 방법이다. 소영은 우위를 점하기 위해 의견이 다른 아이들을 적으로 만든 뒤 이길 때까지 보복한다. 소영에게 "져도 안 되고 이겨도 안 돼"(114쪽)라는 아이들의 말은 폭력의 사태 자체는 끝나지 않는다는 쓰라린 통찰을 담고 있다. 더군다나 폭력은 자기보호를 위해 사용될 때조차 그 '자기'를 파괴한다. 그래서 "선한 폭력"(「뻔한 세상의 아주 평범한 말투」, 110쪽)이란 존재할 수 없다. 애초에 인간이 의존적인 존재라면, 다른 이의 삶이 파괴될 때 자신의 삶도 필연적으로 파괴되기 때문이다. 따라서 폭력의 구조 안에서는 모두가 피해자다. 강이에게 발길질을 하던 소영이 가장 큰 소리로 우는 장면은 그러한 비극성을 여실히 보여준다.

소영과의 갈등 이후 강이는 식칼을 품고 다닌다. 결과적으로 소영을 칼로 찌른 강이의 선택은 폭력적 구조의 절망적인 반복처럼 느껴진다. 그러나 강이에게 식칼은 죽이기 위한 도구가 아니라 자신을 보호하기 위한 최선의 방어책이었다. 강이는 이 '최선'이 살아남기 위해 더 나아지려는 선택인 동시에, 다른 이를 혹은 자신을 해치며 더 나빠지는 길이라는 걸 알고 있었다. 이때 소설 속에서 강이가 자신의 이름을 붙여 준 두 마리의 짐승들이 지닌 의미가 중요하다. 자신을 "짐승"(161쪽)이라 칭한 강이는 기르던 개와 자신을 배신하고 떠난 아람을 대신해 데려온 투어에게 각각 '강이'라는 이름을 붙여준다.

> 하수관을 그라나다라고 부르기로 했다. 진짜 죽여주는 도시. 나는 그라나다에 강이를 버렸다. 강이는 폐수를 따라 흘러내려갔다. 폐수에는 물살이 있었다. 물살을 따라 흘러가던 강이는 지느러미를 한껏 펼치고 있었다. 죽어가던 강이는 물 만난 고기처럼 헤엄쳤다. 강이에게 수족관은 다신 없을 것이다. 강이의 끝은 수족관이 아니었다. 죽음 직전에나 잠시 퍼드덕거리는 광어들과는 달랐다. 강이는 나아갔다. 이 폐수는 강물로 이어질 것이고, 강물은 바다로 이어질 것이다. 세상의 끝에서 다시 시작할 것이다. 죽음이든, 아니든.(153쪽)

> 나는 내가 개를 닮았다고 생각하지 않았다. 다만 의리가 있어서 그렇다고 생각했다. 같이 잡혀오면 잡혀왔지 친구를 길거리에 두고 혼자 집에 돌아올 수는 없었다. 학교에서 외부인 취급을 받는 친구들만이 내 유일한 내부인이었고, 누구도 우리를 지켜주지 않았기 때문에 외부인끼리 의리를 지켜주어야 한다고 여겼다. 의리를 지켜갈수록 나는 더욱 개 취급을 받았다.(45쪽)

죽지 않으려면 상대를 비롯해 자기 자신과도 싸워야 하는 참담한 투어의 운명은 우리의 삶과 별반 다르지 않아 보인다. 하지만 "잊지 말아야만 한다. 너는 싸워야 산다는 걸"(152쪽)이라는 강이의 명령에도 불구하고, 투어는 점차 싸우지 않다가 결국 죽어간다. 이때 식칼을 안고서 하수관 속에 투어를 풀어주는 강이의 독백에 주목해야 한다. 운명처럼 주어진 삶의 방식을 선택하지 않은 투어를 보면서 강이는 투어가 넓은 바다로 나아가는 상상을 한다. 여기에는 폭력의 구조와 같은 '수족관'에서 벗어나 '다시 시작할 것'이라는 다짐이 담겨 있다. 결과적으로 '진짜 죽여주는 도시'인 '그라나다'는 상대가 아니라 자기 안에 있는 폭력성을 죽이려는 강이의 이상향이 된다. 이처럼 강이는 투어의 삶을 거부하고, 죽음으로 내모는 사회 속에서 위태롭게 견디는 사람들에게 개처럼 '의리'를 지켜왔다. "보이지 않는 곳이 언젠가 자기를 찾아올 거라고 믿는"(11쪽) 강아지 '강이'처럼, 강이 역시 폭력만이 유일하다고 믿는 '세상의 끝'을 떠올린다

타인에게 폭력을 행하는 자신에게서 도망치려는 강이의 모습이 작가가 청소년기에 꾼 악몽이었다면, 근작인 『짐승처럼』에서는 꿈에서 깨어나 나아가려는 인물들이 있다. 소설 속에 등장하는 다양한 짐승들은 서로 교감하면서 관계에 내재한 공격성을 조절해나간다. 이를 '짐승의 윤리'라고 부를 수 있다면, 주인공인 예빈과 채빈 자매는 "나는 짐승처럼 살겠지"(138쪽)라고 말하며 기꺼이 짐승들이 되고자 한다. 서사에는 두 가지 사건이 있다. 예빈과 채빈이 입양한 유기견 별나의 어미견인 유나가 임시 보호 도중에 사라지면서 그를 찾으려는 예빈의 노력이 그중 하나라면, 여기에 엄마의 죽음을 서로 다르게 기억하던 예빈과 채빈이 화해하는 이야기가 더해진다. 두 사건은 '가족이 되어가는 경험'을 중심으로 만난다.

엄마의 사정 때문에 이모의 딸로 커온 채빈은 5살이 되어서야 비로소 예빈과 엄마와 함께 살게 된다. "나가 뒤져"(130쪽)라고 외치던 채

빈은 동물들과 가족이 되는 경험을 하면서 점차 예빈과 엄마를 받아들인다. 채빈은 이후에도 수많은 유기 동물들 그리고 가출한 아이들과 이 경험을 반복한다. 이때 채빈이 데려온 동물들과 아이들은 서로를 구분할 수 없게 닮아있다. 채빈이 데려온 이들에게 정을 주지 않았던 예빈은 별나를 입양하고 나서야 뒤늦게 동일한 경험을 하게 된다. 사회에서 받은 상처로 인해 고립된 삶을 추구해 왔던 예빈은 이 과정에서 깊은 관계가 주는 행복을 깨닫는다. 그러나 모든 대상과의 관계에는 상실과 증오 같은 부정적인 감정들이 동반된다. 예빈 역시 별나와 유나를 돌보았던 유기견 보호소 소장의 이유 있는 이중성을 경험하면서 관계의 진실을 깨닫고 마음 아파한다.

> "말하고 싶었고. 말 안 하고 싶었어. 언니가 물었잖아. 이런 마음을 원래 알고 있었느냐고. 이런 마음이 뭔지, 언니도 알길 바랐어."(186쪽)

채빈이 말하는 '이런 마음'은 관계에는 언제나 양가감정이 뒤따를 수밖에 없다는 사실을 인지하는 마음이리라. 그러나 예빈과 채빈은 상대와의 관계가 주는 부담에서 도망치지 않고 복잡한 감정을 다스리며 함께하기 위해 노력한다. 예빈은 유나와 별나처럼 제대로 된 생명 가치를 인정받지 못하는 존재들에게 마음을 쓰게 된다. 또한 채빈과 자신이 서로를 왜곡해왔음을 직시한다. 채빈 역시 "별나를 사랑하지 않기 위한 노력"(151쪽)을 어렵게 포기한다. 유나를 새로운 가족으로 맞아들일 준비를 하면서 별나를 따라 으르렁거리고, 함께 머물렀던 동물들과 아이들의 이름을 되새겨보는 이들에게서 아직은 생경한 어떤 마음이 엿보이는 것 같다. 다른 존재의 삶이 파괴된다면 내 삶도 동시에 무너질 수밖에 없다는 사실로부터 도망치지 않겠다는 마음 말이다.

3. 환상통의 글쓰기

임솔아의 소설에는 유독 원인을 알 수 없는 병과 증상을 가졌거나, 삶을 이어나갈 수 없을 정도로 아픈 인물들이 자주 등장한다. 그런데 고통의 이면을 자세히 들여다보면, 이들이 상실을 겪었기에 아프다는 걸 알 수 있다. 친한 친구가 자살한 뒤로 몸안에서 타오르는 열기에 시달리는 기열과(「줄 게 있어」), 자신이 다니는 예술대학 학생들의 자살 소식을 접하고 감당하기 힘든 신체의 반응을 느끼는 '나'(「손을 내밀었다」), 가족과 사회로부터 착취에 가깝게 이용당하면서 잘 살고 싶었지만 죽는 것밖에는 방법이 없다고 생각했기에 자살을 시도한 유림(「병원」)은 모두 무언가 혹은 누군가를 잃어버린 존재들이다. 이들은 자신의 삶을 구성하던 일부가 유실되었다는 사실을 통증으로 기억하는 '환상통'을 겪고 있다.

어떤 이들이 폭력 앞에 스러지는 존재 곁에 "있고 싶어요"라고 말할 때, 사회는 "그래, 잊어야지"라고 답한다.(「줄 게 있어」, 32쪽) 그러나 임솔아의 인물들은 환상통을 통해 우리 곁에서 무엇이 사라졌는지를 집요하게 묻는다. 태국에서 오토바이 사고를 당해 세 번째 발가락이 절단된 은하는 유리병 안에 담긴 발가락이 여전히 자신의 '신체'라고 주장한다.(「신체 적출물」) 그러나 언니 은지를 비롯해 세상은 은하의 절단된 발가락을 쓸모없는 '신체 적출물'로 간주한다. 은하의 발가락이 배척되는 가장 큰 이유는 한국으로 돌아가기 위해 드는 비용만큼의 가치가 없다고 여겨지기 때문이다. “너는 그 발가락이 사백만원짜리라고 생각하니?”라는 은지의 질문에, 은하는 “심장과 발가락은 어떻게 다른 걸까”하고 자문한다.(141쪽) 마지막 장면에서 힘겹게 되찾은 발가락을 들고 공항에 도착한 은하에게 보안검색요원은 발가락을 ‘감염성 폐기물’이라 칭하며 포기각서를 내민다. 이처럼 개인의 신체마저 교환가치에 의해 관리되는 현실은 비정하다 못해 섬뜩하다. 하지만 은하는 잘린 발가락이 있었던 자리에서 ‘환지통’을 느낀다. 생생하게 전해지는 통증은 “그게 제자리에 있지 않다는 걸 믿기 위해 유리병을 바라”보게 한다.(131쪽)

이처럼 임솔아에게 글쓰기는 반드시 기억해야 할 것들을 기록하려는 고통의 몸부림과 같다. 문단 내 성폭력 사건에 대한 고발 운동에서 한 명의 피해자이자 연대자로서 응답한 「추앙」 이후, 글쓰기가 가지는 의의에 대해 작가로서 진지하게 고심한 흔적이 글을 쓰는 주인공들에게서 나타난다. 부재를 신체로 감각하는 환상통의 글쓰기는 무언가가 부당하게 사라졌음을 되새기는 방식이다. 그런데 임솔아는 현실을 바꿀 수 있는 이들의 힘까지도 글로 써서 되살리려는 것 같다.

「희고 둥근 부분」에서 진영은 명확한 이유를 알 수 없는 미주신경성 실신을 앓는다. 진영의 증상은 고속버스에서 큰 사고를 겪은 후 자해를 하게 된 학생 민채와의 갈등으로 계약직 교사의 자리를 잃게 된 이후에 생긴 것이다. 민채가 실망한 이유는 “의지적으로 고통을 소환해 내 되새기는”(118쪽) 자신을 진영이 끝까지 받아주지 않았기 때문이다. 자신도 모르게 누워버린 채 일어날 수 없는 진영의 증상은, 사고 당시 다른 사람들이 쿠션처럼 밑에 깔려 무겁다는 신음을 흘리며 죽어갈 때 무력하게 누워 있어야만 했다는 민채의 증언과 유사하다. 이들은 모두 우리가 타자의 생명을 짓누르며 생존해왔음을 증상과 고통으로 기억하는 인물들이다.

여기서 진영이 택한 새로운 '회복'의 방식이 이채롭다. 진영은 예술가인 로희와 함께 도시와 도시, 사람과 사람의 사이에 인위적으로 그어진 '목격 불가능한 경계선'과 그로 인해 '안 보이는 것'들을 보려고 시도한다. 진영은 민채와 달리 자신을 처벌하거나 타인을 탓하는 방식의 회복을 거부한다. 대신에 공격성을 보여야만 했던 것들을 누락시킨 구조 자체로 돌린다. 비행운의 사진을 찍듯이, 이들은 안 보이게 된 것들의 흔적을 필사적으로 기록한다.

「초파리 돌보기」는 작가인 지유가 엄마 원영의 이야기를 소설로 쓰는 과정에서 소소한 존재들의 힘을 감각해 나가는 텍스트다. 원영은 과학기술원에서 실험용 초파리를 돌보는 일을 한 이후에 원인 모를 병을 얻어 퇴직하게 되었다. 원영의 딸 지유는 이를 산재로 취급하며 원인을 실험동에서 찾으려 한다. 실험동에서의 일을 왜 궁금해하느냐고 묻는 원영에게 지유는 소재로 삼겠다고 둘러대고, 이때부터 소설의 내용과 결말의 방향성을 놓고 둘의 의견은 충돌한다. 원영은 여성으로서 자신이 겪어온 경험들을 소설에 담기를 원하지만, 산재를 은폐한 일에 비하면 지유에게 원영의 일상은 "별것 없는 사건들"(61쪽)이다. 마찬가지로 원영은 주인공이 건강을 되찾고 행복해지는 결말을 바라지만, 지유에게 비현실적인 해피엔드를 쓰는 일은 무가치할 뿐이다. 이때 지유는 소설을 쓰려 한 본질적인 이유를 잊었다는 두려움 때문에 계속해서 거짓된 이유를 무의미하게 만들어내는 사람처럼 보인다. "트렌드에 맞춰 글을 써줄 것을 은근히 요구"(48쪽)하는 시장에 따라 근본적인 원인을 능동적으로 망각하면서 작은 일들을 무시해 온 결과였다. 동시에 여성들이 "인간이라는 당연한 사실"(40쪽)조차 잊게 만드는 일상적인 폭력은 손쉽게 치워지고, 여성을 저항할 수 없는 인물로 만드는 관행에 의해 이들은 점점 더 취약해진다.

하지만 원영은 여성에게 불합리한 현실을 온몸으로 겪어온 인물인 동시에 현실 속에서 자신의 삶을 능동적으로 바꿔온 사람이었다. 원영의 인생에는 어떤 면들이 있는가. 원영은 쉬지 않고 일해왔음에도 불구하고 '오십대 무경력 주부'로 취급되었으며, 평생을 가정 내에서 돌봄을 제공하는 엄마로 살면서 자신을 지워왔다.

> 원영은 아홉 남매의 여섯 번째 딸로 태어났는데, 어린 시절 폐렴을 앓아 열 살이 되도록 학교에 가지 못했다. 어느 날 원영은 언니의 책을 구경하다가 '강'이라는 글자를 스스로 읽어냈다. 'ㄱ'도 아니고 '가'도 아닌, 동그라미 받침이 있는 '강'.
>
> "아무도 안 알려줬는데 읽었다니까, 내가"
>
> (…) 그건 아니고, 그 한 글자만 읽어냈다고 원영이 답했다. 그렇지만 그 한 글자를 읽어냈기 때문에 언니가 한글을 알려주기 시작했다고 했다. 한 글자를 못 읽어냈더라면 글자를 못 배웠을지도 모른다고.(56쪽)

그러나 과연 그뿐일까. 원영은 텔레마케팅 사무실에서 평생 가지고 싶었던 자신만의 책상을 꾸미고, 초파리를 기르는 실험동에서 자신의 꿈이 이루어졌음을 실감하기도 했다. 현실을 조금씩 바꿔보려는 원영의 태도는 어린 시절에 '기역' 한 글자를 읽으면서 깨우친 교훈에서 형성되었을 것이다. "어떤 일들은 아주 나중에야 볼 수 있"(45쪽)기 때문에, 미약한 변화가 언젠가는 유의미한 결과를 가져오리라는 믿음. 이 믿음을 간직한 원영은 초파리처럼 작은 존재들이 결국에는 큰 힘을 발휘해내고야 만다는 걸 알고 있었기에 그들을 돌봐온 게 아닐까. "소설은 소설일 뿐"이라는 말에 "소설일 뿐이면, 왜 써?"(62쪽)하고 되묻는 원영 덕분에 지유는 쓰는 행위의 본질과 이유에 대해 되짚어본다. 원영을 취약하고 수동적인 여성이 아니라 힘을 지닌 한 명의 인간으로 바라보게 된 지유는 해피엔드로 소설을 끝맺었다. 절망 속에서도 스스로를 해피엔드로 이끌어가는 힘. 그런 힘이 원영에게는 있다. 이처럼 숨겨진 힘들을 포착하기 위해서 계속해서 써나가는 자세가 우리에게는 필요하다.

4. 스쳐 가는 사람들과 미완의 연대

살펴본 것처럼 임솔아의 소설에서 어둠의 영역으로 축출된 사람들은 대부분 안정적인 계급과 권력을 얻을 수 없었던 존재들이다. 그런데, 언젠가부터 이들이 사라지기 시작한다. '사라진 사람들'을 비정상으로 여겨왔던 이들은 그들의 증발에 안도한다. 그러나 그들은 정말로 사라졌을까. 지금 여기의 현실이 아닌 새로운 현재를 찾아 나선 것은 아닐까.

「그만두는 사람들」의 혜리와 '나'는 서로를 할퀴면서 집단성을 증명해 온 방식을 그만두려는 인물들이다. 등단한 문학가인 '나'는 한적한 바닷가 마을에 내려와 있다. 대학교 시절 잠깐 알고 지낸 사이였던 둘은 어느 날 혜리가 스웨덴에서 유학을 하던 중 보내온 메일을 계기로 연락을 주고받게 된다. '나'와 혜리는 안과 밖을 철저히 구분하려는 집단의 폭력성에 회의감을 느끼며 "진절머리가 쳐지는 소속감보다는 고립감이 낫다"(30쪽)고 생각하는 인물들이다. '나'는 꿈이 이루어진 삶이라는 안정감 속에서 문학계의 비리를 눈감고 다른 이들의 고충을 외면하면서 살아가던 와중에, 문학계 권력 남용 문제를 고발하는 포럼에서 보여주기식의 글을 쓰라는 청탁을 받게 되자 고심 끝에 모든 것을 폭로한 뒤 문학계에서 배척당한다. 이때부터 '나'는 "그만두고 싶다는 마음을 억누르기 위해 억지로 글을 쓰는 사람"(27쪽)으로 변해간다. 혜리는 스웨덴에서 인종차별을 하거나 지나치게 예의를 갖추는 외국인들 사이에서 철저하게 이방인으로 살아간다. 혜리에게는 한국인 유학생 그룹 역시 자신들에게 속하려면 다른 정체성을 철저하게 삭제하라고 강요하는 폭력의 근거지일 뿐이다.

하지만 이들은 연결될 가능성을 포기하지 않고 자신의 동일성을 강요하지 않는 거리를 유지하면서 새로운 연대를 형성한다. 다른 이들의 삶을 무시한 채 자신의 이익만을 갈망하는 "애원의 고립"(「신체 적출물」, 142쪽)이 가장 무섭다는 사실을 뼈저리게 느꼈기 때문이다. 그래서 이들은 서로의 안부를 물으면서도, 상대를 나에게 환원시키지 않기 위해 "멀리 있는 사람"(19쪽)으로 남는다. 깜깜한 밤에 무리를 이탈하여 다른 섬에 도달하고자 목숨을 걸고 바다를 건너는 노루처럼, 두 사람은 절대로 그만두면 안 되는 일들을 계속하기 위해서 기존의 질서를 따르는 일을 함께 그만두려 한다.

이처럼 "어떤 문화들은 익명의 관객이 스스로를 전시할 수 있을 때에 가까스로 지속"(「마피아는 고개를 들어 서로를 확인해주세요」, 157쪽)된다는 사실을 깨닫고, 전시품이 되기를 그만두는 사람들의 연대가 소설의 곳곳에서 등장한다. 그러나 연대는 동일한 형태로 영속될 수 없다. 어떤 집단이 시간을 거듭하며 하나의 집단성을 형성할 때, 결국 누군가는 다시 배제되기 때문이다. 그래서 임솔아의 연대는 무한하게 어긋난다. 사람들은 계속해서 스쳐 가고, 연대는 다른 모양으로 맞붙고 또 흩어지기를 반복하면서 미완으로 나아간다.

「눈과 사람과 눈사람」은 성폭력 피해자를 돕기 위한 연대 내부에서 발생하는 불화를 다룬다. 성폭력 피해자들을 위한 행동에 동참하고 싶었던 영혜, 지원, 규미, 민조는 첫 구심점이 되었던 나래에 의해 "남의 고통마저 약탈해서 정의로운 척하는 족속"(183쪽)으로 내몰리며 피해자를 착취한 또 다른 가해자로 지목당한다. 이들이 상대에게 폭력을 행사하지 않는 방법으로 자신들의 입장을 해명하기 위해 새해 첫날에 펜션에 모여 머리를 맞대고 글을 쓰는 과정이 소설의 핵심이다.

연대 내부에 화합뿐만 아니라 서로에 대한 분노가 함께 공존한다는 사실을 소설이 계속해서 직시하게 만들 때, 이상적인 연대는 처참히 깨진다. 눈은 눈이고, 사람은 사람이고, 눈사람은 눈사람이다. 마찬가지로 각자에게 '중요한 요소'는 누군가에게는 '지워야 할 요소'일 수 있다.(「중요한 요소」) 이토록 서로 다른 존재들이 완전한 연대를 이루기란 사실상 불가능에 가깝다. "서로 웃으며 손을 흔들며 조금 뒤로 물러난 사이로 바뀌는 것도 좋을 것"(「아무것도 아니라고 잘라 말하기」, 203쪽) 같은 마음으로 모였을지라도, 점차 상대가 나와 같기를 바라게 되는 게 '우리'라는 범주가 지닌 고질적 결함이기 때문이다.

하지만 소통 불가능성 때문에 우리는 끝없이 소통하려 한다. 마찬가지로 연대가 지닌 필연적인 균열은 우리를 끝없이 연대하도록 만든다. 이처럼 임솔아는 실패 자체보다 '실패 이후에 우리가 마주하게 될 것들'에 대해 주목한다. 거기에는 사랑과 더불어, 나의 삶을 지키기 위해서 다른 이의 삶을 보존해야 한다는 다소 각박한 통찰이 함께 놓여 있다. 그러나 개인적인 요인에 의해서가 아니라 자신의 생존이 달렸기에 반드시 행동해야 할 때, 저항은 더욱 치열해질 것이다. 그래서 연대자들은 자신들의 힘을 의심하게 되더라도 '할 수 있지요'라는 말을 주고받으며 계속해나간다. 녹아 없어질 것을 알면서도 매년 눈을 뭉치고, 누군가 굴려 놓은 눈덩이에 힘을 더해 눈사람을 완성해나가듯이 함께하기 위해 노력한다.

그러나 이들은 상대에게 위협을 가하려는 자신을 발견하거나, 연대가 강압적으로 변해갈 때 다시 사라진다. 유사 가족이 되어 살아가다가 작별 인사도 없이 홀연히 떠난다. 한 사람이 떠난 자리에 누군가가 다시 찾아올 것이라는 믿음을 가지고, 지금과는 다른 질서를 구축하고 또 무너트리기 위해서 계속해서 스쳐 가는 것이다. 그래서 이들의 사라짐은 폭력 앞에 수동적이거나 현실 도피적이지 않다. 오히려 이는 끝까지 살아남아 그 질서는 잘못되었으며, 모든 이의 삶이 존중받는 새 질서가 필요하다고 공격적으로 외치는 방식이다. 그렇다. "거부하는 것은 아무 일도 하지 않는 것과는 다르다."[9)]

5. 바깥의 바깥을 향하여

이처럼 임솔아의 인물들은 계속해서 다른 세상을 꿈꾸면서, 지금 발을 딛고 선 '가장 밝은 세계'를 등진다. 살아남기 위해 상대를 죽이지 않아도 되는 곳. 그래서 인간과 비인간을 비롯한 모두의 생명이 가치

9) 주디스 버틀러, 『비폭력의 힘』, 김정아 옮김, 문학동네, 2021, 253쪽.

롭게 여겨지는 곳. 그곳이 바로 "지도에 없는 곳"이자 "미래가 필요 없는 미래"(「선샤인 샬레」, 167쪽)인 바깥의 세상일 테다. 이러한 상상이 지나치게 순진하다는 지적에 대해 임솔아는 오히려 이렇게 되묻는 것 같다. 그릇된 삶에서 벗어나는 상상 없이 우리가 과연 행복할 수 있을까. 아니, 살아갈 수는 있을까. 어떤 것이 지금 여기에 존재하지 않는다는 이유로 비현실적인 것이 된다면, 그것을 현실화(現實化)하려는 노력은 현실로 셈해지는 무언가에 대한 비판이 될 수 있다. 그러나 가까스로 도달한 바깥에서도 여전히 누군가가 죽었으며 그 사람의 이름이 나와 같다는 소문이 들려온다. 이처럼 안과 밖은 눈치채지 못한 새에 뒤바뀐다. 우리가 바깥으로, 바깥의 바깥을 향하여 쉼 없이 걸어야 하는 이유다. 우리는 "걸을수록 더 멀리까지 걸을 수 있"다.(「초파리 돌보기」, 69쪽)

누군가의 절망 섞인 신음에 '나 여기 있어'(「최선의 삶」, 81쪽)라고 답하던 임솔아는 여전히 "아직 여기에 있어요"(「눈과 사람과 눈사람」, 200쪽)라며 우리를 부른다. 관두겠다는 마음에 '다시 해보자'고 조심스럽게 손을 내민다. 불가능할지라도 바깥을 상상하려는 마음마저 포기할 수는 없다는 간절함이 빚어낼 또 다른 세계에 기대를 건다. 그의 걸음 곁에 같은 마음을 지닌 이들의 온기가 함께할 것이다. 그 온기는 눈 위에 나란히 선 발자국들을, 때로는 한 사람의 발자국처럼 하나로 겹쳐진 발자국들을 계속해서 만들어가리라. 그러한 흔적들을 지켜보는 일에 희망이라는 이름을 붙일 수 있다면, 기꺼이 그러고 싶다.

당선소감 | 김다솔

말을 잃어버린 사람들이 사는 섬에 대한 꿈을 꾸곤 했습니다. 모두가 저마다의 언어로 말을 하고 글을 썼지만, 그것들을 이해하고 알아들을 수 있는 이는 오직 자신뿐인 곳이었습니다. 닿지 못한 언어들이 단단하게 굳어 바위가 된 섬에서 사람들은 머리를 찧으며 고독하게 죽어갔습니다. 꿈에서 깨어나면 간신히 몸을 일으켜 문학을 읽었습니다. 누군가와 여전히 연결되어있다는 감각이 책을 쥔 손을 통해 느껴질 때, 비로소 불안이 잦아들었습니다.

돌이켜 보면 제가 역사와 문학에 이끌리게 된 이유는 누군가와 소통하고 싶다는 간절함 때문이었습니다. 사학을 배우며 역사는 개인들의 삶이 모여 만들어졌다는 사실을 알게 되었고, 그들의 세세한 이야기에 귀를 기울이면서 진정으로 '함께' 살아가고 싶다는 바람이 생겼습니다. 문학은 제게 그러한 희망을 좇을 수 있는 유일한 창구가 되어주었습니다.

희망을 찾아 나설 수 있도록 기회를 주신 우찬제 심사위원님께 깊이 감사드립니다. 제 거친 손을 잡아 누군가를 보듬는 글을 쓰는 손으로 바꿔 주신 김미현 교수님, 사랑합니다. 교수님이 계셔서 쓰는 사람으로 남고 싶다는 꿈을 가지게 되었습니다. 바른길로 이끌어 주신 이화의 교수님들께도 감사드립니다. 든든한 울타리가 되어 준 대학원 선후배들. 응원해준 지인들에게도 사랑을 전합니다.

다른 존재들을 향한 따뜻한 마음과 쉽게 무너지지 않는 성실함을 물려준 김만제씨, 이명임씨. 존경하고 사랑해요. 늘 다정하게 품어주는 나의 언니, 김슬기. 우리 가족의 좋은 인연이 되어준 연이야. 모두 가슴 벅차도록 사랑해. 마음껏 울 수 있는 나의 유일한 안식처인 석훈아, 한결같이 사랑해. 나를 노래로, 먼 사랑으로 키운 J. 평안하길.

겸손하고 정직한 자세로 쓰겠습니다. 누군가를 힘껏 껴안는 글, 살리는 글을 쓰기 위해 몇 번이고 일어서겠습니다.

문학평론 심사평

김다솔 (가장 밝은 세계를 등지는 힘 - 임솔아론)

돋보이는 비평적 대화성
'문학의 장' 열어갈 잠재력

확실히 젊어졌다. 대부분 동시대의 젊은 문학에 젊은 비평의 관심이 집중되었다. 예리한 비평 감각으로 문제적인 문학 현상과 대화하면서 새로운 성찰을 시도하려는 비평적 의지와 열정들이 어지간했다. 새로운 세대 감각의 전면화는 새로운 문학의 가능성이겠다.

많은 응모작 중 비평적 스토리텔링의 수준과 시의성이 돋보인 '메타버스 시론: 가벼워지는 죽음 속 다시, 타락하기', 동향과 맥락을 성찰하는 안목을 보여준 '신유물론적 환상성과 객체지평의 에토스', 김혜순 시의 복합성과 중층성을 해명하고자 한 '¡¿명백하게 자명해지지 않기?!', 강성은 시의 환상적 의미론을 촘촘하게 논의한 ''-이후'를 환상하기' 등의 비평적 가능성을 확인하고 숙고한 끝에 이들의 '이후'를 기대하기로 하고, 신해욱론과 임솔아론을 최종 후보로 남겼다.

'원생(原生)의 에로티시즘: 신해욱론'은 생물성의 근원을 탐구하려는 신해욱의 시적 사유를 새롭게 해명하고자 한 문제의식이 인상적이었지만, 비평적 논점들의 유기적 구조화가 아쉬웠다. '가장 밝은 세계

를 등지는 힘: 임솔아론'은 '바깥의 바깥'을 향한 수사학적 질문이 신선하고, 단절되거나 파열되고 고통받아 어두운 세계에 대한 징후 독법과 맥락 확장의 가능성을 보였다. 해석의 심화 여지를 유예한 부분이 없지 않으나, 비평적 대화성을 통해 한국문학 장을 새롭게 열어나갈 잠재력은 넉넉한 편이다. 이에 당선작으로 삼아 한국문학의 미래를 부탁하기로 한다. 각별한 축하의 인사를 전하며, '이후'를 기대해도 좋을 다른 응모자들에게도 응원의 말씀을 건넨다.

심사위원-우찬제(문학비평가)

2023 조선일보 신춘문예 당선 미술평론

정영수

1997년 출생

연세대학교 생활디자인학과 4학년 재학

2023년 〈조선일보〉 신춘문예 미술평론 부문 당선

아름다운 괴물에서 불길한 폐허로 : 이불(Lee Bul)론

정영수

아름다울 이유: 희극과 비극 사이에서

> 희극은 우리만 못한 인간을 모방하려 하고, 비극은 우리보다 더 나은 인간을 모방하려 한다
>
> – 아리스토텔레스, 『시학』 중에서

1. 비극적으로 추락하기 위해서는 우선 아름다워야 한다

비극은 하나의 추락이다. 그리고 추락은 아름답다. 그러나 무턱대고 무언가를 추락시키기만 한다고 비극이 만들어지는 것은 아니다. 추락은 위에서 아래로 향하는 것이기에 그 주체가 아름다운 것이어야만 한다. 추락하는 것이 아름답지 않으면 추락이 성립하지 않는다. 이것은 소문자 미(美)를 이용해 대문자 미(美)를 창출하는 하나의 사례이다.

이불은 작가로 활동한 이래 줄곧 화려하고 복잡한 형상들, 폭발하거

나 충돌하는 장면을 구현해왔다. 이불의 독특한 미의식의 원천을 예상하지 못한 곳에서 발견하는 아름다움과 그 반전으로 설명할 수도 있지만 그것은 다소 투박하다. 그에게 그것은 예상하지 못한 아름다움이라기보다는 의도된 아름다움이다. 괴물에서도 아름다움을 발견하는 것이 아니라 괴물이기에 아름다운 것이다.

다만 괴물적인 아름다움은 그 자체로 아름다울 수는 있어도 소문자 미(美)의 언저리에서 머물 뿐, 대문자 미(美)로 나아가지는 못한다. 그것은 이불의 괴물이 충분히 아름답기에 비극으로 이행할 준비를 마쳤음에도 불구하고 결과적으로는 그것이 희극으로 종결되기 때문이다.

2. 괴물적 그로테스크의 아름다움

초기 이불 작업을 설명할 수 있는 키워드는 괴물적 그로테스크에 기반한 아름다움이다. 〈수난유감-내가 이 세상에 소풍 나온 강아지 새끼인 줄 아느냐?〉와 〈사이보그〉, 〈몬스터〉 등에서 이불은 신체의 괴물적 변형을 통해 기이한 아름다움을 이끌어내고 있다. 이 작품들의 괴물과 같은 복잡성과 화려함은 최초의 대면에서는 가까이하기 힘든 인상, 언뜻 보기에 추에 가까운 인상을 주지만 얼마 지나지 않아 다른 모습을 드러낸다. 분명히 추에 가까웠던 작품이 어느새 미적인 대상으로 편입되어 기이한 만족감을 준다. 그러나 우선 중요하게 살펴보아야 할 것은 그 미적 쾌감의 작동 기전보다도 이불이 괴물적 그로테스크라는 형식과 그 미(美)를 이용해 얻고자 한 효과가 무엇인지, 즉 〈내가 이 세상에 소풍 나온 강아지 새끼인 줄 아느냐?〉의 대사가 어떤 함의를 가지고, 누구를 향한 것인지를 알아보는 것이다.

이불의 괴물적 그로테스크는 '아버지'를 향한다.[1] 이불의 촉수들과 그 공격적인 외양은 기존의 관음적 시선을 고수하는 이들을 향한 의도적 폭력으로 보인다. 문제는 '아버지'를 향한 이불의 공격성이 일견 가부장에 흠집을 낸 것처럼 보일지라도 사실은 그렇지 않다는 것이다. 이불의 작업이 받아들여지는 양상을 추적해본다면 더욱 그렇다.

이불이 '사이보그 여전사'의 이미지를 획득할 수 있었던 이유는 당시 국제 미술계가 그의 아시아-여성 마이너리티에 주목했기 때문이다.[2] 때문에 가부장적 아버지를 전복하려는 그의 시도는 애초부터 서구라는 거대한 아버지에 포섭될 수밖에 없었다. 이불의 여전사적 이미지는 '다스려진 폭력성'인 것이다. 이불의 작업들은 다소 폭력적인 외면을 갖고 있지만 관객들로 하여금 어렵지 않게 아름답다는 인상을 주며, 초반의 폭력적인 인상은 오히려 아름다움을 강조하는 효과를 낳는다. 이 지점에서 문제가 되는 것은 이불의 〈몬스터〉와 〈사이보그〉는 그렇게 작동하면 곤란하다는 것이다. 이불의 작업들은 관객을 압도하고 공격해야 하지 관객의 시선의 포로가 되면 그 괴물적인 공격성의 이유를 잃는다. 다시 말해, 이불의 작업들은 분명히 아름답게 느껴지지만 실상은 그렇게 작동하지 않아야 하는 것들이다.

이렇듯 이불의 괴물들이 아름답게 느껴지는 방식, 즉 예술로서 소화되는 방식이나 그 미적 쾌감의 작동 기전에는 희극이 관여한다. 이불의 괴물들은 물론 1차적으로는 끔찍하고 무서우며, 여기에서는 언뜻 비극의 심연, 혹은 인식의 가장자리가 엿보이기도 한다. 그러나 인식의 테두리 바깥에 존재하는 이미지를 오래 마주하기는 쉽지 않다. 때문에 관객들은 그 긴장감을 서둘러 해소하는데, 이불은 그 해소를 애초부터 설정된 배출구로 몰고 간다. 그 배출구의 이름은 남근에 대한 조롱이다. 관객은 그로테스크한 옷을 입은 이불을 볼 때마저도 그 장면에 놀라기보다는 그것이 지시하는 남근을 바라본다(조롱한다). 그리고 괴물은 이제 괴물 그 자체로 존재하기보다는 여성적 신체의 다른 버전으로서 존재한다.

마치 〈올드보이〉에서 근친상간의 소재 위에 최면이라는 천을 덮어두는 배려를 보여주었던 것처럼, 이불은 끔찍한 장면을 마주한 사람에게 웃음이라는 퇴출구를 열어두어 배려한다. 그리고 그 배려는 이불 작품의 공격성을 완화하고 아름다운 대상으로 만든다.

3. 이상적 도시의 화려한 추락

반면 2000년대 이후 이불은 조금씩 변화의 조짐을 보이기 시작하는데, 그 흐름의 이름은 나의 거대한 서사Mon grand récit이다. 이 흐름에서는 초기 작업과는 정반대로 반짝거리는 보석 같은 아름다움이 첫인상을 결정한다. 그러나 한 발짝 더 들어가 그 재료를 자세히 살펴보면 그것이 보잘것없는 물건으로 이루어져 있다는 사실을 알게 된다. 일견 아름다워 보이는 것이 실상은 부서져있고, 추락하고, 별것 아니라는 사실을 발견하게 될 때 수용자는 일종의 미적 쾌감에 도달한다.

앞서 살펴본 것과 마찬가지로 아름다움은 아름다움대로 놓아두더라도, 이것이 어떤 방식으로 작동하는지, 그것이 무엇을 위함인지 알아볼 필요가 있다.

이불이 구축한 작업들은 일종의 유토피아적인 도시 풍경이라고 보아야 할 것이다. 그러나 가까이 다가서면 발견할 수 있는 형편없는 재료들에서도 보이듯이 이 풍경들은 정말 완벽하고 지향해야 할 아름다운 풍경이라기보다는 무언가 고장 나고 망가진, 그리고 결정적으로 '실패한' 유토피아라고 보는 것이 더 적절할 것이다.[3]

이후 2014년 한국에서 전시된 현대차 프로젝트에서는 보다 명확히 실패의 징후를 보여준다. 실패의 흔적이 황량한 뉘앙스와 철골구조 등에서 엳게 보였던 2000년대 초기의 작업과 달리, 이후의 작품들에선 실패라는 키워드가 더욱 강조된다. 대상은 부질없는 물건들로 이루어져 있을 뿐 아니라, 그 자체로 역동적인 추락의 장면을 보여준다. 이상주의를 상징했던 어떤 비행선은 형편없이 추락해 연기가 피어나고, 반짝거리는 도시의 풍경은 온통 산산조각이 나있다. 이렇게 실패한 유토피아들은 장엄하게 추락하며 비극의 형식을 완성한다.

앞선 이불의 괴물성이 아름다움을 발산하며 오히려 괴물성의 방향을 잃었던 것과는 반대로, 이 작업들에서는 오히려 아름다워도 괜찮거나 혹은 아름다워야 한다. 왜냐하면 무엇이 비극적으로 추락하려면 그것은 아름다워야 하기 때문이다. 비극은 자신보다 나은 대상이 추락하는 장면이고, 희극은 자신보다 못한 대상을 비웃는 것이다. 슬프고 비극적인 장면을 만드려면 대상이 아름다워야 한다.

4. 추락이 만드는 숭고의 아름다움과 공포

충분히 아름다운 이불의 작업은 그것이 충돌하고 파괴되고 추락하면서 새로운 감정을 만들어내는데, 그것은 숭고이다.[4] 무언가 추락하는 거대한 사건, 시간의 아득함을 느끼게 하는 안개의 사용, 무한히 반사되는 공간에서 우리는 숭고함을 느낀다.

이불은 거울을 사용해 이 숭고함을 더욱 부각시킨다. 〈몬스터〉연작 밑에 거울을 깔아 그 괴물이 자리한 바닥의 경계를 허무는가 하면 〈Via NegativaII〉(2014)에서는 거울로 만들어진 단순한 미로를 만든다거나 〈태양의 도시II〉(2014)에서는 공간 전체를 조각난 거울로 덮어버린다.

이불은 조각난 거울을 이용해 바닥을 허물어버리고 관객을 낯선 곳으로 데려간다. 그곳은 이불의 웅덩이로 언뜻 보이는 현실의 대칭쌍이다.

일상에서는 모든 것이 상승하거나 멀쩡하지만, 이불의 거울 세계에서는 모든 것이 황폐화되어있고, 망가지고 추락한다. 상승하거나, 하강하거나 둘 중 하나만 본다면 현기증이 나지 않지만 그 두 가지를 동시에 본다면 우리는 마치 바닥이 없는 곳, 밤에 조명이 비치는 잔잔한 수면, 혹은 위아래가 없는 우주공간에서 느끼는 것과 마찬가지로 일상에서 불현듯 숭고함을 느끼게 된다.

이불의 숭고는 높고 거대한 것에 대한 공포라기보다는 바닥 없는 숭고, 내가 있던 공간의 바닥을 치워버리고 그것의 새삼스러운 거대함을 인식하게 하는 공포이다. 그 공포는 아름답지만 동시에 무섭고 끔찍하다.

이불의 숭고가 끔찍한 것이라면 작품이 굳이 숭고할 이유는 무엇인가? 왜 이불의 작품들은 끔찍한 장면을 향해서 한 발자국씩 걸어가는 것으로 보이는가?

끔찍해질 이유 : 그로테스크와 폐허 사이에서

지혜로운 마법사는 오로지 근친상간을 통해서만 태어날 수 있다
-프리드리히 니체, 〈비극의 탄생〉 중에서

5. 지혜로운 마법사는 오로지 근친상간을 통해서만 태어날 수 있다

이불의 작품이 반복적으로 끔찍한 장면을 상기시키는 것은 인간이 끔찍한 것에서 눈을 돌리지 못하는 존재이기 때문이다.

사람들은 왜 기이한 것에 끌리는가? 거기에서는 어떤 메커니즘이 작동할까?

그것이 터부이기 때문에 호기심이 작동하는 것이다. 그렇다면 기이한 그림은 왜 터부일까? 어떤 것이 터부인 이유는 역설적으로 그것이 자주 위반되기 때문이다. 위반할 필요도 없는 금기는 만들어지지 않는다. '신발을 신을 때 맨발로 신지 말 것'과 같은 하찮은 금기는 없다. 일반적으로 금기는 더 중대한 위반과 관련해서 만들어진다. 근친상간에 대한 금기. 아직 썩지 않은 시체를 땅에 묻는 것에 대한 금기. 그리고 신체를 변형하는 것에 관한 금기.

이런 금기는 섬뜩하다. 위반하는 순간 내가 딛고 있는 땅이 무너지는 금기, 체제를 전복할 가능성이 있는 금기이다.

그러나 축제와 예술은 늘 혼란에서, 그리고 존재의 한계에서 출발한다. 사람은 현실의 질서가 파괴된 세계와 대면할 때는 긴장하고 섬뜩함을 느낀다.[5] 그러나 눈을 돌릴 수가 없다. 인간은 일상에서 언뜻 비치는 '저 너머'에 대한 욕구를 거둘 수 없기 때문이다. 고대 그리스어에서 고유의 목적telos와 고유의 한계peras는 같은 것을 의미했다.[6] 목적이 한계를 결정짓기 때문이다. 이와 마찬가지로 인간의 한계는 인간의 목적과 결부된다. 저 너머를 보는 것, 인식의 가장자리에서 아슬아슬한 춤을 추는 것은 인간의 목적을 들여다보는 그 뿌리 깊은 욕망과 연관되어 있다. 저 너머는 규범 바깥의 공간, 자연의 위험한 생동력이 움직이는 공간, 인식 너머의 어두운 공간으로 바꾸어 말할 수도 있다. 결론적으로, 소제목 (지혜로운 마법사는 오로지 근친상간을 통해서만 태어날 수 있다)을 이렇게 변주할 수 있다.

인간의 목적을 들여다보는 것은 오로지 괴물적인 상상력을 통해서만 가능하다.

6. 폭발해버린 신체와 폭발한 이후의 폐허

이불의 소프트 조각들은 '그로테스크'의 어법을 가지고 금기를 위반한다. 신체 변형의 금기, 여성 신체의 전형성에의 위반이 그것이다. 본래는 그렇기에 섬뜩함을 느껴야 한다. 현실에 존재할 리가 없는 기이한 것을 마주치면 사람들은 긴장한다. '현실의 질서가 파괴된 세계'와 마주하면 사람들은 숨을 참는다.

그러나 긴장은 금방 다른 감정으로 전이되곤 한다. 어떤 경우에는 폭소로, 어떤 경우에는 경이로움으로.

금방 꺼질 듯이 위태롭게 부풀어 오른 풍선과 그곳에 그려진 아시안 스테레오타입으로서의 여성 이미지와 같은 형상〈히드라〉(1996)은 이론의 여지없이 남근에 대한 조롱이다.이와 같이 이불의 '피부'는 일반적인 여성의 신체와는 다른 형태를 통해(어떤 경우에는 내부와 외부가 뒤집힌 형태로) 가부장적 시선을 조롱한다. 이불의 그로테스크의 사용에는 이렇듯 기존 권력에 대한 조롱과 조소가 포함되어 있다. 때문에 이 작품들은 1차적으로는 질색과 놀라움, 역겨움의 감정을 전달하지만 2차적으로는 그것이 포함하는 조롱과 조소에서 비롯된 웃음을 전달한다.

이 웃음은 해방구로서의 웃음이다. 난처한 형상을 마주한 사람은 긴장하고, 그 긴장에서 풀려나고 싶어 하기에 그 하나의 기제로서 웃음을 택하는데, 이불은 그 웃음의 방향을 가부장적 시선에 대한 조롱이라는 의도된 방향으로 몰고 간다. 때문에 그 긴장감은 즉각 해소된다.[7]

다만 이 초기 작품들에서부터 이불의 일관된 미의식을 살펴볼 수 있다. 무언가 폭발하거나 충돌하는 모양, 혹은 반짝거리거나 화려한 조각들, 결론적으로 현실에 존재하지 않는 기이한 형상을 현실에 불러오는 것이 그것이다. 다만 이 시기에서는 그 화려한 형식(아름다움)과 그 내용(조롱과 조소)이 합치되지는 않는 듯 하다.

이불의 폭발하는, 혹은 뒤집힌 신체는 여전히 폭로의 기능을 수행하고 있지만 〈몬스터〉 연작에 이르러서 점차 그 힘을 잃어간다. 애초의 목적이었던 조소는 온데간데없고 기이한 아름다움만이 남아있다. 물론 기이한 아름다움만 남아서 현실과의 간극을 상기시키는 것도 중요한 일이지만 그렇다면 그것은 여성의 신체여야 할 이유가 없다. 바로 이 지점에서 이불은 다른 모습으로 변모한다.

2000년대 이후, 이불은 신체의 그로테스크함에서 벗어나 어떤 풍경 〈Mon grand récit: Weep into stones…〉(2005)으로 초점을 바꾸기 시작했다. 각종 철근 구조와 고가도로, 그리고 대형 전광판이 점멸하는 이런 풍경은 다소 쓸쓸하다. 움직이는 사람의 부재 탓일까, 공사 중임을 나타내는 철골 구조에도 불구하고 그것은 만들어지는 중의 풍경이라기보다는 만들어지다 버려진, 혹은 남겨진 풍경을 떠올리게 한다. 혹은 압도적인 시간이 풍경을 골조만 남긴 앙상한 풍경으로 바꾸어놓았음을 생각하게도 한다.

이어지는 장면 〈Mon grand récit: A portrait of an ideal〉(2005)에서는 이불은 풍경을 다시 신체로 바꾸어놓기도 한다. ideal이라는 이름의 어떤 자는 앉아있는데, 동시에 어떤 천에 통째로 가려져있다.

이 작품의 제목은 2000년대 이후 이불의 작업이 어떻게 전개될지 암시해준다. 이불이 다루는 대상은 ideal이고, 대상이 처해있는 사태는 어떤 사건이 발생한 이후이다. 모든 것이 끝난 이후, 혹은 죽음 이후에 천으로 덮인 이후, 대상은 침묵할 수밖에 없는 이후이고 관람객은 이미 모든 것이 끝나버린 곳에서 박제된 대상을 바라볼 수밖에 없다. 대상은 이미 소통 가능한 무언가가 아니다.

〈After Bruno Taut (Beware the sweetness of things)〉(2007)

동 시기의 이불이 여전히 ideal을 다룬다고 하면 이 샹들리에를 닮은 작품을 해석하는 것 역시 ideal과의 연관성에서 파악해야 한다. 우선 이 작품명은 Bruno taut의 건축물을 암시한다. 그의 건축물 Glass pavillion과 그의 스케치 The crystal mountain 등은 그가 미래에 도래할 것으로 믿었던 유토피아의 일부로, 그는 '유리가 새로운 시대를 열어줄 것'이라고 믿었다.[8)]

그러나 Bruno taut는 재료로 사용되었을 뿐, 괄호 안의 Beware the sweetness of things가 유토피아에 대한 이불의 관점을 대변

하기에 더욱 적절하다. ideal이 달콤한 것이라 간주한다면, 이불은 그것에 대해 유보적인 입장을 견지한다. Bruno Taut의 The crystal mountain의 단일하고 반짝이는 표면이 이상적이고 달콤한 꿈을 표방한다면 이불의 〈After bruno taut…〉는 그 반대항을 자처한다.

앞선 장면〈Mon grand récit: A portrait of an ideal〉(2005)과 비교하면 그 모습은 비교적 더 명확해진다. 이불의 샹들리에는 성공해서 반짝이는 무엇, 유토피아적이고 좋은 향기가 나는 무엇이라기보다는 실패한 것, 더 정확히는 성공을 향한 반짝거리는 열망이 실패한 장면이다. 반짝거리는 재료들은 엉망으로 엉켜있고, 그것은 살아있는 생동감을 만들어내기보다는 허공에 죽은 듯이 매달려있다. 엉망으로 엉켜있어 도리어 생동감을 만들어내던 이불의 몬스터 연작과 비교하면 더욱 흥미로운 부분이다. 이불의 거대 서사는 살아 움직이는 것이 아니라 이미 죽어 매달려있기에 슬프다.

그리하여 이불은 장엄한 폐허에 도달한다〈새벽의 노래 III〉(2014) 〈태양의 도시 II〉(2014). 앞선 시도들이 폐허를 대상으로, 조각으로 만들었다면 이 폐허들은 건축에 가깝다. 거대해진 폐허는 대상이라기보다는 경험이고, 나아가 이불이 모티브로 삼았던 구성주의 건축의 내부 그 자체이다. 2000년대 이전의 이불이 말 그대로 여성의 신체를 '폭발'시켜 불온함을 낳았다면 2000년대 이후의 이불은 '이미 폭발해버린' 장면의 중심으로 들어가 불길함을 낳는다.

어떤 조각은 충분히 거대해져 건축이 된다. 이불의 조각이 자꾸만

커져 건축이 되는 이유는 간단하다. 관람객을 인식의 가장자리로 데려가야 하기 때문이다. 인식의 가장자리로 데려가서, 그 자리에 오래 머물기 위해서는 우선 작품이 보이는 것보다는 경험되는 것이어야 한다. 그러나 앞의 그로테스크한 소프트 조각에서의 사례에서 보았듯이 기이한 것에서 수반되는 긴장은 그렇게 오래 유지할 수 없다. 사람들이 자꾸만 심연에서 눈을 돌리려 하기 때문이다.

그렇기 때문에 이불의 작품은 폐허여야 한다. 어떤 사건이 '이미'벌어져 끝나버린 현장은 관객에게 안전함을 보장해준다. 폐허라는 안개를 거쳐서 본다면 인식의 가장자리와 좀 더 오래 눈을 마주할 수 있다.

그렇게 관객은 인류의 유토피아가 몰락한 광경을, 혹은 몰락할 광경을 마주한다〈Willing To Be Vulnerable〉(2015). 이불의 작품에서 십자가가 사용된다면 그것은 여러 명이 동시에, 그리고 머리 없이 아슬아슬하게 사용되는 모양으로서다. 이불의 십자가는 위태롭다. 그것은 외발자전거를 타고 있기에, 서로 손을 맞잡고 달리기에, 그리고 결정적으로 머리가 없기에 실패가 예정되어 있다. 그들은 다만 실패를 위해 순교한다.

투명한 풍선은 반짝거리지만 버려져있고 얇은 막으로 만들어진 타워크레인은 쓰러져 있다. 그 옆에는 앞선 장면〈Mon grand récit: A portrait of an ideal〉(2005)과 유사한 것이 은폐된 채, 혹은 죽은 뒤 천으로 가려진 채 놓여있다. 다른 십자가는 머리 없는 남자가 아닌 소녀이다. 소녀가 공중에 떠있고, 그녀의 심장에서 폭죽이 터진다.

그러나 이 모든 것은 너무나 얇고, 투명하고, 취약vulnerable하다.

이 폐허는 모든 들끓는 열망이 이미 사라지고 그 잔해로서 남아있는 것들의 총합이다. 반짝거리는 소녀는 무언가 꿈꾸기 위해 반짝거리는 것이 아니라 예전에 꿈꾸었던 것의 흔적이다.

이곳에 믿음이 있다면 그것은 투명한 비닐처럼 얇은 것이다.

7. 의식 가장자리에서의 아슬아슬한 춤

이불의 작품은 자꾸만 규범 바깥의 것을 바라보게 한다. 그것이 괴물적인 형상을 가진 불온한 공격성이던, 황량한 폐허의 불길한 안개이건.

이런 규범 바깥의 장면을 오래 마주하기 위해서는 해독제가 필요하다. 괴물에는 조소와 조롱이라는 이름의 해독제가, 폐허에는 안개와 시간적 거리감이라는 해독제가 사용되었다.

그러나 전자의 경우는 괴물을 희석시키는 결과를, 후자는 폐허를 온전히 보존하는 결과를 낳았다. 괴물은 충분히 아름다움에도 그만큼 끔찍하지 못해 희극으로 남았지만, 폐허는 충분히 아름답기에 기꺼이 끔찍해지는 비극을 받아들였다. 왜 이불의 작품은 기꺼이 취약해지고,

기꺼이 끔찍해지는가? 그것은 니체의 말마따나 지혜로운 마법사는 오로지 근친상간을 통해서만 태어날 수 있기 때문이다. 이불의 폐허는 의식의 가장자리에서 아슬아슬한 춤을 추고 있다.

1) 〈내가 이 세상의...〉의 출처로 보이는 최승자의 〈다시 태어나기 위하여〉에서 해당 구절의 전문은 이러하다. "내 인생의 꽁무니를 붙잡고 뒤에서 신나게 흔들어대는 모든 아버지들아 내가 이 세상에 소풍 나온 강아지 새끼인 줄 아느냐"

2) 노현정, "이불(李昢, 1964-)의 〈사이보그〉 연작 연구", 28쪽

3) 김선정, 이소진, 『UTOPIA SAVED』 (2010), 31쪽

4) 김형미, 『MMCA HYUNDAI MOTOR SERIES 2014: LEE BUL』(2014), 89쪽

5) 볼프강 카이저, 이지혜 옮김, 『미술과 문학에 나타난 그로테스크』, 아모르문디, (2011), 45 쪽

6) 조르조 아감벤, 윤병언 옮김, 『내용 없는 인간』, 자음과 모음,(2017), 159쪽

7) 김예경, "그로테스크 미학 : 공포와 웃음 사이에서", 21쪽

8) 김선정, 이소진, 앞의 책, 51쪽

당선소감 | 정영수

계속해서 지면을 찾고 있었습니다. 관객이 있다면 어디든 좋았습니다. 말을 할 수 있다면 그 형태가 무엇이든 좋았습니다.

그 시작이 미술평론이라 기쁩니다. 저는 시도 쓸 수 있고, 사진도 찍을 수 있고, 이상한 글들도 쓸 줄 알지만 스스로 가장 재미있다고 여기는 것은 미술에 대한 글입니다. 미술은 인간이 형태를 부여한 것 중에 가장 흥미롭고 이상합니다. 어떤 경우에는 그걸 빚어낸 인간보다 더 흥미로울 때도 있습니다. 자꾸 이해를 거부하거나, 말로 가두려 해도 도망쳐버리는 모습이 제 이목을 끕니다.

그러나 가끔은 곤혹스럽습니다. 미술이 낯설어질 때면 이 모든 것이 무슨 소용이냐고 낮잡아 말하게 되고, 글이 어려워질 때면 지레 겁먹고 포기하고 싶어집니다. 이것은 제가 아직 모르는 세계입니다. 지금 제 앞에, 제가 모르는 세계가 거대하게 서 있습니다.

그럼에도 꾸준히 쓰겠습니다. 알면 아는 대로 성실하게 모르면 모르는 대로 더 공부하고 쓰겠습니다. 모르는 걸 안다고 우기지 않고 제가 아는 한에서 진실되게 쓰겠습니다. 거대한 세계 위를 재빠르게 비행하며 앞질러 가거나 문 앞에 서서 한없이 기다리지 않고 직접 문을 두드려 두 발로 걸어보겠습니다. 느리지만 꾸준한 제 발이 도움이 되리라 믿습니다.

하고 싶은 이야기가 많습니다. 인간이 만들어낸 것이라면 무엇이든지 흥미가 갑니다. 그것이 무의식의 산물이라면, 그리고 지금껏 감춰져 왔던 것이라면 더 그렇습니다. 올해는 책 한권을 만들 수 있었으면 좋겠습니다.

묵묵히 지원해주신 부모님과 이상한 형을 둔 동생. 항상 귀를 기울여준 호연 인예 은채 신영. 그리고 등산모임과 글쓰기모임 친구들, 오래 만나지 못한 고향의 친구들에게 모두 감사합니다.

미술평론 심사평

정영수 〈아름다운 괴물에서 불길한 폐허로: 이불(Lee Bul)론〉

평론가·작가의 대화적 상상력이 중요하다

올해 미술평론 응모작의 편 수는 많지 않았다. 해가 갈수록 미술평론 부문 응모작 수가 줄어들면서 신춘문예에서 이 분야가 있어야 할지 기로에 서게 됐다. 미술 관련 학위 논문이나 저술을 비롯해 다양한 기회로 평론가가 되는 길이 있지만, 그래도 '블라인드 테스트'인 신춘문예는 완전히 계급장을 떼고 경쟁할 수 있는 등용문으로서 위상을 여전히 가지고 있다. 올해에는 적은 편 수 가운데도 동양화론부터 현대미학, 인공지능부터 브릭아트(레고블록으로 만든 조형), 도자예술부터 공공미술, 근대부터 현대의 작가까지, 크게 시각예술로 묶이는 여러 형식이 두루 다루어졌다. 올해의 당선작 '아름다운 괴물에서 불길한 폐허로: 이불 論'은 1980년대 말에 등장한 이래, 30년 넘게 국내외 미술계에서 중요한 작품을 쏟아내고 있는 작가 이불을 '괴물적인 아름다움'이라는 역설적 개념으로 분석했다. 유명 작가라서 연구도 많을 듯하지만, 실제로는 그렇지도 않기에 귀중한 평문이라고 생각된다. 평론가는 작가와 동행하는 자다. 앞서가지도 뒤따라가지도 않는 이 관계에서 대화적 상상력은 필수다. 그것은 예술가와 대중의 관계도 마찬가지다. 생생한 대화가 가능하기 위해서는 너무 멀리 있는 대상이면 불리하다. 비평의 필수 조건인 동시대성에 대한 요구다.

멀리 있는 대상은 대개 자료로 접근해야 하고, 그런 한에서 객관적 논증이 중시되며, 필연적으로 논문 형식을 요구하게 된다. 이번 응모작의 많은 수가 그런 엄격함에 치중해서 전후좌우의 맥락을 제대로 서술하기 위해 필요 이상으로 장황해지는 등의 약점이 드러나기도 했다. 이론은 물론 실기 부문까지도 박사과정이 보편화된 현실에서 오랫동안 학교에 머물며 그 문법에 너무 익숙해진 것은 아닌가 하는 생각이다. 어떤 작품 · 작가에 대한 메시지를 전달하는 데 논문과 평문은 질적 차이를 가지지 않는다. 평문과 논문의 관계는 길이다. 논문을 축약하면 평문이 되고, 평문을 풀어 쓰면 논문이 되는 것이다. 평문은 좀 더 순발력을 요구한다. 대부분 현장의 평론가에게 평문을 쓸 수 있는 시간은 충분히 주어지지 않는다. 지면은 더욱 협소하다. 현재 막 생산되거나 회자되는 작품 · 작가들을 다루는 영역에서 객관성은 자료뿐 아니라 평문의 설득력에 달려 있다. 이번 응모작에서 거의 문인 같은 필력을 보여주는 평문도 있어서 수상작을 선택하는 데 갈등이 있었다. 하지만 작가 · 작품으로부터 출발해야 하는, 다소간 자유로울 수 없는 비평의 필요 조건상, 연대기적 연구의 꼼꼼함을 겸한 평문을 선정하게 되었다.

심사위원- 이선영(미술평론가)

2023 신춘문예 당선평론집

초판발행 2023년 1월 27일

지 은 이 김다솔 민가경 송현지 윤성민 윤소예
이근희 정영수 조현준 황사랑

발 행 인 노용제

기 획 정은출판 기획부

발 행 처 정은출판

등록번호 신고 제301-2011-008호(2004. 10. 27)

주 소 04558 서울시 중구 창경궁로1길 29. 3F

전 화 02)-2272-8807, 02)-2272-9280

팩 스 02)-2277-1350

홈페이지 www.je-books.com

전자우편 rossjw@hanmail.net

ISSN 2982-5032